부끄럽지 않은 밥상

농부 시인의 흙냄새 물씬 나는
정직한 인생 이야기
부끄럽지 않은 밥상

2010년 12월 10일 처음 펴냄
2015년 9월 20일 1판 6쇄

지은이 서정홍
펴낸이 신명철
편집장 장미희
편집 장원, 박세중
디자인 박대성

펴낸곳 (주)우리교육
등록 제313-2001-52호
주소 (04000) 서울시 마포구 월드컵북로 43
전화 02-3142-6770 | 팩스 02-3142-6772
홈페이지 www.uriedu.co.kr
인쇄제본 천일문화사

ISBN 978-89-8040-938-9 03810

이 책의 국립중앙도서관 출판시도서목록(CIP)은 e-CIP 홈페이지(http://www.nl.go.kr/ecip)에서
이용하실 수 있습니다.(CIP제어번호: CIP2010004442)

부끄럽지 않은 밥상

농부 시인의 흙냄새 물씬 나는 정직한 인생 이야기

서정홍 지음

우리교육

이 책을 낸 서정홍 선생은 가난한 집에서 태어났습니다. 어린 나이에 부모를 잃었습니다. 도시에서 가난가난 살았습니다. 그 가난이 지긋지긋하지도 않았나 봅니다. 더 가난하고 힘들게 살겠다고 일곱 해 전에 산골로 들어갔습니다. 《58년 개띠》 시인으로 널리 알려졌습니다. 그러니까 중늙은이인 셈이지요.

왜 농사지을 생각을 했느냐고요? "서로 속이고 서로 눈치 보며 서로 경쟁하지 않으면 살아남을 수 없는 복잡한 도시에서 사는 것 자체가, 자연과 사람에게 죄가 되는 줄"을 예전에는 미처 몰랐다네요. 도시에서 사는 사람 가운데 가장 죄를 덜 짓고 사는 사람들이 가난한 사람들입니다. 그런데도 죄 덜 짓고, 그렇지만 자유롭게, 행복하게 살 길이 그 길밖에 없다고 하면서 아는 사람 하나 없는 황매산 기슭 작은 산골에 들어가 농사짓는 틈틈이 이 책에 실린 글들을 썼습니다.

찰스 램이라는 이가 이런 말을 했습니다.(《셰익스피어 이야기》로 널리 알려진 분이지요.)

"이 세상에는 두 가지 민중이 있을 뿐이다. '있는 놈'과 '없는 놈'."

가난한 이들은 가진 것이 없어서 존재 가치도 없다는 뜻에서 '없는 놈'입니다. 소유가 존재를 결정해 버리는 것이지요. 그러니까

자본 세상에서는 가진 것이 많은 사람들이, 한마디로 돈 많은 사람들이 '있는 놈'이 되어 버립니다. 그런데도 이 책을 쓴 이는 가난 속에 자유가 있고, 행복이 있다고 부득부득 우겨 댑니다. 당키나 한 말인가요? '있는 놈'들이 '없는 놈'들의 자유와 행복까지도 저당 잡는 판에 가난은 저주에 가깝습니다.

그러나 이 책을 읽다 보면 서정홍의 '가난 예찬'은 그냥 '없는 놈'의 한풀이가 아닙니다.

"하늘과 땅이 하나이고, 자연과 사람이 하나이고, 삶과 죽음이 하나인데, 어느 하늘 아래 내 것이 있고 네 것이 있겠습니까. 누구나 구름처럼, 때론 바람처럼 잠시 머물다 갈 것인데, 내 것과 네 것을 따져서 무엇하겠습니까. 사람은 살아서나 죽어서나 내 것이 없습니다. 모두 우리 것입니다."

이분이 하는 말입니다. 참 만만하지 않네요. 이 사람 참 무서운 사람이네요. 큰일 낼 사람이네요.

본디 내 것 네 것 없는 세상에 따로 내 것을 챙겨 '있는 놈'이 되고, 내 것이 없어서 '없는 놈'이 되는 걸 눈 뜨고 볼 수 없다네요. 이 사람 농사지으려 산골에 들어간 것만은 아니네요.

서정홍 선생의 글을 읽으면서 저는 스스로 선택한 가난은 하늘이 내린 복이라는 생각을 했습니다. 이 글에 따르면 하늘과 자연과 사람의 뜻을 어기고 이것저것 가릴 것 없이 모두 내 것으로 만들겠다는 '있는 놈'들의 탐욕이 참 하잘것없어 보입니다.

우리가 따를 길이 삼성이나 현대의 이 아무개나 정 아무개의 길이 아니라 가난한 농사꾼 서정홍의 길이라는 것이 분명해 보입니다. 참 귀한 글을 써 준 서정홍 선생의 고생길도 훤해 보이지만, 이분의 고지식한 말을 따르려는 분들의 앞길도 환해 보입니다.

농사에 뜻을 둔 분이 아니더라도 꼭 한번 읽어서 좋을 책입니다.

윤구병 농부철학자, 보리출판사 대표

내가 우리 농업과 농촌의 실정을 깨닫고, 남은 삶을 농사지으며 살아야겠다고 마음먹은 것은 1992년 무렵 우연히 접한 신문 기사 몇 줄 때문이었습니다.

기사에서는 이십 여년 간 우리 밀밭이 사라져 시중에서 우리가 구할 수 있는 밀가루와 제품들은 거의 수입 밀로 만들었다고 했습니다. 그런데 그 수입 밀이 농약과 방부제 범벅이라 벌레들마저 먹지 않는다는 것입니다. 사실 그때까지만 해도 우리 식구들이 날마다 먹고 있는 곡식을 누가, 어떻게 생산하는지에 대해 별 관심이 없었습니다.

신문 기사를 읽고 난 뒤, 우리가 먹는 음식이 어떤 과정을 거쳐 입으로 들어오는지 알아야겠다는 생각이 들었습니다. 우리 목숨을 이어 주는 음식인데 누가, 어떤 마음으로, 어떻게 생산했는지 정도는 알아야 고마운 마음이 들지 않겠습니까. 그날 그 기사를 계기로 나는 앞으로 농사를 짓거나, 농촌과 관련된 일을 해야겠다고 마음먹게 되었습니다.

이후 나는 잘 알고 지내던 천주교 신부님을 통해서 '가톨릭농민회 경남연합회'와 '우리밀살리기운동 경남부산지역본부'에서 일하게 되었습니다. 비록 월급도 거의 없고 같이 일할 사람조차 없었지만, 그 일이 바로 내가 찾던 일이었음을 알았습니다. 1996년 1월부터 한 십 년 남짓을 '멋모르고' 돌아다녔지요. 이른 아침부터 밤늦도록 농촌 마을을 다니면서 밀 종자를 나누어 주고, 재배 방법을 일러주고, 애써 거두어들인 밀을 수매하여 가공품(통밀, 밀가루, 국수, 라면, 빵, 과자 들)을 만드는 곳에 가져다주었습니다. 그리고 우리밀의 소중함을 알리기 위해 홍보물을 만들거나 '우리밀밭밟기'와 '우리밀사리문화한마당'과 같은 행사를 기획하여 농민들과 도시 사람들이 한데 어울릴 수 있도록 애썼습니다.

'우리밀살리기운동'을 하면서도 농약과 화학 비료를 뿌려 대는 관행 농법을 버리고 생명 농법(친환경 농법)으로 바꾸기 위해, 마을마다 작은 생산 공동체를 만드는 일은 일상 활동으로 했던 가장 소중한 일이었습니다. 여기저기 생산 공동체가 꾸려지고 난 뒤, 그곳에서 생산한 농산물을 도시 생활인들과 직거래를 하기 위해 천주교회와 시민사회단체 도움을 받아 장터를 열거나 판매장을 만들기도 했지요.

그러나 이 모든 활동을 오래도록 힘차게 이어 가려면 젊은 농부들이 있어야 한다는 생각이 들었습니다. 생산하는 농부가 없으면 직거래 장터나 판매장, 그리고 농민 운동가나 농업 박사가 무슨 소용이 있겠습니까. 현장에서 일을 하다 보면 우리밀을 심고 가꾸는 사람도, 생명 농업을 실천하려고 애쓰는 사람도, 모두 늙은 농민들뿐이라 절로 그런 생각이 들었습니다.

이런 생각을 하고 있는 차에 1996년 서울에서 '전국귀농운동본부'가 생겼고, 그곳에서는 '귀농학교'라는 새로운 배움터를 열어 생태적인 삶의 방식에 목말라하는 도시 사람들에게 등대 역할을 했습니다. 전국귀농운동본부의 도움으로 1999년 '경남생태귀농학교'가 시작되었고, 첫해 일흔네 명이 졸업했습니다. 그리고 졸업한 젊은이 몇 사람과 덕유산 자락 산골 마을에 들어가서 나는 난생처음으로 누구에게도 매이지 않고 사는 '철없는 농부'가 되었습니다.

물론 주위 사람들의 반대가 없었던 것은 아닙니다. 농부로 산다는 게 쉽지만은 않다는 것도 알고 있었습니다. 자본주의 사회에서 마음 가는 대로 산다는 것이 얼마나 어려운 일인지, 그러나 얼마나 아름다운 일인지, 나는 그곳에서 실제로 농사를 지으면서 몸으로 깨달아 갔습니다. 가난하고 단순한 삶을 통해 내 영혼조차 맑아지는 느낌이었습니다.

하루는 문득 해월 최시형 선생님 말씀이 떠올랐습니다.

"하늘은 사람에 의지하고 사람은 먹는 데 의지하나니 만사를 안다는 것은 밥 한 그릇을 먹는 이치를 아는 데 있나니라."

이 말씀은 도시에 살 때에도 여러 번 읽고 들었던 말씀입니다. 그러나 농사지으며 다시 떠올려 보니, 도시에서 살았던 지난 삶이 참 부끄러웠습니다. 위험하고 힘겨운 노동에 지쳐 병들고 나이 든 농부들이 목숨 걸고 농사지은 곡식을, 새파랗게 젊은 내가 도시에서 돈 몇 푼으로 사서, 아무 생각도 없이 목숨을 이어 왔다는 게 너무 부끄러웠습니다. 돈으로 밥상을 차리고, 돈으로 모든 것을 사고 먹고 마시고, 똥오줌조차 귀한 줄 모르고 함부로 수세식 변소에 버리며 살 때에는 몰랐습니다. 그저 남한테 피해 주지 않고 열심히 사는 게 바른 삶인 줄 알았습니다. 서로 속이고 서로 눈치 보며 서로 경쟁하지 않으면 살아남을 수 없는 복잡한 도시에서 사는 것 자체가, 자연과 사람한테 죄가 되는 줄 미처 몰랐습니다. 밥상 앞에서 부끄러운 줄 모르고 밥만 먹고 살아온 것이지요.

처음 발자국을 떼었던 덕유산 자락 우전 마을에서도, 그리고 새로 옮겨 앉은 이곳 황매산 자락 나무실 마을에서도, 도시에서는 일부러 찾아다녀도 찾을 수 없는 좋은 스승들을 많이 만났습니다. 내가 만난 스승은 모두 농부였습니다. 가진 것 없고 배운 것 없는 농부였습니다. 농부들은 살림살이는 가난했지만 마음은 넉넉했으며,

몸은 고되어도 마음은 여유로웠습니다. '농가 빚'에 시달리며 괴로워하면서도 땅에 대한 믿음을 잃지 않았으며, 온갖 자연재해를 입으면서도 희망을 버리지 않았습니다. 농부는 머리로 배운 지식으로 사는 게 아니라, 자연 속에서 온몸으로 흘리는 땀으로 우리를 가르칩니다. 그러니 스승 가운데서도 참 좋은 스승이다 싶습니다.

나는 1958년 5월 5일 어린이날에 태어났습니다. 어린이날에 태어나서 그런지, 나이만 들었지 마음은 늘 어린이입니다. 어디에 매이지 않고 마음 가는 대로 살아왔고, 지금도 작은 산골 마을에서 농사지으며 자유롭게 살고 있습니다.

농사지으며 만난 귀한 스승들과, 또 삶을 나누는 벗들과 함께한 이야기들을 묶어 여러분께 드립니다. 원고를 정리하면서 지난 삶을 되돌아보니 가난과 외로움뿐이었습니다. 그러나 가난과 외로움이 못난 나를 정성껏 키워서, 여기까지 데려왔습니다. 글을 고치고 다듬으면서, 내가 쓴 글을 다시 읽으면서, 어떤 때는 가슴이 미어지기도 하고 때론 눈물이 절로 날 때도 있었습니다. 서툰 글도 더러 있지만 '사람의 길'을 찾아가는 과정이라 여기고 그대로 두었습니다. 잡지나 신문에 실린 글 가운데 비슷한 느낌을 주는 글은 하나로 묶기도 했지만, 때론 하고 싶은 말을 한 번 더 한다 생각하고 그대로 두기도 했습니다. 제가 쓴 시 가운데서 몇 편을 골라 부분 또는 전부를 싣기도 했습니다.

이제 무거운 짐 하나 내려놓습니다. 서툴고 모자란 이 글들이 가난과 외로움에 지친 이들에게 위로가 되고 힘이 된다면 얼마나 좋을까요. 더구나 땀 흘려 일하며 정직하게 살아가는 이들이 '사람대접' 받을 수 있는 세상을 앞당기는 데 작은 보탬이 된다면 더 바랄 게 없습니다.

끝으로 가난한 농부의 마음을 곱게 담아 책으로 엮어 주신 우리교육 식구들과 바쁘신 가운데 추천의 글을 써 주신 윤구병 선생님, 그리고 애써 주신 모든 분들에게 머리 숙여 인사드립니다. 고맙습니다.

2010년 무서리가 내린 아침에

나무실 마을에서 서정홍

차례

세상에서 가장 소중한 것은

부끄러운 밥상 | 우리가 죽고 나면 끝나는 거지
가난한 사람은 죄를 짓지 않는다 | 막걸리 한잔 드시지요
당신 없는 세상은 의미가 없어요 | 천하에 몹쓸 놈들
농부, 이 시대의 성직 | 이놈들아, 너희들 살리자고
그대를 보내지 않았습니다 | 세상에서 가장 소중한 것은

마음한조각 산골 마을에서 보낸 초대장 _ 안명옥 주교님께

봄은 낮은 데서부터

봄은 낮은 데서부터 | 여기, 희망이 가득한 곳에서 | 천생연분
작은 빛이 골짜기를 | 사람답게 살고 싶은 사람은 | 첫눈 내리는 아침에
어른들 닮지 말고 | 농부는 '불쌍한 사람'이 아니란다
미친 돈바람에서 벗어나야만 | 아름다운 청년, 상아 씨
아무도 그들을 잊지 못합니다 | 오늘도 기다립니다

마음한조각 나무실 마을에서 _ 이 땅의 많은 형들에게

집터 마련하던 날
혼자서는 할 수 없는 일
함께 지은 흙집
가난한 아내에게 바치는 시
지렁이보다 못한 인생
착한 마음
시 쓰지 않는 시인
가난한 사람이 세상을 살립니다
아름다운 유산

아름다운 유산

누가 나를 농부라 하든 시인이라 하든 그게 무에 그리 중요하겠습니까?
그냥 하루하루 주어진 길을 걸어가면 되는 것을.
내 입과 내 몸에서 나온 모든 것이 집착이었다고 생각하니
이제야 '모든 존재가 다 깨끗하게' 보입니다.

집터 마련하던 날

"상평 씨, 나도 이제 뼈 묻을 자리를 잡을까 합니다. 고쳐서 살 만한 빈집이나, 아니면 집터 할 만한 땅이 있으면 좀 알아봐 주시겠습니까? 농사짓느라 바쁜데 나 때문에 일부러 다니지 마시고 틈틈이 알아봐 주시면 고맙겠습니다."

"아니, 경남생태귀농학교랑 농민회 일은 다 어쩌시려고요?"

"십 년 넘도록 농촌을 살리니 어쩌니 하면서 여기저기 돌아다니며 '아스팔트 농사' 짓느라 얻어맞고 끌려가며 고함도 질렀는데 아무것도 나아진 게 없어요. 날이 갈수록 도시고 농촌이고 다 메말라 가는 걸요. 이제 농민회를 이어 갈 든든한 후배도 둘이나 있고 하니, 농사지으며 살아야지요. 제 손으로 배추 한 포기 심고 가꾸지 않으면서 농촌을 살리니 어쩌니 떠들고 돌아다녔으니 얼마나 부끄럽고 못난 짓입니까."

"농사짓는 사람도 꼭 필요하지만, 마음 놓고 농사지을 수 있도록 농민 운동을 하는 사람도 꼭 필요한데……."

"그걸 모르는 것은 아닙니다만, 농사짓는 게 진짜 '농민 운동' 하는 거라는 생각이 들고부터 농민회 일을 하루라도 빨리 후배들한테 물려주고 싶었습니다. 그리고 몇 년 전에 젊은이들과 덕유산 골짝에서 한 해 남짓 농사지어 봤으니 큰 어려움은 없을 겁니다."

"어떤 집터를 바라는지 말씀해 주시면 틈틈이 알아보지요."

"그냥 사람 살 수 있는 곳이면 됩니다. 아무래도 산골 마을이 좋겠어요. 도시 가까운 곳에는 땅이고 집이고 온통 투기꾼들이 설치고 다니는 바람에, 살 사람도 없는데 논밭 한 평에 몇 십만 원까지 한다니 엄두가 안 나요. 너무 외딴곳보다는 열 집에서 스무 집 남짓 있는 산골 마을이면 좋겠어요. 그래야 혼자 사시는 할머니 집에 전등이라도 갈아 끼워 드리고, 갑자기 편찮으시면 병원에 모시고 가지요. 비록 가진 것은 없어도 마을에서 제가 할 수 있는 일이 있어야 사람 살맛이 날 것 같거든요. 참, 될 수 있으면 마을의 끝 집이면 좋겠습니다. 그래야 밤늦게 손님이 찾아와도 마을 사람들한테 피해가 안 가지요."

"어떤 마음인지 알았으니 천천히 알아보겠습니다."

"상평 씨가 마련해 주는 곳이면 어떤 곳이라도 농사짓고 살 테니 걱정하지 마시고 알아봐 주면 고맙겠습니다."

농부가 되어야겠다고 마음먹은 후에도 이런저런 일로 바쁘게 돌아다니느라 집터 구하는 일을 미루다가, 가까이 지내는 농민회원이자 오랜 벗인 상평 씨에게 부탁을 했습니다. 집터를 부탁해도 괜찮을 만큼 든든한 벗이라 믿고 기다렸습니다. 집터를 부탁한 지 반 년쯤 지났을 무렵에 연락이 왔습니다. 황매산 자락 작은 산골 마을에 빈집을 판다고 하니 와서 보라고.

아내는 빈집을 보자마자 선뜻 마음에 든다며 여기에 뼈를 묻자고 했습니다. 그래서 열서너 집밖에 안 되는 작은 산골 마을에, 사람 흔적조차 찾을 수 없는 빈집과 터를 일천만 원 주고 샀습니다. 집은 허물어져 쓸모가 없었지만 집터는 일백오십 평 남짓 되어 집을 짓고 살기에 충분하리라 생각했습니다. 이렇게 태어나서 처음으로 집 지을 터를 마련했습니다. 도시에서는 엄두도 못 낼 일이지요. 아파트 한 평에 일천만 원 하는 곳도 많으니까요.

집터를 사면서도 자꾸만 마음에 걸렸습니다. 이것도 '사치'가 아닐까 싶어서. 그래도 농촌에 살려면 집 한 채는 있어야 할 것 같았습니다. 도시에 살 때는 우리 집이 없어도 월세를 얻어 살았고, 달세가 오르면 조금 더 좁은 곳으로, 조금 더 높은 산동네로 옮겨가 살았습니다. 산동네로 갈수록 '사람 냄새'도 물씬 나고 살맛도 납니다. 하지만 농촌에서는 이사 다니는 게 쉬운 일이 아닙니다. 이른 봄부터 애써 심어 피붙이처럼 가꾼 농작물도 있고, 그동안 농약에 찌든 남의 논밭을 살리느라 애쓴 땀방울도 고스란히 남아 있기 때문입니다. 더구나 어려울 때 서로 힘이 된 이웃들과 헤어진다는 것은 결코 쉬운 일이 아닙니다. 도시는 앞집에 누가 사는지 몰라도 불편 없이 살 수 있지만, 농촌은 '사람이 재산'이라고 말할 만큼 사람이 소중합니다.

농촌에서 빈집을 얻어 살기란 그리 녹록한 일이 아닙니다. 빈집이 없어서가 아니라 집주인 처지에서는 남한테 빌려 주면 팔고 싶을 때 마음대로 팔 수도 없고, 팔려고 해도 몇 푼 받지도 못하니 그냥 '빈집'으로 두는 것입니다. 도시에서 사는 자식들이 언젠가는 농촌으로 돌아올 거라는 기대 때문에라도 집을 잘 팔지 않습니다. 한

평생 농사지으며 살겠다고 귀농을 한 아우는 빈집 하나를 빌려 몇 백만 원이나 들여 고쳐서 살았는데, 갑자기 집주인이 그 집을 판다고 비켜 달라는 바람에 수리비도 제대로 받지 못하고 쫓겨 나왔다고 합니다. 어려운 뜻을 세우고 그 뜻에 따라 살려는 귀한 젊은이들이 막상 몸을 누일 수 있는 공간을 마련하지 못해 애를 태우는 모습이 드물지 않다는 사실은 참 안타까운 일입니다. 이런 현실적인 문제 때문에라도 작게나마 '우리 집'이 있어야 한다고 생각했습니다.

집터 마련하던 날, 혼인하고 이십삼 년이란 긴 세월 동안 도시에서 셋방을 전전해야 했던 아내와 아이들 얼굴이 떠올라 나는 밤새 잠을 설쳤습니다. 도시 아파트 한두 평 값도 안 되는 집터를 마련하고도 이렇게 마음이 설레다니……. 어쩌면 집터가 생겼다는 것보다 이제 나도 터를 잡고 살 수 있게 되었다는 사실에 더욱 설레었는지 모릅니다. 드디어 오랜 나날 바라고 바라던 '농부의 길'로 들어선 것이지요. 이런 날, 어찌 눈을 감는다고 잠이 오겠습니까.

혼자서는 할 수 없는 일

이웃 마을에 사는 상평 씨의 도움으로 어렵게 집터를 마련하고 드디어 흙집 지을 계획을 세웠습니다. 나는 집은 작을수록 좋겠다고 생각했습니다. 아무래도 집이 크면 전기와 물과 이런저런 에너지를 많이 쓸 수밖에 없겠지요. 거실이 작으면 걸레를 한 번만 빨아서

"다른 사람한테 신세지지 않고 사는 사람은 없습니다.
사람은 누구나 하루하루 다른 사람한테 신세를 지고 삽니다.
저도 그렇고요. 옷이든 신발이든 자전거든 모두 다른 사람이
만들어 준 것이니, 움직일 때마다 신세 지고 사는 것이지요."

닦으면 되는데, 거실이 크면 두세 번 빨아야지요. 그러면 귀한 물을 많이 써야 하고, 힘도 배로 들고, 시간도 낭비하겠지요. 아궁이에 불을 땔 때에도 방이 작으면 장작도 훨씬 적게 들 테니, 이래저래 일이 줄어들고 환경을 위해서도 바람직한 일이라 싶었습니다.

아무리 작아도 열댓 평은 되어야 불편 없이 살 수 있을 거라는 아내의 뜻은 그대로 받아들이기로 했습니다. 아내와 나는 오래전부터 우리가 살다 죽으면 저절로 무너지는 흙집을 짓고 싶었습니다. 집 가까이에 있는 흙과 돌과 나무를 써서 말이지요.

이런저런 생각들이 늘어 갈 무렵, 농민회에서 일하면서 인연이 닿아 있던 김성환 선생이 찾아왔습니다. 아들 녀석이 간디학교에 다닐 때에 건축을 가르친 적도 있는 분이었습니다. 그이는 산청 간디학교에서 가까운 산기슭에 집을 지어 살면서 틈틈이 집 짓는 일을 하고 있었습니다. 김성환 선생이 내게 뜻밖의 제안을 해 왔습니다. 우리 집 짓는 일을 맡겨 주면, 그 일을 마지막으로 집 짓는 일에서는 손을 떼겠다는 것이었습니다. 그러고 나서 오랫동안 마음에 두고 있던 된장 만드는 일을 시작해 보고 싶다 했습니다.

당시 우리의 수중에는 일천칠백만 원 남짓의 돈이 있었습니다. 혼인하고 이십 년이 넘도록 돈 안 되는 일만 하는 동안 빚 안지고 그만큼이나마 돈을 모을 수 있었던 것은, 순전히 제 스스로를 위해서는 동전 한 푼도 아까워하며 살았던 아내 덕입니다. 하지만 아무리 작은 집을 짓더라도 그 돈만 가지고는 턱도 없다는 걸 알았기 때문에 내심 걱정을 하고 있던 차에, 김성환 선생은 구세주 같은 존재였습니다. 사실 집을 짓는 데는 재료비보다 인건비가 더 많이 든다고 들었거든요. 그런데 재료비도 알아서 아껴 주고, 동무한테 선물하는 마음으로 인건비도 받지 않겠다는 겁니다. 선생의 동생도 목수 일을 하고 있으니 도움을 받으면 돈은 적게 들이고 튼튼한 집을 지을 수 있다고 했습니다.

"남한테 너무 많은 신세를 지면 갚을 길이 없습니다. 신세지고 살더라도 살아서 갚을 수 있을 만큼만 신세를 져야 합니다."

"서정홍 선생님, 다른 사람한테 신세 지지 않고 사는 사람은 없습니다. 사람은 누구나 하루하루 다른 사람한테 신세를 지고 삽니다. 저도 그렇고요. 옷이든 신발이든 자전거든 모두 다른 사람이 만들어 준 것이니, 움직일 때마다 신세 지고 사는 것이지요."

"그렇게 말씀하시면 할 말이 없습니다만, 그래도 저는 걱정이 됩니다."

"맡겨 주시면 됩니다. 제가 알아서 해 보겠습니다."

태어나서 한 번도 집 짓는 일을 해 보지 않아 그저 막막하기만 했는데, 갑자기 집을 지어 주겠다는 벗이 나타났으니 이 얼마나 기쁜 일입니까. 김성환 선생과 함께 집을 짓기로 약속하고 집에 돌아와 잠자리에 들었는데 마음이 설레 잠이 오지 않았습니다. 땅 한 평을 사든 오두막집을 짓든 모두 인연이 있다는 걸 알았습니다. 제 마음대로 안 된다는 말이지요.

공사를 시작하면서 마을에 있는 빈집 한 채를 빌렸습니다. 나는 농민회 일을 마무리 해 주고 그만두기로 했기 때문에 공사 내내 함께 하지는 못했지만, 쉬는 날이면 빠짐없이 함께 하려고 애썼습니다. 몸과 마음이 고되고 바빴지만, 바쁜 만큼 보람도 있었습니다. 터를 다지고, 주춧돌을 놓고, 기둥을 세우고, 상량식을 하고, 지붕을 이고, 벽돌을 쌓고, 창문을 달고, 수도를 놓고, 마당을 다지고…….

집 한 채를 짓는 데 수십 가지 과정과 수백 가지 부품들이 필요하다는 것도 처음 알았습니다. 사람 사는 데 이렇게 많은 것이 필요하구나 생각하니, 사람은 혼자서는 살 수 없는 존재라는 걸 절실히 깨달았습니다.

함께 지은 흙집

다 쓰러져 가던 옛집을 허물고 새 집을 지으면서 참 많은 사람들이 찾아왔습니다. 그중에서도 틈만 나면 찾아와서 고생한다며 힘을 실어 주는 분은 마을 어르신들이었습니다.

"요즘은 모두 시멘트로 집을 짓지만, 옛날에는 이래 흙집을 지어 살았다 아이가. 시멘트로 지은 집은 수명이 한 오십 년 가지만은, 흙집은 수명이 몇 배나 더 오래간다 카더라."

"그래, 맞다. 흙집은 사람 몸에도 좋다 아이가. 우리 마을에 집 짓는 게 얼마만이고. 삼사십 년도 넘었제. 참말로 오래간만에 보네. 도시에서 살던 사람이 이런 산골에 살겠다고 집을 지으니 우리 마을에 경사가 났구마."

"젊은 사람들이 자꾸 들어와야 마을이 살지. 우리 죽고 나모 우리 마을을 누가 지키겠노. 자식새끼들도 농사고 뭣이고 안 할라 카는데."

도시에서 낯선 사람이 들어와 흙집을 짓는데도, 마을 어르신들은 마치 자식들 일처럼 자주 찾아와 기뻐해 주셨습니다. 마을 아주머니들(처음에 할머니라 불렀다가 혼이 났습니다. 농촌에서는 80세가 넘어야 할머니라고 한답니다.)이 새참으로 국수와 감자를 삶아 오거나, 수제비를 끓여 오기도 하고, 집에서 드시고 남은 소주를 가져오시기도 했습니다. 모든 것을 돈으로 주고받는 도시에서는, 돈이 없으면 불안해서 하루도 살기 어려운 도시에서는, 이웃집과 일이십 년을 마주 보고 살면서도 밥 한 그릇 나눠 먹지 않는 도시에서는, 꿈도 꾸지 못할 일이지요.

2005년 10월, 열일곱 평짜리 작은 흙집이 드디어 완성되었습니다. 참 많은 사람들이 땀과 정성이 배어 아주 튼튼하고 멋진 집이 섰습니다. 이 모든 것이 몇 달 동안 인건비 한 푼 받지 않고 설계를 하고 함께 집을 지어 준 동무들 덕이었지요. 참으로 신기하게도 재료비가 떨어질 때마다 기적처럼 여기저기서 돈이 마련되었습니다. 처남과 동서가 일천만 원씩을 조건 없이 보태기도 하고, 경남생태귀농학교 졸업생들이 틈만 나면 먹을거리를 가지고 찾아오거나 벽돌값에 보태 쓰라며 돈을 주고 갔습니다. 가난한 형수와 동생과 누나들도, 귀농한 젊은이들과 동무들도, 이 집을 짓는 데 마음을 모아 주었습니다. 그래서 이 집은 내 집이 아니라 은인들의 집입니다.

2005년 10월, 열일곱 평짜리 작은 흙집이
드디어 완성되었습니다. 참 많은 사람들이 땀과 정성이 배어
아주 튼튼하고 멋진 집이 섰습니다.
그래서 이 집은 내 집이 아니라 은인들의 집입니다.

많은 이들의 정성과 사랑이 한데 모인 덕인지 이 작은 흙집에 많은 사람들이 왔다가 쉬어 갑니다. 어른이든 아이든 귀한 틈을 내어 찾아오면 그분들에게 내가 보여 줄 수 있는 것은 아무것도 없습니다. 다만 '처음부터' 이 자리에 있던 하늘과 땅과 나무와 개울과 풀꽃과 나비와 잠자리와 미꾸라지와 개똥벌레 들이 그분들을 반갑게 맞이합니다. 다만 이 집을 찾아오시는 분들을 위해서 이런 글을 적어 두었습니다.

이 집을 찾아오신 분들에게 드리는 글

이 집의 주인은 여러분입니다. 아내와 저는 이 집을 잠시 빌려서 살고 있습니다. 이 집을 짓기까지 땀과 정성을 쏟은 사람이 한두 사람이 아닙니다. 정상평, 최영란, 김성환, 박종숙, 김도환, 신완기, 한경숙, 한진오, 김재원, 배만호, 경남생태귀농학교 졸업생들……. 일일이 이름을 적으라면 밤을 지새워도 다 적지 못할 만큼 많은 분들의 깊은 사랑이 있었기에 이 자리에, 이 집이 지어진 것입니다.

하늘과 땅이 하나이고, 자연과 사람이 하나이고, 삶과 죽음이 하나인데, 어느 하늘 아래 내 것이 있고 네 것이 있겠습니까. 누구나 구름처럼 때론 바람처럼 잠시 머물다 갈 것인데, 내 것과 네 것을 따져서 무엇하겠습니까. 사람은 살아서나 죽어서나 내 것이 없습니다. 모두 우리 것입니다.

이 집을 찾아오는 사람은 누구든지 따뜻한 차를 마시며 이야기를 나눌 수 있습니다. 꼭 사람과 이야기를 나누지 않아도 좋습니다. 해와 달과 별과 구름과 흙과 나무와 들꽃 들과 마당 앞에 혼자 서 있는 감나무도 여러분과 이야기를 나누고 싶어 합니다.

이 집을 찾아오시기까지 여러분들은 바쁜 일정을 뒤로 미루고, 설레는 마음으로 찾아오셨을 것입니다. 그러니 천천히 쉬었다 가시기 바랍니다. 말씀도 천천히 나누시고, 걸음도 천천히 걸으시고, 숨도 천천히 내쉬고, 몸도 천천히 푸시고, 일도 천천히 하시고, 밥도 천천히 드시면서 한가롭게 지내다 가시기 바랍니다. 눈코 뜰 새 없이 바쁘게 살아도 꽃은 피고, 한가롭게 살아도 꽃은 핍니다. 때론 숲속에 혼자 앉아 있어도 좋고, 누워서 가만히 하늘을 쳐다보아도 좋습니다. 어디에도 매이지 말고 구름이 흐르는 대로 편안하게 자신을 맡기시면 바람이 살며시 다가와 말을 걸지 어찌 알겠습니까.

우리는 여태까지 너무 바쁘게 살아왔습니다. 그래서 우리의 몸과 마음은 늘 불안하고 지칠 대로 지쳐 있습니다. 이제는 이런 바쁜 일상에서 '나'를 보호해야 할 때가 왔습니다. 모든 일은 시작이 있으면 끝이 있고, 끝이 있으면 쉼이 있어야 합니다. 편안하게 쉴 줄 아는 사람만이 다른 사람을 편안하게 할 수 있으며, 그만큼 세상을 아름답게 만들 수 있습니다. "사람은 일하기 위해 두 팔을 갖고 있고, 일에서 달아나기 위해 두 다리를 갖고 있다."(그루코 마르크스)고 합니다.

이 집을 찾아오시는 분들은 모두 '자유'입니다. 바쁜 일상에서

벗어나 산책을 하거나, 시를 쓰거나, 그림을 그리거나, 따뜻한 돌담 아래 혼자 앉아 책을 읽어도 좋습니다. 여유가 있고, 아직 일할 힘이 있는 분은 농사일을 함께 해도 좋습니다. 그것 또한 자유입니다. 남에게 자유를 베푼 만큼 스스로 자유로워진다는 걸, 누가 가르쳐 주지 않아도 우리는 잘 알고 있지 않습니까.

모든 것에는 때가 있다고 합니다. 부디 이 집을 찾아오셨다가 떠날 때에는 미움과 욕심과 두려움 따위를 다 내려놓고 편안하게 가시기 바랍니다. 지난 일이나 오지도 않은 미래에 마음 빼앗기지 않고 착한 마음으로 다시 만날 수 있기를 바랍니다. 고맙습니다.

가난한 아내에게 바치는 시

"당신, 만약에 나를 안 만났으면 지금 어떤 모습으로 살아갈 거라고 생각해요?"

저녁밥을 먹다가 문득 아내가 내게 물었습니다.

"그런 생각은 한 번도 해 보지 않았지만, 아마도 하늘의 뜻대로 살았겠지요."

'열린 입'이라고 쉽게 대답은 했지만, 나는 늦은 밤까지 생각에 잠겼습니다.

'만약 내가 아내를 만나지 못했더라면 지금 어떤 모습으로 살아갈까. 수도자가 되었거나, 노숙자가 되어 거리를 헤매거나, 그것도

아니면 지금쯤 이 세상 사람이 아닐 수도 있겠지.'

아내를 만나기 전에 나는 깊은 외로움에 빠진 사내였습니다. 일찍 부모님이 돌아가시고 한 분뿐인 형님마저 형수와 어린 자식 넷을 남겨 두고 훌쩍 세상을 떠나고 난 뒤, 나는 마음 둘 데 없이 술로 세월을 보냈지요. 그런 나를 보고 누나들은 만날 때마다 "저 녀석, 저래 놔두면 큰일 나지. 얼른 장가를 가야 마음을 잡을 긴데."라며 걱정이 태산 같았습니다.

1981년 가을 어느 날, 둘째 누나에게서 전화가 왔습니다.

"정홍아, 오는 일요일 오후 두 시에 석전동 왕자다방에서 맞선 보기로 약속해 놓았으니 옷 단정하게 입고, 늦지 않도록 해라."

"누가 맞선 본다고 했나? 누나 맘대로 약속해 놓고는."

이미 엎질러진 물이라 다시 주워 담을 수도 없고 혼자서 투덜거려 봐야 헛일이라, 큰맘 먹고 나가 보기로 했습니다. 난생 처음 맞선을 보던 날, 아가씨의 고모와 우리 누나는 한복을 곱게 차려입고 함께 앉아 있었습니다. 아가씨는 오녀 일남 가운데 맏딸답게 정장을 하고 왔고, 나는 삼녀 삼남 가운데 다섯 번째라 철부지답게 집에서 입던 옷을 그대로 입고, 낡은 운동화를 그대로 신고 갔습니다.

맞선 날, 아니 그 전부터 나는 한 번도 혼인을 생각해 보지 않았습니다. 당연히 마음의 준비도 되어 있지 않았지요. 다소곳하게 앉아 있는 아가씨를 보면서 자꾸 이런 생각이 들었습니다.

'아무것도 가진 것 없는 나 같은 놈 만나서 어찌 살려고, 무얼

믿고 살려고.'

그때 아가씨 나이는 스물두 살이었고 나는 스물네 살이었습니다. 지금 생각하면 참 철없는 나이였지요.

맞선을 보고 난 뒤, 우리는 가끔 만나고 헤어지면서 사랑이 뭔지는 몰랐지만 차츰 정이 쌓였습니다. 정이 쌓일수록 나는 마음 한쪽이 늘 아팠습니다. 맏딸인 아가씨는 하루빨리 혼인을 하라고 집안의 독촉을 받는 눈치였지만, 아무런 준비가 안 된 나는 만날 때마다 "나보다 더 좋은 사람 만나서 시집가라."고 했습니다. 만난 것도 인연이니 마음 편한 동무로 지내자며 편지도 썼습니다. 그런데도 그 아가씨는 돈이 인생의 전부가 아니라고, 마음만 맞으면 아무리 견디기 힘든 시련이 닥쳐와도 헤쳐 나갈 수 있다며 흔들리는 내 마음을 잡아 주었습니다.

한 해가 훌쩍 지나 다시 가을이 가고 겨울이 왔습니다. 우리는 '없는 대로 불편한 대로' 마음 하나 서로 믿고 살기로 약속을 하고, 1982년 12월 26일 혼인식을 했습니다. 꽃가마를 타지 않아도 따뜻한 방 한 칸 마련하지 못해도, 옷이 수백 벌 된다는 영화배우에 견줄 데 없이 마냥 행복했지요. 우리는 동무들이 잡아 준 택시를 타고 한 시간이면 닿을 수 있는 가까운 부곡온천으로 1박 2일 신혼여행을 떠났습니다.

택시는 탔지만 내 지갑은 텅 비어 있어 택시비조차 낼 수 없었지요. 후회해 봐야 이미 소용없는 일이었습니다. 그때 하늘이 도왔는지 부산에 살던 동무가 신혼여행 때 보태 쓰라고 봉투 하나를 택시 안에 넣어 준 게 생각이 났습니다. 아내 몰래 헤아려 보니 칠만 원이었습니다. 지금으로 따지면 칠십만 원 남짓 되는 큰돈이었지요. 나는 아직도 그 고마운 마음을 잊지 못하고 있습니다.

우리는 중고 텔레비전 하나 없이, 싸구려 장롱도 없이 월세 일만 원짜리 산동네 단칸방에서 소꿉장난 같은 살림을 꾸렸습니다. 가난한 살림살이에 동무들은 어찌나 많이 찾아오는지, 쌀 한 포대를 사 놓으면 며칠 되지 않아 바닥이 났습니다. 그리고 한 달은 어찌나 빨리 지나가는지, 돌아서면 집주인에게 달세를 주어야 했습니다.

당시 아내는 마산 수출자유지역에서, 나는 창원 공단에서 일을 했습니다. 가끔 공장에 다니기 싫어서 시집가는 친구들도 많다는 아내의 말을 들으면 가슴이 아팠습니다. 얼마나 공장 일이 힘들었으면, 얼마나 집안이 가난했으면, 공장에 다니기 싫어서 시집갈 생각을 다 할까 생각하니, 가슴 가득 알 수 없는 분노와 슬픔이 밀려왔습니다.

아내와 나는 고만고만하게 굶지 않고, 자식 둘을 낳고 이십 년 넘도록 함께 살아왔습니다. 이제는 미운 정도 고운 정으로 바꿀 수 있는 나이가 된 것이지요. 그 사이에 나는 검은 머리보다 흰머리가 더 많아졌고 아내는 눈가에 주름살이 깊어졌습니다. 늘어난 흰머리 만큼, 깊어지는 주름살만큼 우리의 사랑도 깊어졌습니다.

그러나 뒤돌아보면 늘 아내에게 미안합니다. 신혼 여행비조차 없는 가난하고 철없는 사내를 다독거리며 살아온 아내에게 미안합니다. 아이들이 더 자라기 전에 열 평짜리 아파트 한 채라도 마련하자고 먹을 것 아껴 가며 눈물로 모은 재형저축을 찾던 날, 오 년 전 삼백만 원 하던 아파트 값이 삼천만 원으로 오르는 바람에 밤늦도록 천장만 쳐다보던 아내에게 미안합니다. 공장에서 일하고 늦게 돌아와 저녁밥 짓고 있는 아내를 보고도 못 본 척 글을 쓰고 있었으니 정말 아내에게 미안합니다. 밤낮 가리지 않고 쉴 새 없이 움직이는 아내의 손, 그래서 나이보다 손이 더 늙은 아내에게 미안합니다. 참새 새끼 한 마리 쫓지 못하는 허수아비처럼 살아온 나는 아내에게 미안할 수밖에 없습니다.

아직 옷 한 벌 마음 놓고 사 입지 못하는 아내에게, 자고 나면 팔 다리 무릎 허리 어깨 아프지 않은 곳이 없는 아내에게, 비행기 타고 제주도 한 번 못 가 본 아내에게, 호텔방 구경조차 못한 아내에게 미안합니다. 말도 없이 손님들을 데리고 와서 밤늦도록 떠들고 놀아도 기쁜 마음으로 술상 밥상을 차려 내는 아내에게 미안합니다.

아무리 가난해도 밥은 굶지 않도록 하겠다는 약속을 지키기 위해 나는 오늘도 괭이를 들고 산밭으로 갑니다. 남은 나날은 아내에게 미안하지 않도록 살고 싶습니다. 이런 마음을 담아 이 땅에서 살아가는 가난한 모든 아내들에게 이 시를 바칩니다.

아내 이름

가난뱅이 사내 만나서

아내와 나는 고만고만하게 굶지 않고, 자식 둘을 낳고
이십 년 넘도록 함께 살아왔습니다. 그 사이에 나는
검은 머리보다 흰머리가 더 많아졌고 아내는 눈가에
주름살이 깊어졌습니다. 늘어난 흰머리만큼,
깊어지는 주름살만큼 우리의 사랑도 깊어졌습니다.

그때부터 일밖에 모르고 살아서
처녀 때, 정겹게 이름 불러 주던 벗들
먹고사느라 바빠 다 잊어버리고 살아서
이제 내가 아니면 아무도 불러 주지 않는
아내 이름은 경옥입니다

지렁이보다 못한 인생

깊은 산골 마을에도 봄이 왔습니다. 여기저기 매화가 피었고 며칠 있으면 개나리와 진달래도 필 것입니다. 나지막한 언덕마다 마을 할머니들이 모여 앉아 쑥을 캐느라 바쁩니다. 나는 감자를 심으려고 그 언덕 아래 작은 산밭을 갈고 있었습니다.

그런데 이랑을 반의반도 갈기 전에 괭이를 도로 메고 집으로 돌아왔습니다. 날카로운 괭이 날에 찍혀 개구리 다리가 동강이 났기 때문입니다. 울적한 마음을 가눌 길 없어 시를 썼습니다.

이른 아침에

감자밭 일구느라
괭이질을 하는데
땅속에서 개구리 한 마리

툭 튀어나왔습니다.

날카로운 괭이 날에
한쪽 다리가 끊어진 채
나를 쳐다봅니다.

하던 일 멈추고
집으로 돌아왔습니다.

하루 내내
밥도 먹히지 않았습니다.
물도 넘어가지 않았습니다.

— 시집《내가 가장 착해질 때》중에서

나는 경운기나 트랙터와 같은 농기계를 쓰지 않고 삽과 괭이로 밭을 일굽니다. 농기계를 쓰면 한두 시간 만에 끝날 일이지만, 나는 일주일 내내 삽과 괭이로 밭을 일굽니다. 농기계로 밭을 갈아엎으면 개구리 다리가 끊어지는지 지렁이 몸통이 잘려 나가는지 알 수가 없지만, 괭이로 밭을 일구다 보니 안 보려고 해도 그 모습이 훤히 보입니다. 그럴 때마다 '사람이 다른 생명들을 이렇게 함부로 해쳐도 될까?' 스스로에게 묻고 또 묻습니다.

찰스 다윈이 쓴《지렁이의 활동에 의한 옥토 형성》에 이런 글이 있습니다.

"농업에서 이용하는 쟁기는 우리 인류의 가장 유용하면서도 가장 오래된 훌륭한 발명품입니다. 그러나 그것이 발명되기 아주 오래 전부터 이 지구상의 흙은 지렁이에 의해서 경운耕耘되어 왔으며, 인류 역사상 지렁이와 같이 이렇게 중요한 기능을 갖고 있는 동물은 아마도 없을 것입니다."

눈과 귀도 없는 지렁이는 길쭉한 몸과 촉촉한 살갗으로 메마른 땅속을 기어 다니며 굴을 판답니다. 굴을 파면 공기와 물이 잘 통하게 되어 식물들이 쉽게 뿌리를 내릴 수 있지요. 또한 지렁이는 우리가 버리는 음식 찌꺼기를 먹고 잘 분해하여 똥을 눈답니다. 지렁이 똥만큼 좋은 거름이 없다네요. 그런데 이렇게 소중한 지렁이가 무심코 내가 휘두른 날카로운 괭이 날에 죽임을 당했을지도 모른다는 생각을 하니 어찌 마음이 아프지 않겠습니까.

여태 나도 모르게, 아무 생각도 없이 저질러 온 숱한 죄는 씻을 길이 없습니다. 농사가 사람을 먹여 살리는 아주 소중한 일이라 여기며 어느 누구보다 당당하게 살았는데, 날카로운 괭이 날에 한쪽 다리가 잘려 나간 개구리를 보면서 '그게 아니구나!' 싶었습니다. 한쪽 다리가 잘린 개구리는 지금쯤 어디서 무엇을 하고 있을까요. 살아 있을까요, 아니면 피를 흘리며 죽어 가고 있을까요. 몸통이 반으로 잘린 지렁이는 어떻게 되었을까요. 땅속에서 온갖 좋은 일을 다 하는 지렁이를 아무 생각 없이 괭이로 찍어 죽였으니…….

내가 살기 위해, 아니 살아남기 위해, 앞으로 얼마나 많은 생명

들을 괴롭히고 죽여야 할지 생각할수록 마음이 아픕니다. 문득 지지난해 흙집을 지으려고 마을 어르신과 나누었던 이야기가 떠올랐습니다.

"어르신, 부탁이 한 가지 있습니다. 작은 흙집을 한 채 지으려는데, 어르신 고추밭 사이로 굴삭기가 들어가지 않으면 안 된답니다. 어쩌면 좋겠습니까?"

"이 사람아, 지금 막 고추꽃이 피는데 굴삭기가 들어가면 고추밭이 쑥대밭이 될 게 아닌가. 그걸 말이라고 하나?"

"고추를 다른 밭으로 옮겨 심으면 안 될까요?"

"다른 밭이 어디 있는가. 있다 해도 벌써 고추가 뿌리를 내렸는데 어찌 내 마음대로 옮기겠나. 처지를 바꾸어서 생각해 보게. 자네가 이제 막 땅에 뿌리를 내렸는데 억지로 쫓아내면 기분이 어떻겠는가?"

"그럼 고추값을 계산해 드리면 안 될까요? 달라고 하시는 대로 드릴 테니……."

"아니, 아무리 도시에서 왔다지만 젊은 사람이 버릇이 없구먼. 그 고추가 자네 눈에는 돈으로 보인단 말인가. 두 번 다시 그런 부탁일랑 하지 말게."

"죄송합니다, 어르신. 제가 아직 철이 없어서……."

"허허, 죄송한 줄 알기는 아는가? 괜히 한번 해 본 소릴세. 고추값을 준다 해도 한 푼도 안 받을 거니까 아무 걱정 말고 집부터 짓게. 지금 뭐 하고 있나, 얼른 막걸리나 한 사발 가져오지 않고."

고추가 얼마나 소중한지 잘 알고 있으면서도 사람 사는 집을 지으라고 기꺼이 밭을 내어주는 어르신을 뵈니 내 자신이 한없이 작게 느껴졌습니다. 나는 나이만 들었지, 여태 헛살았습니다. 개구리 한 마리보다 지렁이 한 마리보다 잘 살지 못한 것이 분명합니다.

착한 마음

설도 아니고 한가위도 아닌 날, 처제가 집에서 강정을 만들었다고 한 소쿠리 가져왔습니다. 처제는 오로지 일밖에 모르는 성실하고 정직한 사내를 만나서 늙은 시부모님을 모시고 알뜰살뜰 살면서, 남들처럼 아파트 사고 승용차 사고 큰 걱정 없이 사는 착한 사람입니다.

"처제, 어쩐 일이우! 강정을 다 만들고."

"형부, 참 말하기 힘든데…… 누가 쌀을 비닐에 싸서 아파트 쓰레기통에 버렸지 뭐예요. 그 쌀을 주워서 만든 거예요."

이 말에 서로 먼저 먹으려고 덤비던 아이들은 속이 메스껍다고 캑캑거리고, 그 모습을 바라보는 처제는 아무 말이 없습니다. 가난한 농부의 딸로 태어나 농사만 짓고 살다가, 공장에 다니는 남자를 만나서 도시에서 고만고만 살고 있는 처제의 눈에 쓰레기통에 버려진 쌀이 어떻게 보였을까요? 지나온 삶의 한 귀퉁이가 버려진 것 같지 않았을까요?

'쌀 한 알을 목숨처럼 여기는 처제, 나는 언제쯤 처제의 착한 마음을 닮을 수 있을까? 언제쯤 그렇게 부드럽고 아름다운 움직임으로 일할 수 있을까?' 스스로 묻고 또 물었습니다.

농사일이 바쁠 때마다 찾아와서 도움을 주는 처제는 농사일이라면 '도인'에 가깝습니다. 힘든 낫질, 호미질, 괭이질을 하루 내내 하는데도 힘들다는 말 한마디 하지 않습니다. 그렇다고 게으름을 피우는 것도 아닙니다. 농사꾼이라고 떠벌리고 다니는 철없는 나보다 몇 배나 더 많은 일을 합니다. 말없이 콩밭을 매고 있는 처제를 보면, 마치 잘 그린 그림 한 폭을 보는 듯합니다. 일을 일이라 생각하지 않고, 일을 놀이라 생각하는 사람처럼 움직임이 부드럽고 아름답습니다. 그런 움직임은 쌀 한 알 한 알을 목숨처럼 여기는 '착한 마음'에서 나오지 싶었습니다. 쌀 한 알이 어떤 과정을 거쳐 내 입에 들어오는지 잘 알고 있기 때문에, 그것을 다루는 움직임에 마음이 담기고 정성이 들어가게 되는 것이겠지요.

나는 올해 처음으로 묵은 논 여덟 마지기를 빌려서 벼농사를 짓기 시작했습니다. 우리 마을은 다행스럽게도 친환경 농업 지역이라 독한 제초제와 농약 따위를 함부로 뿌리지 못합니다. 그래서 그런지 미꾸라지도 더러 보입니다. 자연과 사람을 살리는 친환경 농업을 실천하기 위해 우리 마을은 '우렁이 농법'으로 벼농사를 짓습니다. 우렁이는 우렁잇과의 고둥을 통틀어 이르는 말인데, 기어 다니면서 논바닥에서 올라오는 풀을 다 먹어 치웁니다. 그 덕분에 독한 제초제를 뿌리지 않아도 어렵지 않게 벼농사를 지을 수 있습니다.

그런데 '우렁이 농법'은 그리 쉬운 것이 아닙니다. 우선 논바닥 높낮이가 고르지 않으면 안 됩니다. 우렁이는 물속에 있는 풀만 먹기 때문에 논바닥이 높은 곳에는 아예 가지 않습니다. 그런 곳은 일일이 손으로 풀을 매야 합니다. 논에 들어가서 허리를 구십도 이상 굽혀 풀을 매는 일은 노인들에게는 결코 쉬운 일이 아닙니다. 일흔이나 여든 남짓 된 어르신들이 몇 십 마지기씩 논농사를 지으니까요. 조금 젊다는 이장님 부인도 풀 매느라 손가락 마디마디, 안 아픈 데가 없어 잠을 제대로 이루지 못한답니다.

다음으로는 물 조절을 잘 해야 합니다. 산골 마을이라 물이 귀할 때도 있고, 큰비가 내리면 우렁이가 잘 떠내려가기 때문에 관리도 잘 해야 합니다. 그래서 하루에 적어도 한두 번은 논에 가 봐야 합니다. 맑은 날이나 비가 억수 같이 퍼붓는 날에도 물 높이를 조절해야 하기 때문입니다. 물 높이를 잘 조절하지 않으면 논둑이 무너지기 쉽습니다. 농약을 뿌리지 않아 두더지와 땅강아지가 논둑에 구멍을 잘 냅니다. 작은 구멍이라도 생기면 금세 커져 논둑이 무너져 내립니다. 무너진 논둑을 복구하려면 많은 시간과 노동이 필요합니다. 그래서 만물이 잠을 깨기 전에 논둑을 걸으며 터진 곳이 있나 없나 살피는 것입니다.

오늘은 아침부터 갑자기 큰비가 쏟아져 마을 사람들이 모두 비옷을 입고 논으로 나왔습니다. 큰비가 쏟아질 때는 물꼬를 낮추어서 물을 잘 빠지게 해야 논둑이 무너지지 않기 때문입니다. 그런데 갑자기 내 키보다 훨씬 높은 우리 논둑이 와르르 무너져 내렸습니다. 흙더미에 깔린 모를 한 포기라도 더 일으켜 세우기 위해 몇 시간 동안 얼마나 씨름을 했는지……. 마치 돌부리에 걸려 넘어진 어린 자식을 일으켜 세우듯이 정성을 다 했습니다.

봄부터 가을까지 농부의 손길이 하루라도 닿지 않으면 밥 한 그릇 먹을 수 없다는 것을 그때 조금이나마 깨달았습니다. 그리고 문득, 쓰레기통에 버려진 쌀을 주워서 강정을 만들어 온 처제가 떠올랐습니다. '쌀 한 알을 목숨처럼 여기는 처제, 나는 언제쯤 처제의 착한 마음을 닮을 수 있을까? 언제쯤 그렇게 부드럽고 아름다운 움직임으로 일할 수 있을까?' 스스로 묻고 또 물었습니다.

아침부터 비를 맞은 탓인지 이 글을 쓰고 있는 지금, 온몸이 불덩이처럼 열이 펄펄 납니다. 자연 앞에 몸을 낮추라고, 조금 더 낮추며 살라고.

시 쓰지 않는 시인

새벽 다섯 시, 살아 있는 모든 풀과 나무와 새들이 하루를 열기 위해 눈뜨는 소리가 들립니다. 그 소리에 놀라 나도 눈을 떴습니다. 가만히 누워 천장을 쳐다보다가 갑자기 '살아 있다는 게 참 아름답다.'는 생각이 들었습니다.

밤새 굳은 몸과 마음을 깨우느라 눈을 떴다가 감았다가, 감았다가 다시 떴습니다. 그리고 머리부터 발끝까지 천천히, 천천히 손가락 끝으로 누르고 손바닥으로 툭툭 두드렸습니다. 내가 잠 깨는 소리를 듣고 아내와 아들 녀석도 잠을 깼습니다.

우리는 연장을 챙겨 들고 고추밭으로 갔습니다. 나는 며칠 동안 내린 비로 고랑에 쑥대머리처럼 자란 풀을 매고, 아들 녀석은 빨갛게 익은 고추를 따고, 아내는 오늘 낮에 찾아올 도시 손님들한테 나눠 줄 풋고추를 땁니다. 고추밭 한쪽 옆에는 옥수수가 어찌나 잘 자랐는지 내 키보다 더 큽니다.

옥수수는 늦봄부터 여름 내내 고추밭 옆에 말없이 서서 비바람 다 막아 주었습니다. 고추들은 옥수수한테 고맙다는 듯이 빨갛게 익어 가면서 자꾸만 꽃을 피웁니다. 고추를 따던 아들 녀석이 웃으면서 말합니다.

"아버지, 이 정도면 농사일 할 만하네요."

아내도 덩달아 말합니다.

"여보, 처음엔 농사일이라 생각하면 이유 없이 두려웠는데 이제 조금씩 조금씩 재미가 붙어요."

고추밭에 아침 해가 떠오르기도 전에 우리의 온몸이 땀에 젖었습니다.

'나는 왜 그토록 오랜 세월을 시멘트와 아스팔트뿐인 도시에서만 살 생각을 했을까? 아내와 자식이 이렇게 좋아하는 자연 속으로 들어와 농사짓고 살 생각을 왜 진작 하지 못했을까?'

이런저런 생각이 들었지만 이제라도 깨달았으니 참 다행이라 여겼습니다.

나는 여태 시를 쓰면서 부끄러운 줄 모르고 살았습니다. 시인으로서 지녀야 할 바른 삶과 깊은 철학도 없이 살았으니 어찌 부끄러움이 뭔지 알았겠습니까. 그러나 농사지으며 '귀한 것은 천한 것을 근본으로 하고, 높은 것은 낮은 것을 바탕으로 한다.'는 것을 조금씩 깨닫고 있습니다. 그 사실을 깨닫고 나니 그때부터 시를 쓴다는 게 부끄러워지기 시작했습니다. 가끔 누가 시인이라고 불러 주면 부끄러워서 쥐구멍이라도 있으면 들어가고 싶었습니다. 이십 년 남짓 세상이 어쩌니 양심이 어쩌니 하면서 시를 쓰며 살았는데, 세상은 날이 갈수록 메말라 가고 아이들은 한없이 무거운 십자가를 짊어지고 비틀거리며 살고 있으니까요.

그런데 오늘 아침에는 시를 쓰지 않고도 내가 시인이 된 기분이 들었습니다. 그리고 새로운 꿈을 품었습니다. 풀과 나무와 새들이 하나인 것처럼, 나도 언젠가 자연과 하나가 되어 시를 쓰지 않고도 훌륭한 시인이 되는 꿈을…….

가난한 사람이 세상을 살립니다

잘 알고 지내는 분이 명함을 만들어 준다기에 뒤쪽에 이런 글을 넣어 달라고 부탁드렸습니다.

"무소유는 훔치지 않는 것입니다. 필요하지도 않으면서 어떤 것을 계속 가지고 있다는 것은 훔친 물건이 아니라 하더라도 훔친 것으로 여길 수 있습니다. 다른 사람이 나보다 더 많이 가지고 있다면 내버려 두십시오. 하지만 나는 필요하지 않은 것은 감히 소유하려 들지 않겠습니다.(간디)"

그리고 앞쪽에는 '농부 서정홍'이라 쓰고 그 아래 주소와 전화번호를 넣어 달라고 부탁드렸더니, 그분은 안타까운 눈빛으로 나를 보면서 말했습니다.

"시인이라 하면 고상하고 멋있을 텐데, 왜 농부라 하십니까?"

"하하하하! 저는 농부가 더 고상하고 멋있는데요."

"농부라고 명함을 내밀면 누가 알아주지도 않을 테지만, 시인이라고 명함을 내밀면 그래도……."

"저는 저를 알아 달라고 농사짓거나 시를 쓰는 게 아닙니다. 누가 알아준다고 내 삶이 넉넉해지는 것도 아니고, 누가 알아주지 않는다고 내 삶이 초라해지는 것도 아닙니다. 그저 '나는 나'입니다. 여태껏 누구한테 잘 보이기 위해서 살아오지 않았습니다. 앞으로도 누구한테 잘 보여서 승진할 일도 없고요."

"……."

"저는 시만 써서 먹고사는 사람이 아닙니다. 이웃들과 논밭에서 땀 흘려 일하면서 틈틈이 시를 쓰지요. 저는 재주가 없어서 그런지 시만 써서 먹고살 수 없는 처지입니다. 또 시를 잘 써서 먹고살 수 있다 해도, 땀 흘려 일하지 않고 먹고 놀면서 쓴 시가 어찌 세상을 아름답게 가꿀 수 있겠습니까? 세상이 아니라 자신조차 가꿀 수 없지 않겠습니까? 그래서 저는 사람들이 저를 시인이라 부르는 것보다 농부라 불러 주는 게 훨씬 좋습니다. 농부라 말하기엔 아직 어설프지만 말입니다."

"미안합니다. 그런 뜻이 있는 줄도 모르고. 그러면 농부 시인이라 하면 어떨까요?"

"흠……."

명함을 만들어 준다는 분과 이런저런 이야기를 나누다 보니 문득 엊저녁에 읽었던 부처님 말씀이 떠올랐습니다.

> "사람들은 흔히 깨끗하고 더러움에 차별을 둔다. 그러나 사물의 본성은 깨끗한 것도 더러운 것도 아니다. 우리 마음이 집착하기 때문에 깨끗한 것을 가까이하고 더러운 것을 멀리하는 것이다. 이것은 방편일 따름. 집착하는 마음(편견)을 떠나서 보면 모든 존재는 다 깨끗하다."
>
> — 《대품반야경》

그렇습니다. 누가 나를 농부라 하든 시인이라 하든 그게 무에 그리 중요하겠습니까? 그냥 하루하루 주어진 길을 걸어가면 되는 것을. 내 입과 내 몸에서 나온 모든 것이 집착이었다고 생각하니 이제야 '모든 존재가 다 깨끗하게' 보입니다.

시인이 농사짓고 산다니까 저희 집에 이런저런 곳에서 많은 분들이 다녀갔습니다. 그분들은 아직 어설픈 농사꾼인 나를 찾아 여기까지 와서 무너져 가는 산골 마을을 온 마음으로 보셨을 것입니다. 그리고 가슴이 아팠을 것입니다. 그래서 나는 농촌을 걱정하고 자연을 그리워하며 나를 찾아 준 이분들과 함께 희망을 만들어 가고 싶습니다.

도시에 사는 자식들이 거추장스러운 물건처럼 두고 간 병든 할머니와 할아버지들, 농사지을 사람이 없어 버려진 논밭들, 수십 년 동안 마구 뿌려 댄 농약과 화학 비료에 병든 땅, 폭삭 무너져 내린 빈집, 버리고 떠난 빈집에 돌아다니는 들고양이들, 논밭 가에 쌓여 있다가 바람 불면 날아다니는 비닐 새(진짜 새가 아니라 삭고 찢기어 여기저기 날아다니는 비닐을 말하는 것입니다.)들이 농촌 풍경을 더욱 을씨년스럽게 했을 것입니다. 그리고 사룟값, 비룟값, 기름값, 온갖 농자잿값이 하늘 무서운 줄 모르고 올랐는데 농산물 가격만은 십 년 전이나 지금이나 비슷하거나 오히려 내렸습니다. 이래서는 우리가 당면한 문제를 해결할 수 없습니다. 농업과 농촌이 살아야 현재 벌어지고 있는 '실업 대란'의 공포에서 벗어날 수 있습니다. 왜냐하면 도시에서는 돈이 없으면 살 수 없지만, 농촌은 마음만 먹으면 아주 적은 돈만으로도 얼마든지 행복하고 자유롭게 살아갈 수 있기 때문입니다.

단 한 번뿐인 소중한 삶인데 행복을 누리며 살다 가야 하지 않겠습니까. 그런데 사람들은 서로 속이고 다투고 헐뜯고 온갖 욕심을 다 부리며 세상을 어지럽히고 있습니다. 먹는 물까지 돈을 주고 사 먹어야 할 만큼 환경은 오염되고, 많은 아이들이 아토피와 천식 따위로 고생한다 하니 가슴이 답답합니다. 이런 세상에서 누가, 어떻게, 어떤 마음으로 농사지었는지 알 수 없는 수입 농산물이 판을

결국 가난한 사람만이 가난한 사람을 살릴 수 있습니다.
가난한 사람만이 아이들을 살리고 세상을 살릴 수 있습니다.

치고 있으니 어머니들은 하나같이 밥상을 차리기가 무섭다고 합니다. 우리 어른들이 앞을 내다보지 않고 마구 살아온 탓이지요.

나는 사람이 태어나서 꼭 해야만 할 일 가운데 첫 번째가 자기 손으로 땅을 갈고 씨를 뿌려 가꾸는 일이라 생각합니다. 그래서 꼭 자기 손으로 밥상을 차려 봐야 한다고 믿습니다. 꽃이 아무리 아름다워도 뿌리에서 멀어지면 죽고 맙니다. 사람도 마찬가지입니다. 세상 모든 갈등과 죄는 사람이 자연에서 멀어지면서 생겨나는 것 같습니다. 어둠을 한탄하기보다 촛불 한 자루 켜는 마음으로, 남은 삶을 농사일에 몸과 마음을 쏟을까 합니다. 농사짓는 것이 특별한 일도 아니고 대단한 결심을 해야 하는 일도 아닙니다. 누구나 할 수 있는 일이고, 언젠가는 누구나 꼭 해야만 하는 일입니다. 뜻있는 분들과 함께 천천히 이 길을 걷고 싶습니다.

앞으로 이 땅에서 어떤 일이 벌어지더라도, 농촌이 살아 있으면 가난한 백성들은 살아갈 수 있습니다. 도시가 무너지고 농촌마저 무너지면 가난한 백성들은 오갈 데가 없습니다. 어떠한 일이 벌어져도 부자들은 돈을 먹고 살았으면 살았지, 땡볕에서 땀 흘리며 농사짓지 않을 것입니다. 그러니 결국 가난한 사람만이 가난한 사람을 살릴 수 있습니다. 가난한 사람만이 아이들을 살리고 세상을 살릴 수 있습니다.

아름다운 유산

살면서 미운 짓만 골라서 했는데도, 가장 많이 속이고 가장 많이 애를 태웠는데도, 가장 많이 실망을 안겨 드렸는데도, 어머니는 늘 그 자리에 서서 웃고 계셨습니다. 어머니는 이미 이 세상 사람이 아니지만, 이 세상 사람보다 더 가까이 계십니다. 그래서 '어머니!' 하고 불러 보면 어떤 날은 눈물이 나기도 하고, 어떤 날은 힘이 솟기도 합니다. 어머니는 내게 하느님이며 부처님입니다. 어머니가 없는 삶은 하루도 살 수가 없기 때문입니다. 어머니가 물려주신 '아름다운 가난'이 나를 이 자리까지 데려왔습니다.

아버지, 어머니에 이어 한 분뿐이던 형님까지 잃고 난 뒤, 나는 깊은 외로움에 쌓여 지냈습니다. 살아도 산목숨이 아니었습니다. 아무도 없는 곳에 가서 아무도 모르게 죽고 싶다는 생각을 자주 했습니다. 그래서 동무들과 어울려 만날 술로 세월을 보냈습니다.

살고 싶은 마음이 거의 사라질 무렵, 옆집에 살던 형이 "이 녀석, 이대로 두었다간 사람 버리겠다."며 나를 억지로(?) 성당에 데려가서 영세를 받게 했습니다. 성당에 다니면서 나와 생각이 다른 사람들과 자주 만나 이야기를 나누게 되었고, 세상에는 여러 가지 까닭으로 고통 받으며 외로움에 힘들어하는 사람이 많다는 것을 알았습니다.

어느 날, 성당에서 만난 동무가 내게 '가톨릭노동청년회' 공부 모임이 있으니 같이 참석해 보자고 했습니다. 나는 그때부터 하루

하루 배우고 깨닫는 데 재미를 붙여, 빠지지 않고 공부 모임에 참석했습니다. 주마다 여럿이 함께 모여 민노래(민중가요)를 배우기도 하고, 근로 기준법과 산업 재해 보상법 들을 공부하고, 똑같은 책을 읽고 토론을 하기도 했습니다. 그때 읽은 책 가운데 하나가《천국의 열쇠》입니다. 나는 그 책의 주인공처럼 누가 시키는 대로 삶을 살지 않고, 누가 알아주지 않아도 가난한 이웃들과 함께, 하고 싶은 일을 하면서 당당하게 살고 싶었습니다. 나는 사람을 만나 죽음보다 더 깊은 외로움에서 벗어날 수 있었습니다. 사람을 만나 '사람이 걸어가야 할 길'을 생각하고, 생각하면서 깨닫고, 깨달으면서 실천하려고 애썼습니다. 가난했던 어린 시절이 힘들지 않았던 것은 아니지만, 가난 때문에 병들거나 죽지 않는다면 나는 가난만큼 큰 스승이 없다고 생각합니다. 못난 내게 이런 생각을 일깨워 준 분은 한평생 우리말과 삶을 가꾸다 돌아가신 이오덕 선생님이십니다.

"사람은 가난하게 살아야 한다. 가난해야 물건을 귀하게 쓰고, 가난해야 사람다운 정을 가지게 되고, 그 정을 주고받게 된다. 먹고 입고 쓰는 모든 것이 넉넉해서 흥청망청 쓰기만 하면 자기밖에 모르고, 게을러지고, 창조력이고 슬기고 생겨날 수 없다. 무엇이든지 풍족해서 편리하게 살면 사람의 몸과 마음이 병들게 되고, 무엇보다도 자연이 다 죽어 버린다. 가난은 어렸을 때 체험하는 것이 중요하다. 그런데 그 가난은 책으로 배울 수 없다. 가난하게 살아간 사람의 이야기를 아무리 책을 통해 읽어도 자기 스스로 굶어 보지 않고는 굶주린 사람의 마음을 몸으로 알 수는 없다. 텔레비전으로 어떤 사람들의 가난을 보았다고 해도 그것은 가난을 구경한 것밖에 안 된다."

모두들 부자가 되자고 부추기는 이런 세상에서 가난해야만 한다는 선생님 말씀은 얼마나 귀하고도 소중한 말씀입니까? 나는 가난해야만 사람다운 정을 가질 수 있고, 자연을 살릴 수 있다는 것을 잊지 않으려고 합니다. 날마다 가슴에 새기며 헛된 부추김에 휩쓸리지 않으려고 애씁니다.

스스로 가난하게 사는 사람들은 가난하다는 이유만으로도 모든 사람에게 희망이 됩니다. 가난한 사람들이 있기에 이나마 깨끗한 하늘 아래 숨 쉬며 살 수 있는 것입니다. 모든 사람이 승용차를 타고 다닌다면, 모든 사람이 함부로 먹고 마시고 쓰고 버린다면, 이 지구는 벌써 사라졌을 것입니다. 가난한 사람들은 함부로 먹고 마시고 쓰고 버리지 않습니다. 결국 나보다 더 가난한 사람들이 있기에 깨끗한 하늘 아래에서 편안함을 누리는 것입니다.

스스로 잘나고 똑똑하다고 으스대는 사람들이나 모자람 없이 잘사는 부자들은 어질고 가난한 사람들을 잘 섬겨야 합니다. 있는 힘을 다해 잘 섬기고 나누어야 합니다. 그게 그들의 몫이고, 그래야만 조화롭고 아름다운 세상을 아이들에게 물려줄 수 있지 않겠습니까.

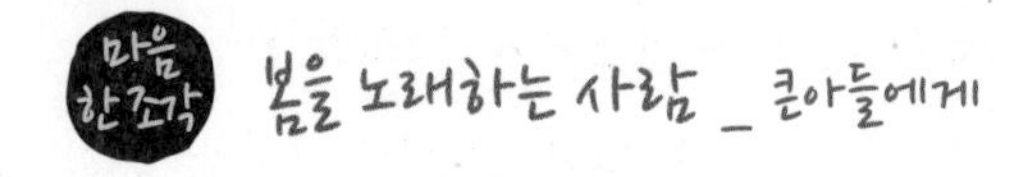

아들아, 아버지는 도시에서 살 때에도 땀 흘려 일했고 정직하게 살려고 애썼다. 셋방살이로 옮겨 다니면서도 다른 사람과 견주지 않고, 쓸데없는 욕심 부리지 않으려고 다짐하고 또 다짐하며 살았다. 그런데 언제부턴가 '나를 낳아 주고 길러 준 농촌을 나도 모르게 잊고 살았구나' 하는 생각이 자꾸 들었다.

어느 날, 서로 헐뜯고 속이고 다투고 잘난 척하면서 부끄러운 줄 모르고 살아가는 도시 사람들 속에서 내 모습을 보았단다. 나도 저들과 하나도 다르지 않구나 싶었다. 그날부터 내가 싫어졌다. '사람의 길'을 제대로 걷지 못하고 살아가는 못난 내 모습이 싫었던 게다. 그래서 도시는 사람이 오래 살아서는 절대 안 되는 곳이라는 생각이 깊어졌다.

사람은 은혜를 알고 덕이 깊은 사람을 곁에 두고 살아도, 자기도 모르게 불쑥불쑥 솟아나는 욕심 때문에 자주 흔들리지 않더냐. 조금만 깊이 생각해 보면 먹고 마시고 입고 자고 즐기는 모든 것이, 모두 다, 누군가의 노동과 희생이 있어야만 누릴 수 있는 것이 아니더냐. 그런데 다 제가 잘나서 그런 줄 알고 있으니 안타깝기만 하구나.

그럼 어떻게 살아야 할까? 사람은 누구한테 잘난 척하기 위해 태어난 것도, 돈을 벌어 떵떵거리며 살기 위해 태어난 것도 아니다.

사람은 너도 잘 알듯이 저마다 하고 싶은 일을 하면서 행복하게 살기 위해 태어난 것이다. 그래서 아버지는 아주 적은 돈으로도 행복하게 살 수 있고, 적게 벌고 적게 쓰고 적게 버리면서 조금이라도 사람과 자연한테 죄를 적게 지으며 살 수 있는 곳이 농촌이라는 생각이 들었다.

무엇보다도 아버지인 내 손으로 꼭 너희들에게 '아름답고 영원한 고향'을 만들어 주고 싶었다. 나이가 들면 들수록 그저 편하게 살고 싶은 마음이 아버지를 가로막을 것 같아, 큰맘 먹고 도시 삶을 정리하고 작은 산골 마을로 들어왔단다.

아버지가 네 어머니와 너희들을 도시에 남겨 두고 갑자기 농사짓겠다고 떠난 뒤, 중학교에 다니던 네 동생은 학교 급식비가 면제되었다는 소식을 들었다. 그래서 동무들에게 기가 죽었다지. 선생님이 주는 급식 카드를 받지 않겠다고 우기던 네 동생이 크게 야단을 맞았다는 이야기를 들었을 때는 당장 집으로 달려가고 싶었다. 아버지 때문에 괜스레 마음에 큰 상처를 입었으리라 생각하니, 가슴이 쓰리고 아파서 잠을 이루지 못했다.

큰아들인 너도 동무들이 영화 보러 가자는데 돈 없다는 소리를 차마 입 밖에 내지 못하고, 이런저런 핑계를 대고 그냥 집으로 돌아왔다고 하더구나. 그 말을 듣고 아버지로서 참 미안했다. 이 땅에 어느 아버지인들 그런 말을 듣고 미안하지 않겠느냐.

사람으로 태어나 꼭 필요한 곳에서, 하고 싶은 일을 하며 사는 것이 '부끄러운 죄'가 되는 세상이다. 이런 비뚤어진 세상을 만든 사람들 가운데 아버지도 한몫을 하지 않았겠느냐. 그래서 더욱 미안하다. 고집스러운 아버지 때문에 마음 아픈 일이 어찌 한두 가지 뿐이겠냐마는, 이 못난 아버지를 용서해라. 메마른 이 땅에서, 가진 것 없고 내세울 것 없어도, 옳은 일에 주리며 고집 하나로 살아가는 모든 아버지를 용서해라. 언젠가 네가 아버지가 되었을 때, 그때 다시 오늘 못다 한 이야기를 밤새 나누었으면 좋겠구나.

이제 아버지 걱정은 하지 마라. 아버지는 농부다. 이 세상에서 가장 소중한 게 무엇인지 알고 실천하는 농부다. 농부는 말 그대로 자연 속에서 자연과 더불어 농사지으며 사는 사람이다. 농부는 사람들의 '오래된 미래'고, 사람과 자연을 살리는 이 땅의 주인이다. 농부는 늘 겸소하고 부지런하다. 땀 흘려 일을 하지만 결과는 하늘에 맡기고 기다릴 줄 아는 사람이다. 그래서 늘 고마워할 줄 알고, 어렵고 힘든 일이 있어도 민들레처럼 봄을 노래하는 사람이다. 아무리 어려운 처지에서도 절망하지 않고 나눌 줄 아는 사람이다.

농부는 자기가 하는 일이 어떤 가치가 있는지 어느 누구보다 잘 아는 사람이다. 농부는 '공동선'을 이루기 위해 애쓰는 사람이다. 그래서 농부는 부지런히 농사짓는 것도 소중하지만 농사일을 좋아해야 하고, 즐길 줄도 알아야 한다. 하늘과 땅과 사람과 모든 생명들과 어울려 기쁜 마음으로 일하는 사람이 진짜 농부다. 농부는 늘 생명과 함께 살고 있으니 어느 누구보다 행복하게 살아야 한다.

그게 어디 쉬운 일이겠느냐. 농부들도 대부분 도시 사람들처럼 하루하루 살아남기 위해 자연과 사람을 병들게 하는 온갖 해로운 물질을 써 가며 농사를 짓는다. 먹고살기 위해서다. 아무리 그래도 내가 먹고살자고 다른 생명을 죽이는 짓을 함부로 해선 안 되지 않겠느냐.

아들아, 아버지를 잘 보아라. 비록 아버지가 아직은 생각만큼 다 실천하고 살지 못하지만 아버지를 자랑스럽게 생각해 다오. 아버지는 우리가 먹은 곡식이 똥이 되고, 그 똥이 거름이 되고, 그 거름이 흙으로 돌아가서, 다시 곡식이 되어 사람들의 입으로 들어갈 수 있도록 할 것이다.

밤이 깊었구나. 이 밤에도 아버지는 너를 생각한다. 너와 함께 이 세상을 헤쳐 갈 수많은 벗들을 생각한다. 이 시간만큼은 모두가 고단한 삶을 잠시 쉴 수 있기를 바란다.

세상의 물결을 거스르다

인동 할머니

119보다 빠른 이웃

종합병원 206호실

샘골 어르신 가시던 날

미안한 병원 신세

이 악물고 살아야지요

사람을 고물 취급하는 세상

아저씨, 괜찮으세요?

세상의 모든 '508호 병실'

인동 할머니를 보내 드리며

찜질방 가는 날

오래오래 잊지 않겠습니다

세상의 물결을 거스르다

이웃과 마음을 나눌 수 있는 사람은 오직 '나'밖에 없습니다. 내가 마음의 문을 열지 않으면 아무도 그 문으로 들어올 수 없으니까요. 산골 마을에서 이웃만큼 좋은 친구는 없습니다. 좋은 이웃은 하늘이 내린 가장 좋은 선물입니다.

세상의 물결을 거스르다

옛날, 아주 오랜 옛날에 불효막심한 자식들은 부모가 늙고 병들면 산에 내다 버렸다고 합니다. 세월이 흐른 지금은 산에 갖다 버리지 않고 요양 병원에 갖다 버립니다. 그때는 불효막심한 자식들만 부모를 갖다 버렸는데, 지금은 수많은 자식들이 드러내 놓고 부모를 요양 병원에 갖다 버립니다. 가끔 죽었는지 살았는지 전화질이나 하고, 명절 때는 어쩔 수 없이 잠깐 들러 인사를 나눕니다. 그리고 돌아서서 이렇게 말합니다.

"병들고 나이 들면 얼른 죽지, 왜 빨리 죽지도 않고 자식들 골병들이는지 모르겠네."

도시에서 공부를 많이 한 사람일수록 병든 부모들한테 함부로 말을 내뱉는다고 합니다. 제 자식이 그걸 보고 듣고 배우는 줄도 모르고.

어느 날, 요양 병원에서 삼 년째 일하는 이웃집 아가씨가 내게 말했습니다.

"선생님, 세상도 무섭고 늙기는 더 무섭습니다. 요즘 자식들은 부모가 병들면 요양 병원에 버려 놓고 잘 찾아오지도 않습니다. 가끔 내게 전화를 걸어서 '우리 아버지, 상태가 어떻습니까?' 하고 묻습니다. 가끔이라도 묻는 자식은 그래도 효자들입니다. 아예 안부조차 묻지 않는 자식도 많습니다."

이렇게 부모도 몰라보고 살 정도니 이웃인들 어찌 알 수 있겠습니까. 도시에서는 앞집 뒷집에 누가 사는지 몰라도 살아갈 수 있습니다. 도둑이 살든, 강도가 살든, 밤마다 사람을 토막 내는 살인자가 살든, 두부에 염산을 섞어서 파는 사람이 살든, 묵은 쌀을 햅쌀처럼 보이게 하려고 식용유를 뿌리는 사람이 살든, 사람이 먹어서는 안 되는 농약과 방부제 범벅인 수입 쌀을 국산 쌀이라 속여서 팔아먹는 사람이 살든, 일반 농산물을 유기 농산물이라 속여서 떼돈을 번 사람이 살든, 당면에 고무 가루를 섞어서 만드는 사람이 살든, 짐승도 먹지 않는 쓰레기 같은 음식을 넣어서 만두를 만드는 사람이 살든, 중국산 더덕에 황토를 발라 국산 더덕이라 속여서 파는 사람이 살든……. 대부분 알려고 하지도 않습니다. 도시는 이웃이 어떤 마음으로 어떤 일을 하는지 몰라도 살아갈 수 있는 구조를 갖고 있으니까요. 언제나 닫혀 있는 공간이라 (더구나 아파트는 더욱 그렇지요.) 바로 옆집에 혼자 사는 할머니가 죽었는데도, 죽은 지 한 달이 지났는데도 모르고 사는 게 도시 사람들입니다.

농촌 사람들은 앞집 뒷집에 누가 사는지 모르면 살아갈 수가 없습니다. 할미꽃 피는 무덤은 누구네 무덤인지, 마을 들머리 정자나무의 가지는 언제 부러졌는지, 언덕 아래 풀만 자란 저 산밭은 누구네 것인지, 잔칫날 돼지 잡을 때 쓰는 긴 칼은 누구네 집에 있는지, 누구네 소가 일 잘하고 힘이 센지, 누가 화학 비료와 농약을 많이 뿌려 대는지, 해마다 고추 농사는 누가 가장 잘 짓는지, 만식이 아저씨 이마에 상처는 왜 생겼는지, 가장 말조심해야 할 사람은 누

겉으로 좋은 말을 한다고 누가 알아듣기나 한단 말입니까?
이제 입으로 사는 시대는 끝났습니다. 수천 마디 좋은 말보다
실천하는 삶이 필요한 시대입니다.

군지, 돈 많으면서 구두쇠 짓을 하는 사람은 누군지, 누구네 자식이 실직을 했는지, 산청 할아버지가 피우는 담배는 몇 째 아들이 사 준 것인지, 개울에 물이 줄어들면 누구네 논에 물을 대고 있는지, 누구네 똥개가 밤마다 시끄럽게 짖어 대는지, 이런 작은 일까지 모르면 살아갈 수 없습니다. 농촌은 늘 열려 있는 공간이라 거짓말을 할 수도 없고, 도둑질을 하거나, 남을 괴롭히거나 해치는 일을 할 수가 없습니다. 그랬다가는 다리 뻗고 잠들 수 없기 때문이지요.

그렇다면 사람이 어디에 몸과 마음을 두고 살아야 '사람답게' 살 수 있고, 건강하고 아름다운 세상을 아이들한테 물려줄 수 있는지 말하지 않아도 되리라 생각합니다. 사람에게 생기는 몸과 마음의 병은 사람이 흙을 떠나서 살기 때문이라는 것도 말하지 않아도 되리라 생각합니다.

그래서 부탁드립니다. 지금 당장 편리하게 살자고 후손들의 삶터인 산과 들을, 그리고 논과 밭을 이제 더 이상 짓밟고 파헤쳐 길을 만들지 말라고. 맑은 골짝마다 돈을 벌기 위해 러브호텔과 식당 따위를 함부로 짓지 말라고. 돈이 있다고 수십억 수백억짜리 교회와 절 따위를 지어 사람을 끌어모으지 말라고. 제발 이제 그만 하라고.

겉으로 좋은 말을 한다고 누가 알아듣기나 한단 말입니까? 이제 입으로 사는 시대는 끝났습니다. 수천 마디 좋은 말보다 실천하는 삶이 필요한 시대입니다.

오래전부터 지갑 속에 들어 있는 쪽지 하나를 꺼내 읽어 봅니다.

내가 가는 길이 힘들고 어려울 때면 소리 내어 읽어 보는 글입니다.

"길이 어려울수록, 그 길을 택하여 가십시오. 그리고 세상이 버린 것들을 그대가 취하십시오. 세상이 하는 일을 따라 하지 마십시오. 모든 일에 세상과 반대 방향으로 걸어가십시오. 그리하여 그대가 찾는 그 길에 가장 가까이 도달하십시오."

인동 할머니

누가 내게 본받고 싶은 사람이 가까이 있느냐고 묻는다면 나는 '인동 할머니'라고 말할 것입니다. 인동 할머니는 올해 아흔 살이고 우리 집 바로 아래 살고 계십니다. 스물대여섯 나이에 남편을 잃고, 칠십 년 남짓 혼자서 농사를 지으며 살고 계시지요.

그런데 인동 할머니는 나보다 힘이 더 셉니다. 지난가을에도 사십 킬로그램 나락 포대를 혼자서 등에 붙이고 일을 했습니다. 나락을 햇볕에 널었다가 다시 포대에 쓸어 담고, 쓸어 담은 포대를 다시 등에 져서 차곡차곡 쌓는 일까지, 다른 사람 손을 빌리지 않고 혼자서 다 하셨습니다. 내가 가끔 거들어 드릴 때도 있지만, 그럴 때마다 부담스러워하시는 바람에 마음 놓고 거들어 드릴 수도 없습니다.

'등에 붙이고'라는 말은 할머니만 쓰는 말입니다. 등이 기역 자로 굽고 힘이 없어 등에 질 수도 없고 어깨에 멜 수도 없으니 무거운 포대를 등에 붙이고 일을 한다는 것이지요. 등에 붙이면 떨어질 걱정 없으니 마음이 놓이기는 하지만, 가까운 이웃인 내가 보기에는 늘 안타까운 마음이 가득합니다.

어느 날, 딸기 농사를 짓는 후배가 '무농약 딸기'라고 자랑삼아 가져왔습니다. 나는 할머니께 갖다 드리면 좋아하시겠다 싶어 작은 소쿠리에 담아 할머니 집으로 갔습니다. 그런데 할머니께서는 피를 흘리고 계셨습니다. 집게손가락이 큰 돌에 치여 뼈까지 훤히 보였습니다. 내가 보기에는 얼른 큰 병원에 가야 할 것 같았습니다. 그래서 짐차를 가져와 할머니 집 앞에 세웠지요.

"할머니, 병원 가야 할 것 같습니다. 차에 얼른 타시죠. 제가 병원까지 모시고 가겠습니다."

"몇 해 전에 이것보다 더 심하게 다쳤는데도 병원 안 갔소. 병원 안 가도 때가 되모 절로 낫는데 와 병원 가요. 그라니 걱정 말고 일 보소."

"할머니, 제가 보기에는 병원에 가시는 게……."

"괜찮다는데도 자꾸 그라네. 이래 좀 다쳤다고 병원 가모 맨날 병원 가야제. 그라모 일은 언제 하요."

아무리 말씀을 드려도 병원에 안 가실 것 같았습니다. 할머니는 옆에 있는 걸레를 손으로 찢어서 집게손가락에 감았습니다. 할머니 손에 감긴 찢어진 걸레는 적어도 십 년 아니, 이십 년은 된 것 같았습니다. 얼마나 낡았으면 힘없는 할머니 손에 쉽게 찢어지겠습니까.

할머니는 고무장갑을 끼고 다시 밭일을 하러 나가시려고 했습니다. 나는 이래서는 안 되겠다 싶어 읍내 약국에서 소독약과 붕대, 바르는 약과 먹는 약을 사 왔습니다. 그리고 상처 부위를 깨끗이 소독한 다음 약을 바르고 붕대를 감고, 집게손가락에 감겨 있던 피 묻은 걸레 조각은 쓰레기통에 버렸습니다. 그 모습을 본 할머니는 얼른 일어나 피 묻은 걸레 조각을 찾아 오셨습니다.

"할머니, 피 묻은 걸레 조각을 어디에 쓰시려고 가져오세요?"

"깨끗이 빨아서 다음에 쓰모 되지, 이 아까운 걸 와 버리요."

나는 할 말을 잃었습니다. 아니, 아무 말도 할 수 없었습니다. 피 묻은 걸레 조각 하나 버리지 않고 살아온 할머니의 삶을 생각하니, 이날까지 환경이니 생명이니 떠벌리고 돌아다닌 내가 얼마나 초라하고 부끄러운지…….

하루 일을 마치고 잠자리에 누웠는데 잠이 오지 않았습니다. '농사짓는다고 다 농사꾼이 아니구나. 농사꾼이 되려면 농사꾼다운 생각과 행동이 따라야 하는구나. 여태껏 함부로 쓰고 버리며 살아온 나는 언제쯤 진짜 농사꾼이 될 수 있을까.' 이런저런 생각들이 머릿속을 가득 메웠습니다. 검소함이 온몸에 배어 있는 할머니를 따라 살기에는 아직 버려야 할 게 너무 많은 내 자신이 부끄러웠습니다.

도시에서 크고 값비싼 승용차를 타고 다니며 온갖 더러운 매연을 뿜어 대면서 다른 사람들한테는 봉사와 희생을 요구하는 성직자들보다, 아이들한테 깨끗하고 아름다운 세상을 물려주자며 입만

살아서 떠들어 대는 시민사회 운동가들보다, 인동 할머니가 더 훌륭한 성직자이고, 시민사회 운동가라는 생각이 들었습니다. 인동 할머니 삶을 배우고 따라 살고 싶어 마음 가는 대로 시를 한 편 썼습니다.

겨울 햇살에

아흔 살, 인동 할머니
겨울 햇살에 앉아 하루 내내
떨어진 곡식 포대를 깁고 있다.

거저 가져가라 해도
아무도 거들떠보지도 않을 포대를
돈으로 따지면
새 것이라도 칠팔백 원밖에 하지 않을 포대를
그리운 자식처럼 끌어안고.

할머니 살아온 세월만큼
여기저기 닳고 헤진 낡은 포대는,
생살보다 기운 자리가
더 많은 낡은 포대는
어느새 할머니 동무가 되어

도란도란 이야기를 나누다
겨울 햇살에 스르르 잠이 든다.
할머니 품에 자식처럼 안겨.

큰 쥐들이 잠자는 이불을 다 뜯어 먹어도 그냥 쥐들과 함께 사는 할머니, 먹을 게 없어 돌아다니는 들고양이가 불쌍하다고 밥을 나누어 주는 할머니, 라면을 끓이다가 가스가 떨어져도 남의 도움 받는 게 미안해서 반쯤 익은 라면을 그냥 드시는 할머니, 전등불이 켜지지 않으면 내가 전등을 갈아 끼워 드릴 때까지 불도 켜지 않고 사시는 할머니, 한글도 모르고 숫자도 몰라 아무리 몸이 아파도 누구한테 전화조차 걸 수 없는 할머니, 가끔 나눠 먹을 것이 있으면 자갈밭 같은 투박한 두 손에 음식을 가득 들고 우리 집을 찾아오시는 할머니, 한 해 내내 돈 한 푼 쓰지 않고 시장 한 번 가지 않고도 불편한 줄 모르고 사시는 할머니, 물 한 방울도 아껴 쓰기 위해 틈만 나면 수도꼭지를 잠그고 또 잠그는 할머니, 플라스틱 바가지도 햇빛을 보면 오래 쓰지 못한다고 늘 집 안에 넣어 두는 할머니, 할머니를 생각하면 나는 정말이지, 시인도 농부도 아무것도 아닙니다.

119보다 빠른 이웃

산골 마을에서는 이웃보다 소중한 사람이 없습니다. 팽기 할아버지 집 아궁이 옆에 쌓아 놓은 장작더미에 불이 났을 때 얼른 달려가 불을 끈 사람도, 갑자기 가을비 내릴 때 여기저기 시멘트 길 위에 널어 놓은 나락을 함께 덮는 사람도, 혼자 사는 인동 할머니가 살아 계신지 돌아가셨는지 틈만 나면 들여다보는 사람도, 사슴농장 아주머니 얼굴에 화상을 입었을 때 아침마다 보건소에 모시고 간 사람도, 설매실 어르신이 경운기 사고로 피를 흘리며 쓰러졌을 때 마산 삼성병원에 모시고 간 사람도, 새터 할머니가 날이 갈수록 정신이 없어 가스레인지 불을 켜 놓고 산밭으로 나갔을 때 그 불을 끈 사람도, 무거운 나락 가마니를 함께 옮겨 주는 사람도, 모두 가까운 이웃들입니다. 멀리 있는 친척이나 자식들이 아닙니다.

경운기가 논두렁에 처박히면 자기 일처럼 끌어 올려 주는 사람도, 먹는 물이 나오지 않으면 연장을 들고 물탱크로 달려가는 사람도, 밤새 눈이 내리면 아침 일찍 일어나 마을길에 쌓인 눈을 치우는 사람도, 이웃집 자녀가 혼인을 하면 며칠 내내 음식 준비를 같이 하는 사람도, 산밭에 일손이 필요할 때 아무 조건 없이 달려와 주는 사람도, 농산물 값이 폭락하여 마음 둘 곳이 없을 때 그 설움을 달래며 막걸리 한잔을 나눌 수 있는 사람도, 발을 헛디뎌 언덕에 굴러 떨어져 다리가 부러졌을 때 가장 빨리 달려와 주는 사람도, 모두 가까운 이웃들입니다. 피붙이가 아무리 소중하다 해도 이웃만큼 소중하지는 않습니다. 119 구조대가 아무리 빠르다 해도 이웃만큼 빠르지 않습니다. 더구나 산골 마을에서는 이웃이 없으면 살 수가 없습니다.

그런데 요즘 도시에 사는 사람들을 보면 이웃의 존재조차도 잊어 가는 것 같습니다. 며칠 전, 도시에 있는 큰 유치원의 학부모 강좌에서 이백 명 남짓 되는 어머니들에게 이렇게 물었습니다.

"어머니들 가운데 앞집이나 윗집 또는 아랫집 이웃을 불러 밥 한 그릇 나눠 드신 분 있으면 손을 들어 보시겠습니까?"

아무도 손을 들지 않았습니다. 그런데 어떤 어머니 한 분이 손을 번쩍 들고 말했습니다.

"서정홍 선생님, 저는 오늘 아침에 처음으로 앞집에 사는 사람과 인사를 했습니다. 거의 칠팔년 만에 처음으로 말입니다."

"무슨 까닭이 있어 인사를 했습니까?"

"우리 집에 바퀴벌레가 하도 많아 관리실에 알아보았더니, 앞집에 사는 부부가 맞벌이 부부라서 방제를 거의 안 한다더군요. 그 말을 듣고 저도 모르게 화가 나서 앞집과 한판 싸우기 위해 대문을 두드린 것입니다. 지금 생각하니 입으로만 하느님을 믿은 것 같아 참 부끄럽습니다."

스스로 그 부끄러움을 드러낼 수 있는 것도 큰 용기란 생각이 들어 한 가지 제안을 했습니다.

"아이를 낳고 길러 올바른 길로 이끌어 주기 위해 애쓰시는 어머니 여러분, 제가 한 가지 제안을 드리고 가겠습니다. 요즘은 한창 김장철이지요. 햅쌀로 맛있게 밥을 지어 가까운 이웃들을 초대해서, 갓 담근 김장 김치를 손으로 쭉쭉 찢어 함께 밥을 드시기 바랍니다. 생각만 해도 얼마나 마음 설레는 일입니까. 이웃을 초대하여

피붙이가 아무리 소중하다 해도 이웃만큼 소중하지는 않습니다.
119가 아무리 빠르다 해도 이웃만큼 빠르지 않습니다.
더구나 산골 마을에서는 이웃이 없으면 살 수가 없습니다.

밥을 나누어 먹는 모습을 하느님이 보시면 얼마나 좋아하실까요. 자녀들이 그 모습을 보면 부모님을 존경하는 마음이 절로 일어나지 않겠습니까. 큰돈이 드는 것도 아니니 꼭 실천해 보시기 바랍니다. 사람 사는 집에 사람이 찾아오지 않으면, 그 집은 이미 사람 사는 집이 아닙니다. 찬 기운이 돌아 나쁜 귀신들만 들끓어 온갖 시끄러운 일이 다 일어나지요."

강좌를 마치고 돌아오는 길에 함박눈이 내립니다. 가까운 이웃들과 밥 한 그릇을 나눠 먹지 못할 만큼 바쁘게 살아가는 사람들의 머리 위에도, 나뭇가지 위에도, 마른 풀잎 위에도, 달리는 버스 위에도, 가로등 위에도, 어디 한 군데 빠짐없이 고루고루 눈이 내립니다. 사람 사는 세상도 이렇게 고루고루 잘 살았으면 좋겠다고 하얀 눈이 내리고 또 내립니다.

언제나 쉴 새 없이 일하는 사람들은 이 눈을 보고 이런 생각을 할지 모릅니다. '에그, 회사에 지각하면 어쩌지. 큰일이네, 자동차 다니기 힘들겠어. 언제 멈추나, 눈 치우는 게 보통 일이 아닌데 말이야.'

하지만 눈 때문에 회사 지각도 해 보고, 동료들과 옛날이야기도 주고받으며 눈을 쓸다 보면 금세 정이 들겠지요. 자동차가 꼼짝을 하지 못해 이삼 일 휴가를 가진다고 세상이 거꾸로 돌아가는 것도 아닙니다.

땀을 뻘뻘 흘리며 산을 오를 줄은 알지만, 산길 곳곳에 피어 있는 키 작은 들꽃이나 수십 년 또는 수백 년 동안 비바람 맞으며 서 있는 나무에게는 눈길을 주지 않습니다. 가만히 앉아서 들꽃을 바라보거나 나무에 기대어 먼 하늘을 바라보면 얼마나 영혼이 맑아지는지 느끼지 못합니다. 그런 일은 한가한 사람이나 하는 짓으로 여깁니다. 하지만 가끔은 가까운 이웃들과 천천히 걸으면서 흙냄새를 맡아 보고, 맑은 공기를 천천히 몸속 깊숙이 들이마시고, 가끔 풀밭이나 언덕에 앉아 살아가는 이야기도 나누다 보면, 삶이 얼마나 아름다워지겠습니까. 돈 한 푼 들이지 않고 말입니다.

이웃과 마음을 나눌 수 있는 사람은 오직 '나'밖에 없습니다. 내가 마음의 문을 열지 않으면 아무도 그 문으로 들어올 수 없으니까요. 산골 마을에서 이웃만큼 좋은 친구는 없습니다. 좋은 이웃은 하늘이 내린 가장 좋은 선물입니다. 모든 마을과 마을이, 모든 이웃과 이웃이, 좋은 선물이 되고 좋은 동무가 되는 날이 왔으면 좋겠습니다.

종합병원 206호실

바쁜 농사철에, 바쁜 농사꾼이, 갑작스러운 사고로 무릎 수술을 하고 입원한 지 보름이 지났습니다. 적어도 앞으로 대여섯 달은 농사일을 못 할지 모릅니다.

몸은 병실에 누워 있어도 마음은 산골 마을에 있습니다. 감자꽃이 피고 질 때가 되었고, 텃밭에 뿌려 둔 남새 씨는 잘 올라와 밥상에 오르기를 기다리고 있을 테고, 벌써 모 심을 때도 되었는데……. 잘 키워서 나눠 먹으려고 산밭에 심어 둔 부추와 대숲 아래에서 봄비를 흠뻑 맞고 쑥쑥 올라왔을 표고버섯과 마당가에 피어 있을 민들레도 못난 주인을 기다리다 목이 빠졌을 것입니다.

너무도 궁금하여 병원에서 억지로 외출 허락을 받았습니다. 태어나서 처음으로 목발을 짚고 집으로 들어서는데 갑자기 가슴이 찡했습니다. 좁은 병실에 갇혀 얼마나 그리워했는지 모릅니다. 흙냄새와 거름 냄새 맡으며 잘 자라고 있을 상추, 쑥갓, 치커리, 케일, 부추, 토마토, 가지, 생강, 마늘, 양파, 쪽파, 대파, 감자, 호박, 고추, 열무……. 내가 없어도 밤낮이 지나가고, 바람과 구름이 흐르고, 벌과 나비가 날아다니고, 꽃은 피고 지고, 세월이 흘렀던 모양입니다. 흐르는 세월 따라 텃밭의 남새는 풀과 어울려 잘 자라고 있었습니다.

필요한 책과 물건들을 챙겨 다시 병원으로 돌아갔습니다. 바쁜 농사철에, 바쁜 농사꾼이 논밭이 아닌 병실로 돌아가야 하는 것입니다.

농촌 지역에 있는 병원이라 병실에는 거의 늙은 농민들뿐입니다. 편리한 대신 돌이킬 수 없이 깊은 상처를 주는 농기계에 받히고 깔려, 성한 데 하나 없는 몸뚱이를 부둥켜안고 송장처럼 누워 있는 것이지요. 병실에 들어섰더니 어제 옆 병실에 입원한 덕만 어르신이 찾아왔습니다. 경운기 사고로 죽을 고비를 세 번씩이나 넘긴 어르신입니다. 나를 찾아오신 것은 아닙니다. 오토바이 타고 산밭에 다녀오다 넘어져 무릎을 크게 다치신 수동 어르신을 찾아온 것입니다. 일흔다섯 살인 두 어르신은 가까운 이웃 마을에 살고 있습니다. 두 분 모두 한평생 농사만 지으며 살아온 진짜 농사꾼이십니다.

"이 사람아, 우짜다가 입원을 했는가?"

"산밭에서 경운기 타고 내려오다가 언덕 아래로 굴렀네. 이래 살아 있는 게 기적이라 카이."

"크게 다친 데는 없나?"

"발목뼈 뿌라지고 갈비뼈 네 갠가 다섯 갠가 금이 가고……. 또 뭐라 카는지 기억도 안 나네."

"수술은 잘됐다고 하던가?"

"수술이 문젠가, 이 사람아. 동무 같은 술과 담배를 끊으라 카이 걱정이구먼. 의사 선생 말이 수술은 잘됐다고 하대. 세월 가면 낫는다고 걱정 말라고 하더만."

"수술할 때 전신 마취 했는가?"

"너무 늙고 병들어서 수술도 못 한다는 걸 억지로 사정사정해서 부분 마췬가 뭔가 했다네. 자네는 우짜다가 입원했는가? 지난해도 자네는 기계톱에 허벅지 다 날렸잖는가."

"나는 오토바이 타고 산밭에 다녀오는 길에 넘어져 갔고 무릎이 깨지고 어깨가 다 뿌사졌어. 그라고 보니 이 병원에 벌써 세 번째 입원이네. 나이 들수록 몸도 둔해지고 정신도 희미해져. 큰일이야, 농사지을 사람은 없고."

"지금 몇 시고?"

"벌써 밤 열 시네."

"자넨 잠이 잘 오던가?"

"너른 논밭에서 일하던 농사꾼이 좁은 병실에 갇혔는데 우째 잠이 오겠나. 병실에 누워 있으니 우찌 그리 해도 길고 밤도 긴지……."

"맞어. 아픈 것은 둘째고 지루해서 잠이 오질 않네. 이러다가 208호실 정곡 영감처럼 수면제 없이는 잠도 못 잘까 봐 겁나. 우쨌든 앞으로 대여섯 달은 병원 신세를 져야 하는데 걱정이구만. 병원 밥은 먹을 만한가?"

"내 손으로 농사지은 쌀로 집에서 밥을 먹어야지. 아무리 병원 밥이 잘 나와도 집에서 먹는 밥과 우찌 같겠는가? 그건 그렇고 농사철인데 걱정이 한두 가지가 아니구먼."

"이 사람아, 몸이 성해야 농사를 짓지. 농사 걱정 그만하게. 난 이제 농사지을 마음 없네. 몸도 마음도 지쳤네, 지쳤어. 자네도 이제 일손 놓게."

"평생 하던 일손 놓으면 무슨 재미로 살꼬."

"얼른 낫기나 하게. 언제까지 휠체어 타고 다닐 건가?"

"그래, 맞네. 얼른 나아서 내 발로 걸어 다녀야 마음 편케 잠을 자지. 자네도 몸조심하게."

"아파 누웠으니 멀리 자식새끼들 있어 봤자 아무 소용이 없네 그려. 그나마 이렇게 속을 털어 놓을 동무라도 있으니 마음이 편하구먼. 아무 걱정 말고 잘 자게."

두 분이 주고받는 이야기를 옆에서 가만히 듣고 있으니 가슴이 싸해집니다. 몇 년이 지나 늙은 농부들이 다 돌아가시고 나면, 박물관에 가야 농부를 볼 수 있을 거라는 후배 녀석 말이 생각나 더욱 가슴이 아픕니다. 더구나 "아파 누웠으니 멀리 자식새끼들 있어 봤자 아무 소용이 없네."라고 하신 말씀이 마치 나를 두고 한 말씀 같아서 가슴이 찡합니다.

샘골 어르신이 떠나고 난 뒤, 206호실에는 잠시 침묵이 흘렀습니다. 창밖엔 바람이 불고 봄비가 주룩주룩 내리는데, 햄버거 하나 잘못 먹고 설사가 멈추지 않아 입원한 서른 살 성진이는 사흘째 밤낮도 잊은 채 일본 만화책을 보느라 정신이 없습니다. 진철이는 자동차 공장의 높은 천장에서 떨어져 허벅지를 다친 탓에 수술을 스무 번도 넘게 했지만, 오른발과 왼발이 팔 센티미터나 차이가 납니다. 오랜만에 동무가 찾아와 함께 병실을 나간 진철이는 아직 들어오지 않고, 오른쪽과 왼쪽이 팔 센티미터나 차이가 나는 새로 맞춘 '특수 신발'만 침대 아래에서 주인을 기다리고 있습니다.

택시 운전 이십 년째라는 쉰두 살 기환이 형은 폐렴이 심해 링거 주사를 맞으며 피를 토할 듯 기침을 합니다. 고창에서 오신 할아버지는 변소에서 미끄러져 어깨뼈에 금이 가고 오른쪽 팔이 부러져 하루 종일 아무 말씀도 없이 앉아 있습니다. 다친 곳은 고창이지만 큰아들이 가까이 사는 이곳으로 오셨다는 할아버지는, 이제나저제나 아들 오기만을 기다립니다. 그런데 아들은 바쁘다며 삼사 일에 한 번, 겨우 얼굴을 내밀고는 금세 가 버립니다.

종합병원 206호실의 밤은 깊어만 가고, 아무도 거들떠보지 않는 텔레비전 연속극에서는 잘 차려입은 젊은이들이 양주를 마시며 울고 있습니다. 그 슬픔을 아는지 모르는지 봄비는 소리 없이 내립니다.

샘골 어르신 가시던 날

무릎 수술을 하고 입원한 지 한 달이 지났습니다. 큰 병원이 아니라서 그런지 병실에는 내과 환자와 정형외과 환자가 섞여 있습니다. 내 옆 침대에는 나와 같은 날에 입원한 샘골 어르신이 계십니다. 이런 인연으로 첫날부터 아버지와 아들처럼 잘 지냈습니다.

일반 병실이라 환자들이 여섯 사람이나 되지만, 아무래도 바로 옆에 있는 사람이 급할 때 도와주기 쉽습니다. 어르신을 돌봐 드리는 자녀들이 있긴 하지만 하루 종일 곁에 있는 게 아닙니다. 그래서 내가 여러 가지 잔심부름을 하고 있지요. 그러면서 어르신이 농사지으며 살아온 이야기를 틈틈이 들을 수 있어, 풋내기 농사꾼인 내게는 '큰 공부'가 되었습니다.

지리산 자락, 작은 산골 마을에서 한평생 농사지으며 살아오신 예순일곱 살 샘골 어르신은 췌장암 말기인데, 자신이 무슨 병에 걸렸는지도 모르고 지냅니다. 도시에 있는 큰 병원에서 수술을 받았는데 앞으로 두세 달밖에 살지 못한다 하여, 큰아들이 있는 창원으로 오게 되었다고, 둘째 며느리가 내게 살짝 말해 주었습니다. "이

사실이 절대 우리 아버님 귀에 들어가면 안 됩니다."라고 몇 번이나 당부를 하면서 말입니다.

자녀들도 아버지가 췌장암 말기인지 몰랐는데 경운기 사고로 입원하고 난 뒤, 여러 가지 검사를 하다가 알게 되었답니다. 샘골 어르신은 두어 달 전, 아궁이에 불을 땔 장작을 경운기에 가득 싣고 오다가 언덕 아래로 굴러 떨어져 죽을 고비를 겨우 넘겼답니다. 사오 년 전에도 경운기 사고로 팔과 갈비뼈가 부러지는 바람에 고생을 했고, 지난해는 모를 심고 경운기 타고 돌아오는 길에 승용차가 갑자기 뒤에서 들이받는 바람에 목과 허리를 크게 다쳐 넉 달이나 병원 신세를 졌답니다.

농촌에서 나이 예순일곱이면 젊은 나이입니다. 그런데 경운기 사고로 죽을 고비를 몇 번씩이나 넘기고 이제는 췌장암까지 걸려 링거 주사와 영양제에 의지한 채, 마지막 날만 기다리시는 어르신을 보고 있으니 억장이 무너집니다. 가난하고 못 배운 죄(?)로 한평생 농사지으며 살아오신 어르신이지만 누가 뭐래도 우리 모두의 은인입니다. 땡볕 아래에서 때론 비바람 속에서 백성들의 목숨을 지켜 주는 곡식을 생산하느라 애쓴 날들을 생각하면, 수천수만 번 무릎 꿇고 절을 해도 그 은혜를 갚을 길이 없으니까요.

이렇게 소중한 농사꾼인 어르신은 둘째 며느리가 호박죽이다 깨죽이다 전복죽이다 몸에 좋다는 음식을 만들어 와도, 드시고 나면 바로 토해 냅니다. 날이 갈수록 어르신은 물조차 드시지 못합니다. 살이 다 빠져 뼈만 앙상하게 남았는데도 하반신은 퉁퉁 부어 일어서지를 못해 오줌 주머니를 달고 지냅니다.

그 몹쓸 병은 낮에는 덜 아프다가 간호하는 사람이 아무도 없는 깊은 밤부터 새벽까지 샘골 어르신을 고통스럽게 합니다. 병원 가까이 사는 큰아들은 퇴근하고 잠시 왔다가 가 버리고, 조금 멀리 사는 둘째와 셋째 아들은 토요일이나 일요일에 잠시 왔다가 가 버립니다. 다행히 둘째 며느리는 어찌나 착한지 아침부터 저녁까지 잠시도 어르신 곁을 떠나지 않고 간호를 합니다. 아프다 하면 간호사를 데려오거나 팔과 다리를 주물러 드리고, 목마르다 하면 물을 떠먹여 드리고, 속이 갑갑하다 하면 배를 만져 드립니다. 친딸이라도 저렇게 정성껏 간호하지 못할 거라고 사람들은 입이 마르도록 칭찬을 합니다.

그러나 밤에는 아무도 간호할 사람이 없습니다. 간병인을 쓸 만큼 살림살이가 넉넉하지 않고, 이혼하고 혼자 사는 큰아들도 직장에서 퇴근하고 잠시 왔다가 얼굴만 불쑥 내밀었다가 얼른 가 버립니다. 내가 보기에는 어르신이 오늘 아니면 내일이라도 갑자기 돌아가실 것 같은 예감이 들어, 큰아들에게 조심스럽게 말했습니다.

"아버님이 진통제를 맞지 않으면 한숨도 주무시지 못합니다. 요즘은 진통제를 맞고도 얼마나 아파하시는지 끙끙 앓는 소리가 병실에 가득합니다. 식구들이 의논하여 밤에도 병실을 지켜야 할 것 같습니다."

큰아들은 내 말을 듣고 그 다음 날부터 어르신 침대 아래에 있는 보호자용 침대에서 잠을 자기 시작했습니다. 그러나 낮에 얼마나 힘든 일을 했는지 어르신의 앓는 소리도 듣지 못하고 코까지 골며 잠을 잡니다. 어르신은 앓는 소리를 아들이 들을까 봐 두루마리 화장지를 통째로 입에 물고 참습니다. 자식을 사랑하는 아버지의 마음이 얼마나 넓고 깊은지 곁에서 보고 있으면 가슴이 먹먹해집니다.

한평생을 그렇게 살아온 어르신이 오늘 아침에 돌아가셨습니다. 통증이 너무 심해 일반 병실에서 이인용 병실로 가신 지 이틀 만에 돌아가신 것입니다. 환자 수술용 수레에 누워 하얀 이불을 머리끝까지 덮고 승강기를 기다리고 있는 어르신을 바라보니 눈물이 저절로 나옵니다. 쇠지을 틈도 없이 땀 흘려 일하고 정직하게 살아온 농사꾼의 마지막 가시는 길이라 생각하니 어찌 눈물이 절로 나오지 않겠습니까. 간호사들도 울고, 같은 병실 환자들도 모두 나와 마지막 가시는 길을 지켜보았습니다.

이 땅에 몇 분 남지 않은 농사꾼이 하나 둘 돌아가시고 나면 누가 논밭을 갈고 씨를 뿌릴지, 누가 자라나는 아이들의 '건강한 밥상'을 차려 줄 수 있을지, 생각하면 눈앞이 캄캄한데 오늘따라 하늘은 그저 맑기만 합니다.

미안한 병원 신세

우리 마을 사람들은 멀리서 봐도 내가 무얼 하는지, 얼마나 힘든지 다 압니다. 그래서 늘 걱정을 하십니다. 일도 몸에 익지 않은 데다가 몸까지 약골이니, 저래서 농사일을 어찌 하나 걱정이 되시는 거지요. 그렇다고 농사꾼이 일을 앞에 두고 어찌 보고만 있겠습니까. 일하다 골병만 남은 마을 어르신들을 닮지는 말아야지 하면서도, 나도 모르게 마을 어르신들을 닮아 가고 있으니 그게 병이라면 큰 병이지요. 무릎이 아파 보조기를 차고 길도 없는 산밭으로 지게를 지고 오르내리며 거름을 넣고 손으로 밭을 일구었으니, 제 아무리 튼튼한 무릎이라도 탈이 날 테지요.

몇 달 전에 무릎 수술을 하고 퇴원을 했는데, 날이 갈수록 무릎이 아프고 힘이 없어 진찰을 받았더니 십자 인대가 끊어져 다시 수술을 해야 한다고 합니다. 담당 의사와 수술 날짜를 정하고 나니 몸과 마음이 바빠졌습니다. 농사철이 되기 전에 병이 나아 돌아와야 하니까요. 두어 달 전에 약속한 진주 삼현여고 이귀옥 선생님과 동료 선생님들의 방문은 다시 미룰 수가 없어 그대로 진행하고, 전남에 있는 대안 학교인 늦봄학교의 문학 창작 여행은 일정을 미뤄 달라 부탁하고, '열매지기 공동체 모임(귀농한 젊은 농부들의 공부 모임)'은 내가 없어도 잘될 것이고……. 그런데 농사일은 누구한테 부탁할 수도, 미룰 수도 없으니 몇 가지라도 해 놓고 가야 합니다.

이런저런 계획을 세우다 보니 사람 사는 게 참 복잡하구나 싶었습니다. 복잡하다는 말은 사람은 결코 혼자 살 수 없다는 말이겠지요. 이런저런 집안일을 마무리하고 떠날 채비를 하면서 병실에서 읽을 책을 가방에 넣었습니다. 곁에 있던 아내는 칫솔이며 속옷이며 필요한 물건들을 다 챙기고 나서도 뭔가 아쉬운 듯 자꾸만 돌아봅니다.

두어 달 남짓 오지 못할 거라는 생각을 하니 알 수 없는
그리움이 밀려듭니다. 말을 주고받을 수 있든 없든,
정이 든다는 게 이렇게 사람을 잡아 두는 것이구나 싶습니다.

두어 달 남짓 오지 못할 거라는 생각을 하니 알 수 없는 그리움이 밀려듭니다. 담장 아래 장독대, 차곡차곡 쌓아 둔 장작더미, 찾아오는 손님들이 가장 좋아하는 감나무, 지지난해 심은 작은 석류나무, 아내가 깨끗이 씻어 둔 하얀 고무신 두 켤레, 부러진 괭이자루 하나까지 눈에 쏙쏙 들어옵니다. 말을 주고받을 수 있든 없든, 정이 든다는 게 이렇게 사람을 잡아 두는 것이구나 싶습니다.

지난번에 입원했던 병원에 입원 수속을 마쳤습니다. 수술을 하기 위해 어젯밤부터 물조차 먹지 않았습니다. 508호 병실에서 간호사가 시키는 대로 속옷까지 다 벗고 수술복으로 갈아입은 다음 수술 시간을 기다렸습니다. 같은 병실에는 나보다 조금 먼저 입원한 고등학교 이 학년인 원석이가 오후 두 시에 수술한다며 기다리고 있습니다. 원석이는 학교에서 공을 차다가 무릎의 십자 인대가 끊어졌답니다. 같은 병실에서, 같은 병으로, 같은 날에 수술을 한다고 생각하니 원석이도 나도 서로를 '동지' 삼아 마음이 놓입니다.

원석이가 수술을 받고 돌아왔습니다. 수술 환자용 수레에 실려 꼼짝도 못하고 누워 있습니다. 하반신 마취를 한 상태라 허리 아래 부분은 움직일 수가 없는 것입니다. 내 차례가 되어 수술실에 들어갔습니다. 연속극이나 영화에서 본 듯한 수술실은 조용하고 깨끗했습니다. 나도 원석이처럼 하반신 마취를 한 다음, 누워서 수술하는 장면을 보았습니다. 담당 의사가 너덜거리는 인대를 긁어내고 잘라내는 게 눈에 보입니다. 한두 시간 지났을 무렵에 망치 소리와 그라인더 소리가 들리더니 수술이 다 끝났다고 합니다. 서로 간단한 인사를 나누고 나는 병실로 돌아왔습니다.

오줌 주머니에 무통 주사와 링거 주사 주머니까지 달고, 여덟 시간 동안 머리도 들지 말고 물 한 방울도 먹어서는 안 된다 하니 벌써부터 배가 고프고 온몸이 다 쑤십니다. 산으로 들로 돌아다니던 농사꾼이 꼼짝도 못하고 누워 있으려니 참 답답합니다. 그러나 이것도 큰 공부이고, 하루하루 사는 게 낯선 여행이라 생각하니 그나마 마음이 가벼워집니다.

아내는 이런 내 모습이 안타까운지 아픈 데는 없느냐, 불편한 데는 없느냐, 배고프지 않느냐, 필요한 게 있으면 말하라며 이런저런 위로의 말을 쉬지 않고 합니다. 내 한 몸 병들고 나니, 이 세상에 아내 말고는 아무도 없구나 싶습니다. 큰아들 녀석은 제대하자마자 학생들에게 '생태 교육'을 한다며 필리핀으로 떠났고, 작은아들 녀석은 몇 년 전에 자립하겠다며 떠났는데 설날에도 집에 못 올 만큼 하는 일이 바쁘다 합니다. 도시에서 이런저런 경험을 쌓은 다음 아버지처럼 농사짓고 살 테니 기다려 달라더니, 사람이 태어나서 제 먹을거리는 제 손으로 농사지어 먹고살아야 사람 노릇을 할 수 있다며 제법 어른 같은 소리도 곧잘 하더니, 언제쯤 그 약속을 지킬 수 있을지 아득하기만 합니다.

수술하고 대여섯 시간이 지났나 봅니다. 마취에서 깨어나 보니 아내는 침대에 엎드려 자고 있습니다. 아내를 보니 문득 옛날 생각이 납니다. 철없는 신랑을 만나 온갖 고생 다 하며 살아온 아내에게 오늘따라 더욱 미안해집니다. 어쩌다가 남의 덕으로 산골 마을에 작은 흙집 하나 지어 준 것 말고는 아내에게 해 준 게 없으니 입이 열 개라도 할 말이 없는데, 또 이렇게 병원 신세까지 지게 하니 말입니다.

이 악물고 살아야지요

아침에 자고 일어나니 온몸에 마취제, 항생제 냄새가 나는 것 같습니다. 십 년 남짓 아침밥을 먹지 않았는데, 간호사가 약을 꼭 먹어야 한다고 해서 밥을 먹었습니다. 숟가락을 드는데 오른쪽 팔이 가려워 살펴보니 온통 물집이 생겼습니다. 오후가 되니까 왼쪽 팔과 허벅지까지 물집이 생겼습니다.

병실에 함께 입원한 동료들이 다가와 걱정을 하다가 간호사를 불러 주고, 가려울 때는 얼음찜질이 좋다며 얼음주머니를 갖다 주기도 합니다. 몇 달째 병원 생활을 하고 있는 사람들은 반쯤 의사가 되어 있습니다. 저녁 무렵에 담당 의사가 와서 항생제 알레르기 같다며 다른 항생제로 바꾸어 볼 테니 긁지 말라고 합니다. 그런데 잠을 자다가 나도 모르게 긁는 바람에 더 심해졌습니다.

어지간한 병은 삼사 일 정도 아무것도 먹지 않으면 저절로 낫습니다. 그러나 수술한 뒤라 약을 반드시 먹어야 된다기에, 어쩔 수 없이 시키는 대로 꼬박꼬박 밥을 챙겨 먹습니다. 병실 동료들은 함께 웃자고 한마디씩 합니다.

“거참, 걱정이네. 우리는 항생제를 아무리 맞아도 괜찮은데 와 그렇노. 공기 좋은 산골 마을에서 채소만 묵고 살다가 오염된 도시에 와서 그렇나.”

“우리같이 도시에서 불량 식품도 묵고, 아무거나 잘 묵어야 이런 탈이 안 생기지.”

“서형, 한 며칠 지나면 괜찮아질 테니 너무 걱정 말고 참아 보소. 가렵다고 막 긁지 말고. 이차 감염인가 뭔가가 더 겁난다니까.”

무슨 약인지도 모르는 독한 약이 내 몸 구석구석을 파고들어 머리가 어지럽고, 눕기만 하면 잠이 쏟아집니다. 살고 죽는 게 옷 한 벌을 갈아입는 것과 같다더니, 산다는 게 덧없게 느껴집니다. 이십 대부터 내가 하고 싶은 일은 다 하며 자유롭게 살았으니, 죽어도 미련 따위는 없습니다. 나이 쉰이 넘었으니 남은 삶은 덤으로 사는 것이지요. 온몸에 열이 나고 아파 꼼짝도 못하고 누워 있으니 슬그머니 약한 마음이 나를 찾아옵니다. 지금 죽어도 ‘호상’이니 이대로 잠결에 죽었으면 좋겠다는 생각도 듭니다. 혼자서라도 세상을 다 바꿀 것처럼 용감했던(?) 정홍이도 제 몸이 아프니 별 수 없는 인간이라는 걸 깨닫습니다.

그래도 살아야지요. 이 악물고 살아야 합니다. 얼른 돌아가서 감자밭도 일구어야 하고, 감나무 가지치기도 해야 하고, 옮겨 심은 매실나무랑 무화과나무도 잘 자라도록 돌보아야 하니까요. 더구나 마을에서 가장 젊은 내가 건강하게 살아 있어야 늙고 병든 마을 어르신들이 돌아가시면 묻어 드릴 게 아닙니까. 수십 년 동안 도시에 살면서 늙으신 농부들이 애써 농사지어 준 곡식을 생각도 없이 넙죽넙죽 받아만 먹고 살았는데, 이제부터라도 내 손으로 농사를 지어 그분들을 살려야 하지 않겠습니까.

지난해 봄날에 만든 '강아지똥 학교(가까이 사는 젊은 농부들의 아이들을 모아 한 달에 한 번, 하루 내내 자연 속에서 일하며 노는 학교)' 아이들을 생각해서라도 튼튼한 몸으로 다시 돌아가야 합니다. 살면서 내가 알게 모르게 지은 죄가 얼마나 많은데, 그 죗값을 치르기 위해서라도 땀 흘려 일하고 정직하게 살아야 합니다. 못난 나 하나만 믿고 살아온 아내를 생각해서라도 건강해야 합니다. 남은 평생 날마다 아내 발을 씻어 주고 업고 다녀도 시원찮을 놈이지만, 산골 마을에서는 나 같은 나무꾼이라도 있어야 겨울을 따뜻하게 지낼 수 있습니다.

사람이 어디 한두 군데 아픈 데가 있어야 아픈 사람의 마음을 이해할 수 있고, 조금이라도 겸손해진다더니 마치 나를 두고 하는 말 같아 내내 부끄럽습니다.

사람을 고물 취급하는 세상

내가 입원한 병원은 이 층부터 육 층까지 거의 정형외과 환자 입원실입니다. 손, 발, 무릎, 허리, 목 들을 다친 사람들이라 휠체어를 타거나 목발을 짚고 다닙니다. 그래서 같은 병실에 있는 사람들이 서로 돕고 지냅니다. 다리 불편한 사람은 손이 불편한 사람을 돕고, 손이 불편한 사람은 다리가 불편한 사람을 돕습니다.

창원은 공단 지역이라 그런지 외국인 노동자들이 많습니다. 정형외과에서도 자주 마주칩니다. 손가락이 잘려 붕대를 감고 있기도 하고, 다리를 다쳐 목발을 짚고 다니기도 합니다. 주고받는 말을 다 알아들을 수는 없지만 얼굴에는 어두운 그림자가 짙게 깔려 있다는 걸 금세 느낄 수 있습니다.

외국인 노동자나 우리나라 노동자나, 다치고 나면 쓰다 버린 고물 취급을 받습니다. 건강한 몸뚱이 하나가 재산인데 하나밖에 없는 소중한 재산을 잃어버렸으니 얼마나 마음의 상처가 깊겠습니까. 살아 있는데도 아무짝에도 쓸모없는 사람 취급을 받는다면 차라리 죽고 싶다는 생각이 들지 않겠습니까.

이십 대 한창 나이에 나 역시 산업 재해를 당해 일 년 남짓 입원해 보았기 때문에, 그 마음을 조금은 헤아릴 수 있습니다. 내가 글을 써야겠다고 처음 마음먹었던 것도 그때였으니까요. 밤마다 고통을 못 이겨 자살을 꿈꾸기도 하고, 진통제나 술로 하루하루를 살아가는 산재 환자들의 이야기를 써서 '전태일 문학상'을 받았으니, 산재 환자들에게 남다른 정이 있는 것이지요.

며칠 전, 공단에서 일하던 시절에 만났던 순철 아우를 우연히 병원 복도에서 만났습니다.

"정홍이 형님! 여긴 어쩐 일입니까?"

"어쩐 일이긴, 무릎이 시원찮아 며칠 전에 수술했어."

건강한 몸뚱이 하나가 재산인데 하나밖에 없는 소중한 재산을 잃어버렸으니 얼마나 마음의 상처가 깊겠습니까. 살아 있는데도 아무짝에도 쓸모없는 사람 취급을 받는다면 차라리 죽고 싶다는 생각이 들지 않겠습니까.

"지난번에도 무릎이 아파 고생했잖아요?"

"그랬지. 지난번에는 하필이면 바쁜 농사철에 무릎이 아파서 가까운 이웃들까지 고생시켰어. 차츰 좋아질 줄 알았는데 자꾸 무릎에 힘이 없어 진찰했더니 십자 인대가 거의 다 끊어졌대. 그래서 올해는 농사철이 되기 전에 무릎 수술을 했다네."

"그럼 농사일은 어쩌고요?"

"겨울철이라 크게 바쁜 일은 없어. 봄이 돼야 감자도 심고 남새도 심지."

"아무쪼록 몸조리 잘 하세요. 저녁에 아내랑 맛있는 거 사 들고 다시 올게요."

순철 아우는 올해 마흔일곱 살입니다. 삼 년 전에 회사에서 주최한 마라톤 대회에 나갔다가 무릎 인대와 연골이 파손되어 지금까지 치료를 받고 있습니다. 수술을 한 뒤로 무릎이 구부러지지 않고 펴지지도 않아 네 번이나 수술을 했지만 낫지 않았습니다. 그래서 무릎 굽히기를 아예 포기하고 통증이라도 줄이기 위해 날마다 물리 치료를 받습니다. 새벽에 출근해서 일하고, 병원 문을 여는 시간에 와서 물리 치료를 받고 다시 회사에 갑니다. 새벽에 회사에 가는 이유는 물리 치료를 하는 시간만큼 일을 해야만 하루 임금을 받을 수 있기 때문입니다. 더군다나 치료비도 모두 순철 아우가 낸다고 했습니다.

회사에서 주최한 마라톤 대회에 나갔다가 다쳤는데 왜 네 돈을 주고 치료를 받느냐고 물었습니다. 산업 재해로 인정을 받아야 치료비도 들지 않고 장애 보상도 받을 수 있을 텐데 그러지 않는 까닭이 궁금했습니다. 순철 아우는 내 말을 듣고 씩 웃으며 말합니다.

"회사 간부들한테 조금이라도 거슬리면 언제 모가지(해고) 될지도 모르는데, 어찌 산업 재해 처리를 해 달라고 해요. 여기 나가면 오라는 데도 없고, 이제 나이도 들만큼 들었는데……."

"아무리 그래도 그렇지! 그렇다고 자네 돈으로 몇 년 동안이나 물리 치료를 받는 게 말이 되나. 한두 달도 아니고 치료비만 해도 얼만데? 치료받느라 새벽에 출근을 하다니 어이가 없네."

"치료비로 제 돈 들어간 것만 해도 이천만 원쯤 들었을 거요."

"땀 흘려 일해서 번 돈을 치료비 대느라 다 썼겠네. 이게 무슨 귀신 씻나락 까먹는 소린지……."

내 말이 끝나기도 전에 승강기 문이 열렸습니다. 순철 아우는 서둘러 승강기를 타고 손을 흔들었습니다. 나는 순철 아우를 보내고 병실로 돌아와 침대에 누웠습니다.

'이십 대부터 오십이 가깝도록 젊음을 바쳐 일해 온 회사인데, 늙고 병들었다고 고물 취급을 해서야 어느 누가 기쁜 마음으로 일할 수 있겠나.'

혼자서 서글픈 마음으로 이런저런 생각을 하다가 문득 그 옛날 회사 벽에 걸려 있던 현수막이 떠올랐습니다.

'사원을 가족처럼.'

사원을 '가족'처럼 생각하지는 못하더라도 사원을 '가축'처럼만이라도 생각해 주면 얼마나 좋을까요. 어려운 시절일수록 '사람의 마음'을 잃어버리지 말아야 하는데, 날이 갈수록 세상은 '사람의 마음'에서 멀어져 가고 있으니…….

병실 창밖에는 하얀 눈이 내리는데, 오늘따라 유난히 잠이 오지 않습니다.

아저씨, 괜찮으세요?

한껏 기승을 부리던 항생제 알레르기가 가라앉으니까 심한 몸살감기가 찾아와, 세상 모든 게 다 귀찮습니다. 수술이 끝나고 아직까지 먹는 약도 많은데, 몸살감기약도 먹어야 한다며 간호사가 사흘 분을 가져왔습니다. 아내는 영양제라도 한 대 맞아야 몸을 회복할 것 같다며 간호사에게 부탁을 합니다.

이렇게 몸이 아프고 힘들 때면 기다려지는 그리운 벗들은 무엇이 그리 바쁜지 그림자조차 보이지 않습니다. 저마다 그날그날 할 일이 있는 줄 어느 누구보다 잘 알면서도 이런 생각을 하는 내 자신을 들여다보니, 아직도 철이 들려면 까마득하구나 싶습니다. 그리우면 그리운 채, 외로우면 외로운 채, 그냥 살아가면 되는 것을…….

응급실에 가서 상처 소독을 하고 병실에 왔더니 정인이가 나를 기다리고 있습니다. 정인이는 서른두 살 된 여성 노동자입니다. 사람과 사람이 만나는 데는 나름대로 사연이 있겠지만, 정인이와 나 사이에는 슬프고도 깊은 사연이 있습니다.

벌써 십이 년 전 일입니다. 잘 알고 지내는 농민회 선배를 따라 고성군 어느 작은 마을 뒤쪽, 바다가 보이는 언덕을 올랐습니다. 아무도 찾아오지 않을 것 같은 야트막한 언덕에 자리 잡은 묘지에, 선배는 미리 준비한 소주와 과일 몇 개를 차리더니 절을 했습니다. 선배를 따라 절을 하고 언덕을 내려오면서 내가 물었습니다.

"선배님, 누구 묘지입니까?"

"저 아래 작은 오두막집에 살고 있는 정인이란 아가씨의 아버지 묘지라네. 농민회 선배님이시지."

"선배님은 언제부터 이 묘지에 찾아왔습니까?"

"십 년째라네. 정인이 아버지는 정인이가 두 살 때, 농민 운동 하다가 빵소니차에 치여 교통사고로 돌아가셨다네. 그때부터 정인이 어머니는 넋 나간 사람처럼 살았지. 어느 날, 어머니 등에 업혀 있던 정인이가 갑자기 등에서 떨어져 왼쪽 다리가 부러지고 왼쪽 눈을 크게 다쳤다네. 그날부터 어머니는 온다 간다 말도 없이 집을 나갔지. 정인이는 그때부터 지금까지 긴 세월을 할머니와 단 둘이 살고 있다네."

나는 더 이상 묻지 않고 선배님 뒤를 따라 정인이네 집으로 갔습니다. 그때 정인이의 나이는 스무 살이었습니다. 바람 불면 금세 쓰러질 것 같은 오두막집에 할머니와 단 둘이 살고 있었지요. 정인이는 우리를 보더니 무서워서 슬금슬금 구석으로 달아났습니다. 그 모습을 보고 할머니가 울먹이며 말씀하셨습니다.

"야가 다치고 나서 치료만 제대로 했으모 저래까지는 안 됐을 끼라예. 돈이 없어서, 그놈의 원수 같은 돈이 없어서, 큰 병원에도 한번 못 가 보고 저 꼴이 되었다 아입니꺼. 스무 살이 되도록 저래 방구석에만 박혀 있으니 걱정입니더. 인자 나도 살날이 얼마 남지 않았는데 우짜모 좋십니꺼? 사람 만나는 걸 죽기보다 싫어하고 말도 잘 못하고 저래가이 우찌 사람이 되겠십니꺼. 좀 도와주이소. 내 죽기 전에 제발 쟈를 좀 도시로 데려가 주이소. 사람 많은 데로 가야 사람이 될 끼라예."

정인이는 두 살 때 다친 후유증으로 왼쪽 다리는 걷기도 힘들 만큼 절룩거리고, 왼쪽 눈은 코까지 처져서 내가 보기에도 흉한 모습이었습니다. 나는 그날 정인이랑 오랫동안 이야기를 나누고 헤어졌습니다. 며칠 뒤, 나는 다시 정인이를 찾아가 도시에 나가서 일하지 않겠느냐고 물었습니다. 처음에는 입조차 열지 않던 정인이가 살며시 고개를 끄덕거렸습니다. 나는 정인이를 데리고 마산 수출자유지역으로 갔습니다. 무턱대고 공장으로 들어가서 반장을 만나게 해 달라고 했습니다. 그러나 정인이 얼굴을 보더니 모두 고개를 살래살래 흔들었습니다. 여러 공장을 다니다 보니 어느새 퇴근 시간이 다가왔습니다. '이제 마지막이다.' 하는 마음으로 어느 전자 공장으로 들어갔는데 기적처럼 바라던 일이 이루어졌습니다. 마음씨 좋아 보이는 반장이 얼굴이 일그러진 정인이를 보고도 놀라지 않고, 내일 건강 진단서와 주민등록등본을 가져오라고 했습니다.

정인이가 취직을 하고 한 달 뒤, 정인이 할머니가 돌아가셨습니다. 할머니가 유언처럼 하신 말씀이 이루어져서 참 다행이구나 싶었습니다. 할머니는 편안하게 눈을 감고 가셨겠지요.

스스로 돈을 벌어 절룩거리는 다리와 눈을 수술한 정인이는 몰라볼 정도로 건강하고 예뻐졌습니다. 회사 선배들을 잘 만나 여성 운동 단체에 가입해서 책도 읽고 사람들도 만나면서 기쁜 마음으로 살고 있습니다. 정인이는 해마다 서너 번쯤 내게 안부 전화를 합니다.

"아저씨, 어쩌다가 입원까지 하게 됐어요? 몇 달 전에 아저씨 시집 출판 기념회 때만 해도 건강하시더니……."

"별 거 아니야. 걱정하지 않아도 돼. 그동안 잘 지냈냐?"

"저야 뭐 너무 잘 지내서 탈이죠."

"듣던 말 가운데 참 기분 좋은 말이구나."

"언제쯤 퇴원해요? 퇴원하게 되면 미리 알려 주세요. 제가 맛있는 것도 사 드리고 영화도 한 편 보여 드릴 테니까요."

"다 큰 아가씨가 시집갈 생각은 하지 않고."

"시집은 혼자서 가나요. 짝이 있어야 가지요. 누가 나 같은 것을 데려가나요."

정인이는 내가 입원했다는 소식을 듣고 정말 걱정이 되어 찾아온 것이었습니다. 얼굴이나 내밀기 위해 찾아온 것이 절대 아닙니다. 나도 정인이도 그 사실을 알고 있습니다. 그 진심이 느껴져 너무나 고맙습니다.

촛불집회에 참석하기로 친구와 약속을 했다는 정인이를 보내고 나는 한참 동안 그 자리에 서 있었습니다. 지금의 정인이 모습을 보면 예전의 모습을 떠올리기 힘듭니다. 너무나 달라진 정인이를 보니 '돌아가신 정인이 할머니가 살아 계셨더라면 얼마나 좋아하실까.' 하는 생각이 들어 괜스레 코끝이 찡해졌습니다.

세상의 모든 '508호 병실'

한 달이 금세 지나갔습니다. 수술 자리에 실밥도 뽑고 물리 치료도 끝나 이제 퇴원하려고 합니다. 한 가지 병을 낫게 하느라 여러 가지 병을 얻어 온갖 고생을 다 했지만, 병원에 머무는 동안 많은 것을 배우고 깨달았습니다.

퇴원 준비를 하다가 한 달 남짓 함께 밥을 먹고 함께 잠을 자던 508호 동료들을 생각하니 발걸음이 떨어지지 않습니다. 기계에 손가락 세 개를 잘리고 두 달째 입원하고 있는 마흔두 살 진성이는 밤만 되면 잘려 나간 손가락이 가렵다고 합니다. 손가락이 없는데 어찌 손가락이 가렵냐고 물으면 자기도 알 수가 없답니다. 다만 느낄 뿐이랍니다. 때론 손가락도 없는데 손톱이 자라는 꿈을 꾸기도 한답니다. 그러고는 식은땀을 흘리며 한숨을 쉽니다. 그나마 타고난 성격이 낙천적이라 다행입니다.

그러나 공장 천장에서 이 톤이 넘는 무거운 쇳덩이가 떨어져 발등이 다 부서져 일곱 달째 입원해 있는 서른한 살 수환이는 걱정이 앞섭니다. 다치고 난 뒤부터 사람들과 말도 나누지 않고, 인사조차

퇴원 준비를 하면서도 마음이 자꾸 아픈 까닭은 이 땅에
508호와 같은 병실이 수천수만 개가 있기 때문입니다.
그 병실 안에 진성이, 수환이, 동주, 영호, 순철이와 같은
환자들이 수백만 명이 있기 때문입니다.

하지 않기 때문입니다. 혼인한 지 한 달도 되지 않아 이런 큰 사고를 당했으니 얼마나 상처가 깊겠습니까.

또 걱정되는 사람은 칠 년째 병원 생활을 하고 있는 서른일곱 살 동주입니다. 동주는 수환이처럼 산업 재해 환자입니다. 왼쪽 다리 하나를 기계가 씹어 먹는 바람에 병원을 몇 군데 다니다 삼 년 전에 이곳에 왔습니다. 삼 년이나 한 병실에 입원해 있으니 병원에서 모르는 사람이 없을 만큼 유명합니다. 아직도 수술한 허벅지에서 고름이 자꾸 나옵니다. 병명이 골수염이라는데 상처가 워낙 깊어 쉽게 낫지 않는다고 합니다. 엎친 데 덮친다더니 수술을 여러 번 하는 바람에 오른쪽 다리는 정상인데 왼쪽 다리는 십 센티미터나 짧습니다. 그래서 구두도 특별히 맞추었습니다. 오른쪽과 왼쪽이 십 센티미터나 차이가 나는 동주의 구두를 볼 때마다 어찌나 마음이 아픈지, 고개를 돌리고 싶을 때가 더 많습니다.

자동차 사고로 허리를 다친 태권도 사범인 스물여섯 살 영호는 누가 보면 꾀병 같기도 하지만 밤마다 허리가 아파 진통제를 맞습니다. 영호는 병실에서 막내라 한마디 불평도 없이 잔심부름을 잘 합니다. 오토바이 사고로 정강이뼈가 부러진 마흔 살 순철이는 워낙 성격이 좋아 우리 병실에서 '보물'입니다. 웃음을 주는 보물이지요. 순철이는 법원 아래, 작은 분식점을 운영하는데 배달을 나갔다가 초보 운전사가 차로 들이받아 지난주에 입원했지요. 그나마 순철이가 있어 떠나는 내 마음이 한결 편합니다.

우리가 편하자고 타고 다니는 자동차에 치여 지금도 얼마나 많은 아이들과 젊은이들이 병실에서 희망과 절망 사이를 오가며 힘겹게 살고 있는지, 경제 성장이란 괴물에 홀린 탓에 얼마나 많은 노동자들이 기계에 몸을 빼앗겨 장애인으로 살고 있는지, 생각하면 두렵고 무섭습니다. 병실에 찾아오는 건강한 손님들을 보면 남의 일 같지 않습니다. 내일 아니면 모레, 아니면 글피쯤 어느 누가 자동차 사고로, 혹은 산업 재해로 팔과 다리를 잃게 될지 모를 일입니다.

농촌 지역 병원에 가 보면 경운기, 트랙터, 엔진톱, 예초기 따위에 다친 농부들이 병실마다 가득합니다. 몇 달이 아니라 몇 년씩 입원해 있는 사람도 많습니다. 빠르고 편리한 물건일수록 사람 목숨을 쉽게 빼앗아 갑니다. 퇴원 준비를 하면서도 마음이 자꾸 아픈 까닭은 이 땅에 508호와 같은 병실이 수천수만 개가 있기 때문입니다. 그 병실 안에 진성이, 수환이, 동주, 영호, 순철이와 같은 환자들이 수백만 명이 있기 때문입니다. 내가 입원해 있는 작은 정형외과에서도 하루 이삼백 명이 물리 치료를 받고 있으니까요.

이런 현실을 모른다는 듯, 병원 창밖에서는 오늘도 어제처럼 자동차들이 아무 일도 없는 것처럼 씽씽 달리고, 어제 내린 겨울비 덕으로 하늘은 그저 맑기만 합니다.

인동 할머니를 보내 드리며

어느새 마당가 감나무 가지마다 연둣빛 새순이 꽃보다 더 아름답게 돋았습니다. 그 옆에서 아내는 하루 종일 송화차(솔잎 새순과 소나무꽃으로 만든 차) 단지를 씻고 닦느라 바쁩니다.

오늘은 한 해에 한 번, 마을 아지매(아주머니를 뜻하는 경상도 사투리입니다.)들을 모시고 숯불 찜질방에 가기로 약속한 날이었습니다. 그런데 우리 마을에서 가장 나이가 많으신 인동 할머니가 갑자기 돌아가셨습니다. 찜질방 약속은 어쩔 수 없이 다음으로 미루기로 했습니다. 마을 아지매들은 소풍 가는 마음으로 어제부터 송기떡(소나무 어린 가지의 속껍질로 만든 떡인데, 만드는 데 정성이 많이 들어가기 때문에 요즘은 쉽게 먹을 수 없는 귀한 떡입니다.)을 하고, 먹을거리를 준비하느라 바빴는데 말입니다.

인동 할머니는 열여섯 살에 시집와서 남편과 십삼 년을 살면서 딸 넷을 낳았습니다. 열여섯 살이면 중학교 삼 학년밖에 안 되는 어린 나이인데, 남편은 스무 살이나 많았다고 합니다. 게다가 불행하게도 스물아홉 나이에 남편을 잃고 육십 년이 넘도록 혼자 농사지으며 살아오셨지요. 그리고 오늘, 아흔셋 나이로 갑자기 돌아가셨습니다.

할머니가 돌아가신 날은 마침 일요일이고 부활절입니다. 인생은 죽음과 부활의 연속이라 하지요. 하루하루 자리에서 일어나면 산 것이고, 일어나지 못하면 죽은 것이지요. 오늘 아침, 할머니는 자리에서 일어나지 못했습니다. 죽음도 삶의 일부분이라고 하지만, 가장 가까이 사시던 할머니가 돌아가셨다고 하니 마음 한쪽이 텅 빈 것 같습니다. 빈집이 또 하나 늘었다고 생각하니 알 수 없는 쓸쓸함이 온몸을 감쌉니다. 돈 많고 똑똑한 사람이 죽으면 온 나라 언론이 떠들썩할 텐데, 남의 밥상을 차려 주느라 평생을 농사지으며 살아온 할머니께서 돌아가신 날엔 흔한 화환 하나 보이지 않습니다.

사람이 숨은 멈추어도 사흘 동안 귀는 살아 있다고 하더군요. 그래서 돌아가신 분 앞에서 시끄럽게 울거나 형제들이 재산 문제로 싸우면 편히 눈을 감지 못한다 하더군요. 그래서 그런지 아침부터 곡소리가 조용하게 들립니다.

우리 마을에는 상여를 멜 사람이 나와 어르신 두 분밖에 없어 윗마을 어르신들과 같이 상여를 멨습니다. 말이 좋아서 어르신이지, 모두 할아버지 나이입니다. 할아버지들이 할머니 상여를 메고 가는 것이지요. 상여꾼 가운데서 내가 가장 젊습니다. 아랫마을과 윗마을 다 둘러봐도 내가 가장 나이가 어리니까요.

종구잡이 어른(종을 치면서 길을 안내하는 사람)이 종을 치면서 장단을 맞춥니다.

"가네 가네 먼 길 가네. 다시 못 올 길을 가네."

상여꾼들은 "어어홍 어어홍 어하넘차 어어홍" 하며 장단을 맞춥니다. 장단을 맞추며 산길을 올라가는데 상여 멘 어깨가 어찌나 아픈지, 앓는 소리를 냈더니 내 뒤에서 상여를 멘 어르신이 이렇게 말했습니다.

"옛날에 양반이 죽었을 때는 상여꾼이 스물네 명이나 되었다네. 상여줄이 쌍줄이라 한쪽에 열두 명씩 서서 상여를 멨지. 지금 우리는 한쪽에 네 명씩 서서 모두 여덟 명이 상여를 메고 있지만, 무겁

돈 많고 똑똑한 사람이 죽으면 온 나라 언론이 떠들썩할 텐데,
남의 밥상을 차려 주느라 평생을 농사지으며 살아온 할머니께서
돌아가신 날엔 흔한 화환 하나 보이지 않습니다.

기는 스물네 명이 멜 때나 여덟 명이 멜 때나 똑같다네."

"아니 어르신, 왜 그렇습니까? 스물네 명이 상여를 메면 여덟 명보다 몇 배나 가벼워야 하지 않습니까?"

"그건 나도 알 수가 없다네. 어쨌든 자네가 느끼는 무거움이나 내가 느끼는 무거움이 똑같다는 말일세. 어깨가 아프더라도 조금만 참게. 쉬었다 갈 테니."

2000년에 덕유산 자락에서 농사짓고 살 때도 마을 어르신이 돌아가시면 상여를 멨습니다. 그리고 여기 황매산 자락에 들어와서도 상여를 멥니다. 가장 젊은 내가 상여를 메지 않으면 누가 메겠습니까? 젊은 사람이 없는 산골 마을은 상여꾼도 돈을 주고 사 온다고 하더군요. 요즘은 품삯으로 십만 원은 주어야 상여꾼을 구할 수 있다고 합니다. 돈도 돈이지만 상여꾼조차 돈을 주고 사 와야 한다고 생각하면 괜스레 서글퍼집니다.

할머니를 땅에 묻고 돌아오는 산길에 제비꽃은 어찌나 예쁘게 피었는지, 그래서 더욱 가슴이 시립니다. 길고 긴 세월을 혼자서, 그것도 여자의 몸으로 그 험하고 힘든 농사일을 하며 한평생 살아오신 인동 할머니는 말없이 흙으로 돌아갔습니다. 곧 빈집이 될 할머니 집 마당가에는 머위가 어찌나 많이 돋아났는지, 마을 사람들이 다 뜯어 먹고도 남을 것 같습니다. 할머니가 심어 놓고 간 쪽파도, 상추도, 도라지도, 벌써 자라 봄볕을 쬐고 있는데, 할머니는 이제 이곳에 없습니다.

찜질방 가는 날

오늘은 마을 아지매들을 모시고 숯불 찜질방에 가는 날입니다. 인동 할머니는 세상을 떠났지만, 산 사람은 살기 위해 밥을 먹고 똥을 누고 찜질방에도 갑니다. 어르신들은 찜질방에 가는 게 부끄러운지 아니면 어색한지, 가지 않으려고 하는 바람에 올해도 아지매들만 모시고 갑니다.

고물 짐차에 아내와 나 그리고 아지매 여섯 분이 탔습니다. 도시에서는 한 차에 이렇게 많은 사람이 타면 인원 초과로 벌금을 몇만 원씩이나 내야겠지요. 그렇지만 이곳은 시골인 데다, 아지매들의 몸무게가 중학생 정도밖에 안 나가기 때문에 안심하고 갑니다. 우동 아지매가 미리 준비해 둔 송기떡과 시루떡을 먹으며 소풍 가듯이 갑니다.

지난해에는 오후 두 시쯤 마을에서 출발했는데, 올해는 어쩌다가 해 질 무렵에 출발했습니다. 농사철이 다가온 통에 낮에는 논밭에서 일을 하고 늦게 출발한 것이지요. 다음부터는 농사일이 뜸한 겨울철에 가야겠다는 생각이 듭니다. 아지매들은 좁은 짐차 안에 둘러앉아 무에 그리 할 말이 많으신지 아이들처럼 웃고 떠들고 신이 났습니다.

드디어 찜질방에 도착했습니다. 아는 분이 진주 가는 길에 새로 생긴 찜질방을 소개해 주면서, 요즘 찜질방 홍보 기간이고 하니 한 사람 입장료가 이천 원쯤 할 거라 했습니다. 그런데 사천 원이나 했습니다. 아지매들은 그 사람한테 속았다며 투덜거렸습니다. 이번 찜질방 입장료는 아내가 도시의 삶을 모두 정리하고 농촌으로 돌아온 '기념'으로 한턱 쓰는 것입니다. 아내는 미리 준비한 돈으로 입장료를 내고 함께 들어갔습니다.

한 해에 한두 번 있는 나들이니까 오래오래 찜질을 할 줄만 알았는데, 저녁을 굶고 목욕하고 찜질을 한 탓인지 모두들 예상보다 일찍 나왔습니다. 찜질방 식당에서 간단하게 된장찌개와 밥을 먹으면서도 아지매들은 잠시도 쉬지 않고 이런저런 이야기를 주고받습니다.

"사내 하나 믿고 시집와서 이날까지 만날 논밭에서 죽어라 일만 했다 카이. 그라고 집에 들어오기만 하면 하루 세 끼 밥상 차리다가 세월 다 보냈다 아이가. 그런데 이렇게 가만히 앉아서 누가 차려 주는 밥상을 받아 보이 기분이 좋다야."

"밥상을 이래 차리고 사천 원 받으면 싸다, 싸."

"무에 그리 싸노. 나물이 맛대가리가 없는데……. 이래 밥상 차리모 나도 식당 차리겠다야."

"된장찌개 맛이 와 이렇노. 매워서 입도 못 대겠다. 된장찌개에다 소고기는 뭐 할라꼬 넣노."

"요즘 도시에 사는 여자들은 신랑이 돈 못 벌고 잔소리 해 쌓으모 이혼한다 카더라. 황혼 이혼인가 뭔가가 유행이라 카데. 늙은 기 이혼해서 우찌 살라꼬 그라는지 몰라."

"미우나 고우나 지지고 볶더라도 한번 만났으모 죽을 때까지 함께 살아야지. 미친년처럼 툭 하면 못 살겠다고 지랄들이니……."

"찜질했더니 신경통이 다 나은 것 같다야. 온몸이 시원하네. 마산댁(우리 아내 고향이 마산이라 마산댁이라 부릅니다.), 다음에 올 때는 떡은 내가 하께. 언제 또 오끼고?"

아지매들 이야기를 듣다 보면 때론 슬프기도 하지만, 세상 더러운 짓거리에 때 묻지 않고 툭툭 내뱉는 말씀을 들을 때마다 속이 시원해집니다. 아지매들 얼굴을 가만히 살펴보니 찜질을 한 탓인지 몇 년은 더 젊어 보입니다. 마을 아지매들이 세상을 떠나실 때 상여 메는 일도 중요하지만, 살아 계실 때 한 해에 한두 번이라도 찜질방에 모시고 오는 것도 잊지 말아야겠구나 싶습니다. 그래서 올해부터는 찜질방 일정을 미리 잡아 둬야겠다는 생각마저 듭니다.

집으로 돌아오는 짐차 안에서 지피에스(길을 안내해 주는 작은 기계)가 "도로가 위험하오니 속도를 줄여 주시기 바랍니다." 하고 안내를 하자 장대 아지매가 한마디 합니다.

"거참, 신기하네! 쪼매난 저게 말을 다 하네."

그 말을 듣고 모두 한바탕 웃습니다. 별것도 아닌 이야기도 어린아이처럼 웃고 떠드는 모습을 보니 천국이 따로 있는 게 아니라 여기가 바로 '천국'이구나 싶습니다.

아지매들이 모였다 하면 빠질 수 없는 게 노래입니다. 노래를 부르며 온갖 깊은 시름도 다 잊는 듯합니다. 사람 사는 데 노래가 없었다면 어떻게 되었을까를 생각하니 끔찍합니다. 지금보다 정신병원이 몇 배 더 늘어났거나 자살률이 몇 배 더 늘어났으리라 짐작

해 봅니다. 남모르게 가슴에 쌓인 응어리를 푸는 데 노래만큼 좋은 약이 어디 있겠습니까. 온갖 외로움과 슬픔을 풀 수 있는 노래는 하늘이 사람한테 내려 준 참 좋은 선물이 아닌가 싶습니다. 공자는 "시를 읽음으로써 바른 마음이 일어나고, 예의를 지킴으로써 몸을 세우며, 음악을 들음으로써 인격이 완성된다."라고 말했습니다. 결국 시와 예의와 음악이 모두 하나가 되는 것이지요.

아지매들이 부르는 노래 가사는 모두 '아름답고 슬픈 시'입니다. 올해 예순일곱 살인 우동 아지매가 가장 먼저 노래를 부릅니다. 우동 아지매 노랫소리는 어찌나 구성진지 들을 때마다 마음이 찡합니다. 쿵작거리는 반주는 없어도 짐차 안이 멋진 노래방이 되었습니다. 아지매는 가끔 산밭에서 풀을 매면서도 노래를 부릅니다. 아지매가 노래를 부르면 지나가는 새들도 나뭇가지 위에 앉아 가만히 듣고 있습니다. 가슴에 그 어떤 사연이 있어 지나가는 새들마저 귀를 기울이는 것일까요.

"구름도 울고 넘는 울고 넘는 저 산 아래 그 옛날 내가 살던……."
"산에는 진달래 들엔 개나리 산새도 슬피 우는 노을 진 산골에 엄마 구름 애기 구름 정답게 가는데……."
"오늘도 걷는다마는 정처 없는 이 발길 지나온 자국마다 눈물 고였네……."
"헤일 수 없이 수많은 밤을 내 가슴 도려내는 아픔에 겨워 얼마나 울었던가. 동백 아가씨 그리움에 지쳐서 울다 지쳐서……."

"청춘을 돌려 다오 젊음을 다오 흐르는 내 인생의 애원이란다.
못다 한 그 사랑도 태산 같은데 가는 세월 막을 수는……."

아지매들이 부르는 노래마다 슬픈 사연이 담겨 있지만, 들으면 들을수록 마음이 맑아집니다. 어느 시인이 슬픔만한 거름이 없다고 하더군요. 지난 세월을 뒤돌아보면 그 슬픔이 모두 밑거름이 되어 험한 세상을 잘 견디며 살아온 것 같습니다. 우리 마을 아지매들이 잘 부르는 노래 가운데 〈저 하늘 별을 찾아〉라는 노래가 있습니다. 한번 들어 보시렵니까?

오늘은 어느 곳에서 지친 몸을 쉬어나 볼까
갈 곳 없는 나그네의 또 하루가 가는구나.
하늘을 이불 삼아 풀벌레를 벗을 삼아
지친 몸을 달래려고 잠이 드는 집시 인생
아침 해가 뜰 때까지 꿈속에서 별을 찾는다.

가사가 하도 좋아서 한동 아지매한테 배운 노래입니다. 외로움이 뚝뚝 묻어나는 노래지요. 깊은 밤도 대낮처럼 환한 도시에서 살다가 해만 지면 사람 소리 하나 들리지 않는 산골 마을에 들어와 살다 보니, 외로움을 견디는 일이 곧 농부가 되는 길이구나 싶습니다. 사람은 누구나 자기만의 삶을 살다가, 혼자서 죽음을 맞이합니다. 하루하루 사는 게 외로운 여행인 셈이지요.

사람을 사람답게 만들어 주는 외로움조차 느낄 수 없이
바쁜 도시를 떠나, 노래 가사처럼 '하늘을 이불 삼아
풀벌레를 벗을 삼아' 살아가는 아지매들은 시를 쓰지 않아도
시인입니다.

참된 행복이란 외로움을 견디지 않고는 찾아올 수 없다는 것을 농사지으며 조금씩 깨닫습니다. 그리움이 없는 도시, 그래서 마음 둘 곳이 없는 도시, 더불어 살고 싶어도 남보다 똑똑하거나 뛰어나지 않으면 살아갈 수 없는 도시, 당장 죽어도 슬퍼해 줄 새 한 마리와 들꽃 한 송이 없는 도시, 죄짓지 않고 살고 싶어도 하루하루 사람과 자연을 괴롭히지 않고는 살 수 없는 도시, 늘 시끄럽고 복잡한 도시, 사람을 사람답게 만들어 주는 외로움조차 느낄 수 없이 바쁜 도시를 떠나, 노래 가사처럼 '하늘을 이불 삼아 풀벌레를 벗을 삼아' 살아가는 아지매들은 시를 쓰지 않아도 시인입니다.

아지매들을 모두 집으로 모셔 드리고 하늘을 보니, 오늘따라 별이 어찌나 빛나는지 눈이 부십니다. 괜스레 기분이 좋아 아내 손을 잡고 노래를 불렀습니다.

"민들레꽃처럼 살아야 한다. 내 가슴에 새긴 불타는 투혼. 무수한 발길에 짓밟힌대도 민들레처럼……."

오래오래 잊지 않겠습니다

아침 일찍 일어나 창문을 열어 보니 오랜만에 겨울비가 내립니다. 빗소리가 참 듣기 좋습니다. 비옷을 입고 설매실 어르신 집으로 올라갔습니다. 어르신 댁에 있는 가축들에게 먹이를 주기 위해서지요. 지난해 늦가을에 어르신이 경운기 사고를 당해 큰 병원에 입원을 하셨는데, 날이 갈수록 병세가 심해져 설매실 아지매가 병간호를 하러 가셨습니다.

그 바람에 아지매가 돌아오실 때까지 집짐승들에게 먹이 주는 일을 내가 합니다. 자녀들은 모두 도시에서 살고 있기 때문에 가장 가까이 사는 내가 맡아서 하는 것이지요. 오늘도 집짐승들에게 물과 먹이를 주고 집 안팎을 둘러보고 내려왔더니 아내가 울먹이면서 말합니다.

"여보, 설매실 어르신께서 돌아가셨다고 문자가 왔어요. 따님이 보냈는가 봐요. 여기 봐요."

아버님이 새벽 3시 40분에 돌아가셨습니다.

빈소는 마산 영락원 장례식장으로 모셨습니다.

문득, 어르신이 돌아가시기 전에 마을 사람들이 모여 주고받던 말씀이 생각났습니다.

"나이도 들고 간까지 좋지 않아 수술도 못 한다 카던데 우짜모 좋노. 그냥 하루라도 빨리 편하게 돌아가시모 얼매나 좋겠노. 산 사람 고생 안 시키구로."

"이 사람아, 무슨 말을 그렇게 하나. 이제 나이 칠십밖에 안 됐는데. 아직 일이십 년은 더 살아야 하는데 안타깝구먼."

"의사 선생이 낫지도 않을 병이라고 식구들에게 지난달부터 마음에 준비를 해라 캤답니다."

"그래, 아픈 사람도 아픈 사람지만 가족들도 보통 일이 아니제. 간병인 쓰는데 돈이 많이 든다며."

"돈이야 자식들이 있으니 우찌 알아서 하겠지예. 우쨌든 살아서도 농사짓느라 고생만 하고 살았는데 말입니더. 돌아가실 때라도 편하게 돌아가시모 얼매나 좋겠십니꺼?"

"그라모 좋기야 하지만, 죽고 사는 기 사람 마음대로 되는가. 다 때가 있는 법이여. 살고 싶다고 살고, 죽고 싶다고 죽을 수만 있으모 얼매나 좋겠는가."

마치 자기 일처럼 걱정하며 주고받던 말씀들이 새록새록 떠올라 더욱 마음이 찡합니다. 어르신이 돌아가셨다는 소식을 듣고 멍하니 마당을 보니 지게가 눈에 띕니다. 늙은이밖에 없는 우리 마을에 들어와서 농부가 된 것을 축하한다며 어르신이 내게 만들어 주신 지게입니다. 여기저기 버려진 가빠(비가 내릴 때 짐 같은 것을 덮는 방수포) 쪼가리를 가지고 밀삐(지게를 어깨에 걸어 지는 두 가닥 끈)를 얼마나 튼튼하게 만드셨는지 몇 십 년은 걱정 없이 쓸 것 같습니다. 그 지게를 지고 아무도 없는 어르신 집으로 다시 올라갔습니다. 어르신이 돌아가셨다고 생각하니 하나하나가 예사롭게 보이지 않습니다.

멧돼지 쫓느라고 흘러간 옛 노래를 틀어 놓고 혼자 주무시던 원두막, 바로 그 옆에 자식처럼 애써 돌보던 사슴들, 어르신 가는 데마다 졸졸 따라다니던 강아지, 초복이나 중복 때가 되면 보신하라며 잡아 주시던 닭, 사슴 똥오줌이 내려와 거름을 주지 않아도 끝도 없이 열매가 열린다며 자랑하시던 무화과나무, 짐승들한테는 수입 사료보다 풀이 보약이라며 큰 자루마다 가득 담아 놓은 마른 잔디, 몇 년은 걱정 없이 땔 수 있도록 차곡차곡 예술품처럼 쌓아 놓은 장작, 그 옆에 살아온 세월만큼이나 낡은 지게, 날이 닳고 닳아 둥글게 되어 버린 괭이, 날마다 짐승들 먹이 베느라 초승달처럼 작아진 낫, 대문 앞에 놓인 하얀 고무신, 모든 게 그대로 있습니다.

담배 피우면 몸에 해롭다고 아지매가 '잔소리'를 할 때마다 혼자 앉아 계시던 산밭도 그대로 있습니다. 아지매 몰래 담배 사러 갈 때나 아랫마을에 동무를 만나러 갈 때 타고 다니시던 경운기도 그대로 있습니다. 경운기만큼 소중한 동무가 없다 하시던 어르신, 그 소중한 동무가 오지 않을 주인을 기다리며 겨울비를 주룩주룩 맞고 있습니다.

설매실 어르신이 경운기 사고를 당하던 날도 오늘만큼이나 슬픈 날이었습니다. 죽은 귀신도 벌떡 일어나 일손을 돕는다는 가을걷이 때라, 어둠이 깔릴 때까지 일하시다 집으로 돌아오는 길이었다지요. 몸은 지치고 앞은 잘 보이지 않아 전봇대에 경운기를 들이받고 머리에 피를 흘리며 길바닥에 쓰러졌다지요. 그때부터 정신을 잃고 죽은 사람처럼 어둠 속에 쓰러져 계신 것을, 다행히 농사일을 마치고 늦게야 돌아가던 이웃 어르신이 보고 마을 사람들에게 알렸다지요.

나는 그때 집에 없었지만 마침 집에 있던 아내가 그 소식을 듣고 달려가 합천 고려병원으로 모시고 갔답니다. 합천 고려병원에서 큰 병원으로 가야 한다기에 진주 경상대학병원으로 갔고, 경상대학병원에서 여러 가지 사정으로 다시 진주 고려병원으로 갔습니다. 진주 고려병원에서도 큰 병원으로 가야 한다기에 마산 삼성병원으로 모시고 갔습니다.

그곳 신경외과 중환자실에서 아무 말씀도 못 하시고 하루에도 몇 번씩 이승과 저승을 오가는 어르신을 뒤늦게 찾아뵙고는 아무 말도 할 수 없었습니다. 나는 그날 이렇게 빌었습니다. 하루빨리 나으셔서 일흔 평생을 사시던 고향 마을로 다시 돌아와 농사꾼 흉내를 내고 돌아다니는 나를 아침저녁으로 꾸짖어 달라고 말입니다.

"땅이 풀렸는데 감자 심을 밭에 거름부터 넣어야지, 요즘 뭐 하고 있나! 감자는 거름이 없으면 자라지도 않고 알도 작아."

"지금 논바닥에 나는 풀을 잡지 않으면 가을에 수확할 게 없어. 그라고 풀약(제초제)도 안 치고, 저 많은 풀을 어찌 다 잡으려고 그러나. 걱정이네, 걱정이야."

"날씨 더울 때는 해보다 먼저 일어나서 풀을 매야 농사일이 줄지. 비닐도 쓰지 않고 농사지으려면 남보다 몇 배 더 부지런해야지. 그래 늦잠 자고 언제 고추밭에 풀을 다 매겠나."

"호박 넝쿨이 막 뻗어 나갈 때는 건들면 안 되네. 함부로 건들면 호박이 열리지 않아. 사람도 마찬가지지. 아이들이 한참 자랄 때 잘 못 먹거나 스트레슨가 뭔가 받으면 자랄 수 없어. 그때는 동무들과 산과 들로 뛰어다니며 놀아야 쑥쑥 크는데, 책상 앞에만 앉혀 두니 어찌 제대로 자라겠나."

"참깨나 들깨는 해 뜨기 전에 베는 게 좋아. 낮에 베면 땅에 다 떨어져. 무슨 농사든 심을 때가 있듯이 거둘 때가 있는 법이네. 그 때를 잘 알아야 농사꾼이 되지."

"가을배추는 비가 안 와도 이슬을 먹고 자라지. 이제 반쯤 자라 뿌리도 내렸으니 물을 자주 주지 않아도 된다네."

나의 농사 스승은 대학 교수도 아니고 농업 박사도 아닙니다. 바로 설매실 어르신이 나의 스승입니다. 어르신은 경운기 사고를 당하시던 그날 아침, 저희 집에 오셔서 소주를 한잔 드시고 가셨지요. 그게 내가 따른 마지막 잔이었습니다. 그 전에 몇 번이나 저희 집에 밥상 차려 놓고 모시러 가도 한 번도 오지 않으시더니, 그날 아침에는 어인 일로 저희 집에 오셔서 소주를 한잔 달라고 하셨는지 알 수가 없습니다.

"자고 일어나면 일이고 자고 일어나면 일이고, 만날 사는 게 고생인데 이래 살면 뭐 하겠노. 죽는 게 더 편하지."

내가 일하는 산밭을 지나가실 때 가끔 하시던 말씀이 생각나 가슴 찡한데, 어르신이 자식처럼 돌보던 사슴이며 강아지며 닭들이 배고프다며 울어 댑니다. 여태 제 목숨을 살려 준 주인이 돌아가셨는데, 저 무심한 것들은 그저 배가 고프다고 울어 댑니다. 설매실 어르신이 돌보던 저 무심한 것들에게 오늘은 어르신 대신 내가 먹이를 주었습니다. 스승인 어르신이 없는 산골 마을은 그저 막막하기만 합니다.

지난해는 인동 할머니와 금동 할머니가 돌아가시고 올해는 설매실 어르신이 돌아가셨습니다. 우리 마을에 사람이 사는 집은 이제 열한 집입니다. 방아실 아지매, 설매실 아지매, 장대 아지매, 팽기 어르신은 혼자 사시고, 다른 집은 부부가 삽니다. 가만히 헤아려 보니 우리 마을에는 모두 열여덟 분이 살고 있습니다. 이분들도 한 분 두 분 어르신 뒤를 따를 것입니다. 태어날 때는 차례가 있는데, 죽을 때는 차례가 없으니 언제, 어느 때, 누가 설매실 어르신 뒤를 따르게 될지 아무도 모릅니다.

누군가 내게 '하늘과 땅이 하나이듯이 삶과 죽음이 하나'라 했습니다. 그때는 그 말뜻을 헤아리지 못했는데 이제야 조금 알 것 같습니다. 어르신은 떠났지만, 어르신이 일구었던 땅과 나무와 짐승들이 바로 어르신의 또 다른 모습이란 걸 알았습니다.

"어이구우, 이제 우리 집 사슴들은 우짜모 좋노. 이제 영감 죽고 나면 농사고 뭣이고 아무것도 짓지 못 한다 카이. 우쨌던 밭에 메밀도 베야 하고 얼음 얼기 전에 토란도 캐야 하고 감도 따서 자식들 나눠 줘야 하는데."

한평생 같이 살던 어르신이 언제 숨이 끊어질지 모르는데 중환자 대기실에서도, 잠시 집에 돌아와서도, 봄부터 자식처럼 보살핀 곡식들 걱정만 하시던 설매실 아지매도 설매실 어르신의 또 다른 모습이란 걸 알았습니다.

어르신, 자고 일어나면 일이고 자고 일어나면 일이라, 만날 사는 게 고생이라고 하셨지요. 이 세상은 산 사람에게 맡기시고 부디 안녕히 가십시오. 오래오래 잊지 않겠습니다. 오래오래 잊지 않을 것입니다.

마음 한 조각 사람의 길로 가라 _ 막내아들에게

아들아, 아버지가 아끼는 후배 가운데 민수 아저씨 알지? 얼마 전에 민수 아저씨의 아들 돌잔치에 참석했단다. 부산에 있는 '가든 뷔페'라는 곳에서 열렸지. 먼 길을 마다하지 않고 갔는데 돌잔치 상에는 사과, 배, 새우, 과자, 꽃, 모든 게 땅에서 나온 것이 아니라 공장에서 만들어진 가짜배기로 한 상 가득 차려져 있더구나.

돌잔치 상 맨 앞에는 돈, 술, 실, 연필, 이 네 가지가 놓여 있었는데, 어른들은 첫돌 맞은 아이에게 이 네 가지 가운데 한 가지를 집으라는 시늉을 했어. 아무것도 모르는 아이는 어리둥절하더니 돈을 집더구나.

그때 여기저기서 "와아아!" 하고 손뼉 소리가 쏟아졌어. 그리고 손님들이 그러더구나.

"고 녀석, 벌써 돈맛을 아는구나. 자라서 부자가 되겠어."

아버지는 그 광경을 보고도 아무 말을 할 수 없었다.

간단한 돌잔치 행사가 끝나고 손님들이 줄을 서서 뷔페 음식을 가져가는데 어떤 사람들이 이런 말을 주고받더구나.

"여기는 많이 먹든 적게 먹든 밥값이 한 사람 앞에 이만 원이 넘는다 카던데. 참 세상 편리해졌구마. 돈만 있으모 못 할 게 없네."

"밥 안 먹고 싶으모 식권 들고 안내실 앞에 가면 선물세트로 바꾸어 준다 카더라. 그것도 배려 아이가. 경조비 내고 밥 먹는데, 마땅히 밥 안 먹는 사람한테는 돈을 주든지 선물세트를 주든지 해야지."

아버지는 이래저래 밥맛이 뚝 떨어져 음식에 손도 대지 않고 그냥 나왔단다. 가짜배기 돌잔치 상을 차려 놓고, 아기가 돈을 집었다고 손뼉을 치는 사람들과 어울려 아버지도 덩달아 손뼉을 쳤으니 밥맛인들 있겠나.

아들아, 오늘 낮에는 아버지가 아끼는 후배 상국이 아저씨의 아들 돌잔치에 초대를 받아 갔단다. 너도 잘 알잖아. 지지난해였던가. 노동 운동 하다가 잡혀 가서 감옥살이를 몇 년 하다 나왔다며 우리 집에 찾아왔지. 그날 아버지랑 두부에 막걸리 한잔 나누며 밤을 새웠잖아. 그리고 지난봄에 지리산 기슭으로 들어가서 아버지처럼 남의 논밭을 빌려 농사지으며 살지. 이런 자랑스러운 후배의 아들이 자라 돌잔치를 한다는데 기쁜 마음으로 달려가야지.

돌잔치는 지리산 자락에 있는 조그만 숲속에서 열렸어. 숲속이라 도시처럼 쉽게 찾을 수 있는 곳이 아니었지. 그 '불편'을 무릅쓰고 초대한 사람이나 초대 받은 사람이나 모두 아름답게 보였어. 아버지는 이 잔치에 초대받은 것을 기쁘게 생각했단다. 그리고 오래도록 가슴속에 남을 거라 생각했지. 숲속이라 그냥 서 있기만 해도 기분이 좋았으니까 말이다.

그런데 갑자기 나보고 '덕담'을 해 달라고 부탁을 하지 뭐냐. 어른신들도 계시고, 아버지보다 나이 많은 선배들도 있는데 쑥스럽기도 했지만, 분위기가 거절할 수 없을 만큼 무르익어 한 말씀 드렸단다.

"오늘 첫돌을 맞이하는 이 아이는 여기 계신 모든 분들의 아이입니다. 왜냐하면 이 아이 하나를 잘못 키우면 사람과 자연을 살릴 수도 있고 죽일 수도 있기 때문입니다. 그래서 이 아이는 우리 모두의 아이입니다.

아무쪼록 이 아이가 메마르고 험한 세상을 잘 헤쳐 나가 세상을 밝히는 빛이 될 수 있도록, 우리 모두 기도하고 슬기를 모아야 합니다. 작은 욕심이 있다면 이 아이가 메마른 도시, 콘크리트 속에서 자라지 않고 이런 아름다운 숲 속에서 자랐으면 좋겠습니다. 튼튼하게 자라 사람과 자연을 살리는 훌륭한 농부가 되면 더 바랄 게 없겠습니다. 아버지를 닮아 스스로 농부의 길을 선택한다면 이보다 더 큰 축복과 기적이 어디 있겠습니까.

그래서 오늘은 이 아이만의 잔치가 아니라 여기 모인 여러분들과 함께 여는 거룩하고 소중한 잔치입니다. 그럼 하늘과 땅과 농부와 온갖 목숨붙이들이 땀과 정성을 모아 심고 기른 이 음식을 기쁜 마음으로 드시기 바랍니다. 고맙습니다."

서툰 덕담을 마치고 자리에 앉아 밥을 먹는데 틈틈이 손님들이 아버지에게 다가와 말을 걸었단다.

"아이구우, 말씀 잘 들었습니다. 이런 덕담은 내 평생 처음 들어 봅니다. 잘 들었습니다. 저는 아랫마을에 사는 농사꾼인데 선생님 말씀을 듣고 힘이 펄펄 납니다."

"선생님, 다다음 주 우리 손자 녀석 돌잔치 때 오셔서 덕담을 해 주실 수 있는지요? 이 자리에 오기를 참 잘했다 싶습니다."

아버지가 얼떨결에 한 말인데, 손님들이 칭찬을 많이 해 주어, 부끄러워 밥이 잘 넘어가지 않았단다. 그리고 집으로 돌아오면서 곰곰이 생각해 보았단다.

'오늘 내가 한 말을 그대로 도시 콘크리트 건물(뷔페 식당)에서 했다면 사람들이 좋아했을까?'

단박에 아니라는 생각이 들었단다. 곰곰이 생각해 보니 아버지가 사람을 감동시킨 게 아니라, 숲이 아버지같이 못난 사람의 입을 빌려 사람들한테 말을 잘 전해 준 거지.

아들아, 똑같은 돌잔치인데도 도시에서는 경조비를 받는 사람이 책상에 앉아 손님들한테 일일이 돈을 받더구나. 그 돈으로 음식값을 내지 않을까? 그런데 농촌에서 벌어진 이날 돌잔치에는 경조비는 절대 받지 않는다는 안내문까지 써 붙여 놓았더구나. 돌잔치에 초대 받은 사람 가운데는 반 이상이 가난한 농부들이었어. 주인이 그걸 알고 안내문까지 써 붙여 놓은 걸 보니 저절로 마음이 흐뭇해지더구나.

아들아, 음식만 잔뜩 차려 놓는다고 잔치가 아니다. 음식이 조금 모자라더라도 옳은 방법으로 잔치를 열어야 '거룩한' 잔치가 되는 것이지. 손수 만든 음식 한 가지도 없이 어찌 손님을 초대할 수 있는지 한 번쯤 생각해 보아야 하지 않을까. 아무리 돈만 있으면 못 할 짓이 없는 편리한 세상이라지만 말이야. 아들아, 너는 세상과 반대 방향으로 가면 좋겠구나. 그 길이 '사람의 길'이 아니겠느냐.

부끄러운 밥상

우리가 죽고 나면 끝나는 거지

가난한 사람은 죄를 짓지 않는다

막걸리 한잔 드시지요

당신 없는 세상은 의미가 없어요

천하에 몹쓸 놈들

농부, 이 시대의 성직

이놈들아, 너희들 살리자고

그대를 보내지 않았습니다

세상에서 가장 소중한 것은

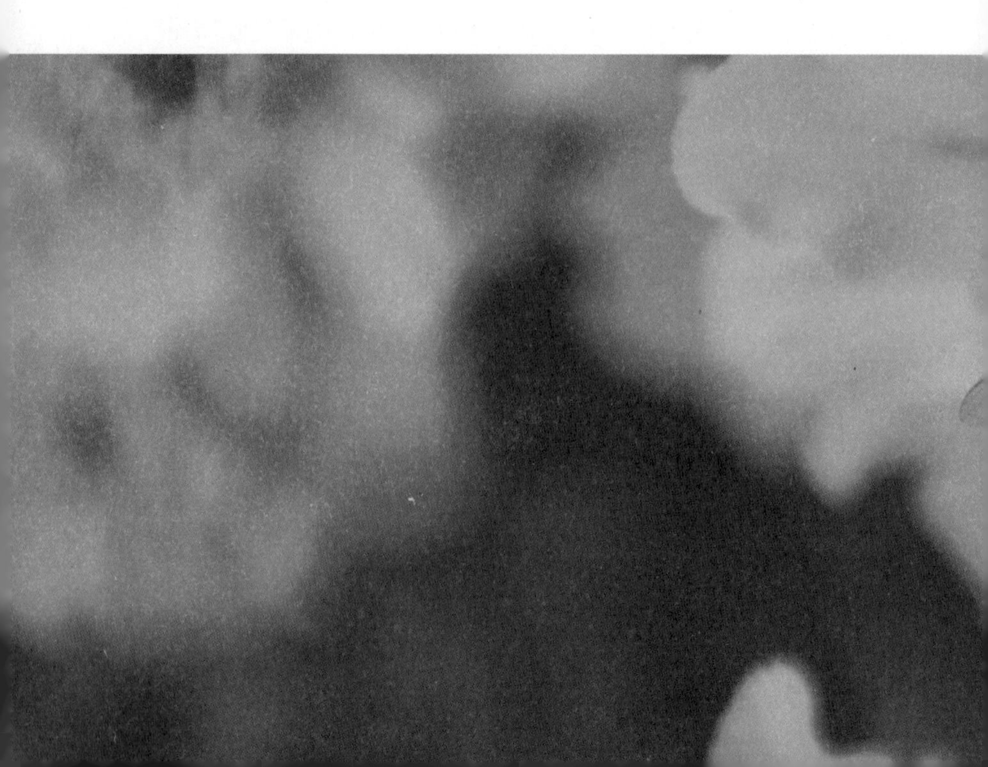

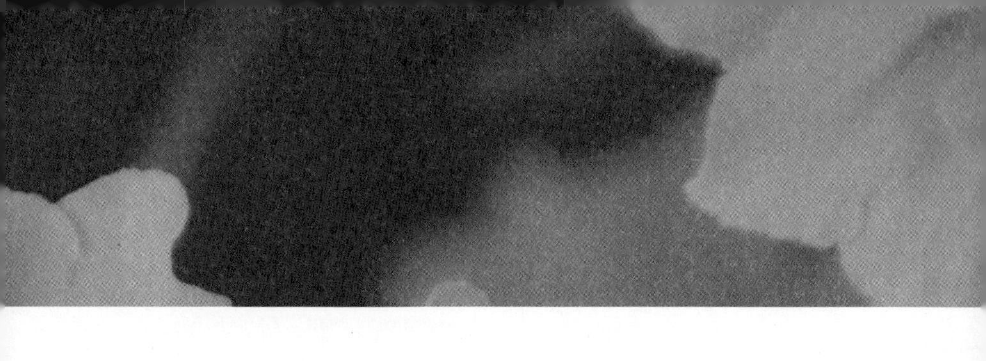

세상에서 가장 소중한 것은

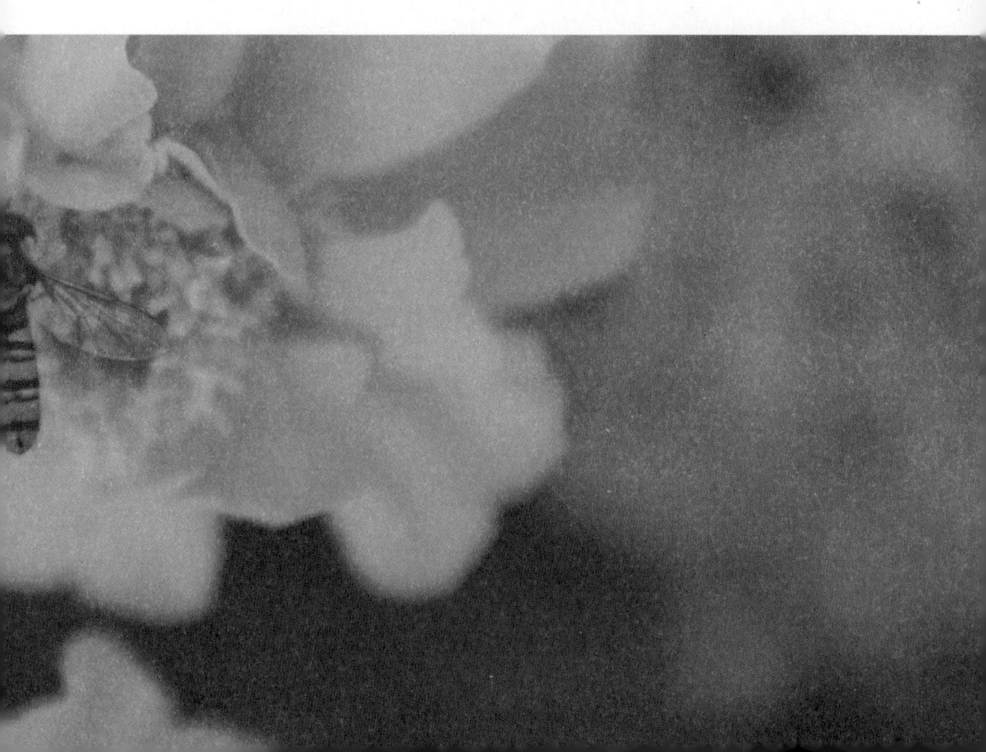

'철'도 모르고 쏟아지는 수입 농산물을 먹어서 그런지 날이 갈수록 '철'없는 어른들이 늘어나고 있습니다. 내가 이 세상에 살았기 때문에, 세상이 조금 더 나아졌다는 말을 들을 수 있도록 땀 흘려 일하고 정직하게 살려는 사람이 그립습니다.

부끄러운 밥상

입추와 말복이 지나가고 이제 아침저녁으로 제법 선선한 바람이 붑니다. 농사꾼들은 이제부터 바빠집니다. 논두렁 밭두렁 풀을 베야 하고, 가을 농사 준비도 해야 합니다. 김장 배추와 무 심을 밭에 거름을 넣고 이랑을 갈아 두어야 합니다. 잎채소 씨도 부지런히 뿌려 두어야 손님이 와도 걱정이 없습니다.

농사지으며 먹고산다는 것은 자연의 흐름에 나를 맡기는 것이며, 우주의 시간에 내 삶의 시간표를 맞추어 사는 것입니다. 농사일이란 때를 놓치면 안 됩니다. 그래서 늘 하늘만 보고 삽니다. 비가 오면 오는 대로, 오지 않으면 오지 않은 대로 몸도 마음도 바쁩니다. 그때를 '농사철'이라 합니다. 비닐하우스 농사를 하는 사람들이야 농사철이 따로 없다고 하지만, 산골 마을에는 농사철이 있습니다. 흔한 상추 씨라도 심어야 할 때 심지 않으면, 돈을 주고 사 먹든지 아니면 이웃에게 얻어먹어야 합니다. 손발이 멀쩡한 농사꾼이 돈을 주고 사 먹거나 이웃에게 얻어먹는 것은 부끄러운 일입니다.

날이 갈수록 주 오일제 근무하는 일터가 늘어나고 있습니다. 농사철이든 아니든 내가 사는 산골 마을에도 주말이면 도시에서 온 고급 승용차들이 북적댑니다. 아들과 며느리도 오고, 손자와 손녀도 옵니다. 사위도 오고 딸도 옵니다. 그런데 일손을 돕는 며느리는 보기 어렵습니다.

오늘 낮엔 혼자 사시는 감골 할머니 집에 깜박거리는 형광등을 갈아 끼워 드리고, 생강차를 마시면서 이런저런 이야기를 나누었습니다.

"감골 할머니, 며느리는 왜 한 번도 일을 안 하지요? 죽은 귀신도 벌떡 일어나 일손을 돕는다는 농사철인데……."

"며느리를 일 시키면 아들 얼굴 보기도 어렵다 카이. 며느리가 와야 아들과 새끼들이 오지. 그라고 요즘 땡볕에서 땀 흘리고 일할 여자들이 어디 있노. 지난 농사철에 며느리 보고 일 좀 거들어 달라 했드니마 몇 달 동안 코빼기도 보이지 않았어야. 농촌에 오면 애들 손 잡고 과일이나 따 먹고, 산책이나 하라고 하는 게 마음 편해."

"가을걷이 끝나면 쌀이고 뭐고 다 가져간다면서요?"

"가져가지. 가져가라고 농사짓는 거니까. 늙어서 자식한테 줄 게 뭐 있나. 손발 성할 때 내 손으로 농사지어 주는 게지."

"일손도 거들지 않는데, 무에 예쁘다고 꼬박꼬박 농사지어 갖다 바쳐요. 제가 할머니 나이쯤 되면 농사고 뭐고 그냥 편하게 쉬고 말 텐데."

"아이고, 올해 내 나이 팔십인데 늙은 나라꼬 우찌 쉬고 싶지 않겠노. 봄만 되면 며느리년이고 딸년이고 찾아와서 힘들고 돈도 안 되는 농사지어 봤자 골병만 남는다며 농사짓지 말라고 한다 카이. 입은 살아서 그라지만, 가을에 수확만 해 놓으면 이년들이 서로 가져갈라꼬 지랄이니 우째 농사를 안 지을 수 있겠노."

"할머니, 그렇게 농사일 많이 하다가 몸이라도 아프면 어쩌시려고 그래요. 농사일도 좀 줄이시고 천천히 쉬어 가면서 하세요."

"내 손으로 밥 못 해 먹을 때가 되모 저기 청산가리 사 놓은 거 있으니 먹고 죽어야지. 늙은 게 자식 놈들한테 짐이 되면 쓰것나."

"할머니, 큰일 날 말씀을 하시네요. 한평생 자식들 먹여 살리느라 얼마나 애썼는데……."

먼 나라 이야기가 아닙니다. 농촌 마을, 가까운 우리 이웃들의 이야기입니다. 도시에 사는 자식 놈들 주려고 아픈 무릎을 끌고 기어 다니며 씨를 뿌리고 밭을 매는 수동댁 할머니, 온갖 빚을 다 얻어 공부시켜 놨더니 장가까지 보내 달라는 자식 놈을 때려죽이지도 못하고 또 빚을 얻어야 한다는 덕만 아재, 며칠 전에 부산에서 허리 수술을 하고 돌아와 하루 내내 낫으로 풀을 베고 계신 함박골 어르신……. 어찌 말로 다 할 수 있겠습니까. 배우지 못해서, 가진 게 없어서, 어쩔 수 없이 농사를 짓게 된 대한민국의 농부들은 지금 늙고 병들어 죽음을 기다리고 있습니다. 언제까지 우리가 늙고 병든 농부들이 지어 준 곡식으로 '부끄러운 밥상'을 차릴 수 있겠습니까? 그 밥상 앞에 앉으면 부끄러워져야 합니다. 부끄러운 마음이 들지 않으면 사람이 아닙니다. 사람이 동물과 다른 점은 부끄러워할 줄 안다는 것입니다.

언젠가는 농사짓고 살겠다고 육칠 년 전에 산밭을 조금 사 둔 순식 아우가 몇 년 만에 서울에서 내려와, 자기가 사 둔 산밭에 작은 길을 내려고 낫과 톱으로 나무를 베면서 말했습니다.

"형님, 제가 사 둔 땅만 빼면 주위에 온통 무덤들입니다. 몇 년 전만 해도 무덤이 없어 그곳에 집을 지을까 생각했는데 지금은 마음이 싹 바뀌었습니다. 공동묘지 한가운데에 집을 지을 수는 없으니까요."

그렇습니다. 한 해가 다르게 농촌 마을은 무너져 내리고 있습니다. 마을마다 병들고 지친 늙은 농부들의 한숨 소리만 돌담을 타고 흘러나옵니다. 수십 년 동안 아기 울음소리 한 번 듣기 어려운 농촌에는 죽음의 그림자가 가득합니다. 남의 나라 이야기가 아닙니다. 우리나라, 대한민국 이야기입니다.

이대로 가면 오 년, 아니 길어도 십 년 뒤에는 우리 농촌 마을은 모두 '폐허'로 변할 것입니다. 그때가 되면 누가 우리 밥상을 차려 줄 수 있겠습니까? 미국 농부가? 칠레나 중국 농부가? 아닙니다. 지금 이 글을 읽고 계신 여러분들의 손으로 밥상을 차려야 합니다.

이보게, 친구야!
살아 있는 게 무언가?
숨 한 번 들이 마시고, 마신 숨 다시 뱉어 내고,
가졌다 버렸다, 버렸다 가졌다……

그게 바로 살아 있다는 증표 아니던가?
그러다가 어느 한순간, 들이마신 숨 내뱉지 못하면
그게 바로 죽는 것이지.

어느 누가,
공기 한 모금도
가졌던 것 버릴 줄 모르면,
그게 곧 저승 가는 것인 줄 뻔히 알면서
어찌 다 내 것인 양, 움켜쥐려고만 하시는가?

아무리 많이 가졌어도, 저승길 가는 데는
티끌 하나도 못 가지고 가는 법이리니,
쓸 만큼 쓰고 남은 것은 버릴 줄도 아시게나.

자네가 움켜쥔 게 웬만큼 되거들랑,
자네보다 더 아쉬운 사람에게 자네 것 좀 나눠 주고,
그들의 마음밭에 자네 추억 씨앗 뿌려
사람, 사람들 마음속에 향기로운 꽃 피우면,
천국이 따로 없고, 극락이 따로 없다네.

생이란 한 조각 뜬구름이 일어남이요,
죽음이란 한 조각 뜬구름이 스러짐이라,
뜬구름 자체가 본래 실체가 없는 것이니,
나고 죽고, 오고 감이 역시 그와 같다네……

앞의 글은 오래전부터 잘 알고 지내는 천주교 젊은 신부가 내게 보낸 글입니다. 서산대사가 묘향산에서 팔십오 세로 입적하면서 제자들에게 남긴 말씀인데, 쓸데없는 탐욕이 일어날 때마다 기도하는 마음으로 천천히 읽는 글이랍니다.

자라나는 아이들의 마음밭에 아름다운 추억의 씨앗을 심어 줄 수 있는 농촌이, 움켜쥐고 살 것도 없으니 삶 자체가 천국이며 극락인 농촌이, 여러분들을 기다리고 있습니다. 어찌하시렵니까?

우리가 죽고 나면 끝나는 거지

우리 마을 현동 어르신은 나이 일흔아홉인데도 짐차와 경운기, 트랙터까지 몰면서 농사를 짓습니다. 예초기, 엔진톱을 다루는 솜씨나 고치는 기술은 거의 일류 기술자 수준입니다. 나보다 몇 배나 많은 농사를 혼자서 거뜬히 지으시지요.

그런데 아내인 현동 할머니가 지난해 뇌졸중으로 쓰러지는 바람에 어르신도 예전만큼 농사일을 하시지는 못합니다. 혼자 살던 새터 할머니도 치매가 와서 요양 병원으로 떠났습니다. 열세 집밖에 안 되는 작은 산골 마을인데, 그것마저 한 해 한 해 줄어들어 이제 몇 집밖에 안 남았습니다.

내가 이 마을에 들어오고 돌아가신 분도 세 분이나 되고, 치매와 뇌졸중으로 아무 일도 못 하시고 누워 계신 할머니도 늘었습니다. 여기에 혼자 사는 할머니와 할아버지까지 빼고 나면 농사지으며 사는 집은 몇 집 되지 않습니다.

현재 농사짓는 어르신들도 무릎 수술을 하신 분도 있고, 허리 수술을 하신 분도 있습니다. 몇 달 쉬면서 치료를 더 해야 하는데도 퇴원하자마자 바로 논밭으로 나갑니다. 그렇게 농사지은 두릅, 표고버섯, 흑미, 마늘, 감자, 콩, 고구마, 들깨, 참깨 들을 조금이라도 제값을 받고 팔아 드리는 게 내가 할 수 있는 일입니다. 때론 몇 십만 원, 때론 몇 만 원밖에 안 되는 적은 돈이지만 그분들께는 큰 기쁨이 되지요. 애써 농사지은 것을 누군가 사 먹어 준다는 것만으로 기뻐하시는 분들이니까요.

요즘은 말 안 듣는 고양이 손이라도 빌려야 할 만큼 바쁜 농사철입니다. 여름 장마가 오기 전에 마늘과 양파를 뽑아야 하고, 감자도 캐야 합니다. 하지가 오기 전에 모를 다 심어야만 수확을 제대로 할 수 있습니다. 정부에서 수매를 하든 말든, 수천 년 우리 겨레를 먹여 살려 온 밥을 먹으려면 부지런히 모를 심어야 하는 것이지요. 모를 심고 나면 바로 여러 가지 콩도 심어야 합니다. 콩만 심으면 되는 게 아닙니다. 팥도 심어야 합니다. 그리고 이미 심어 둔 고추, 가지, 옥수수, 토마토, 오이, 고구마, 호박, 남새도 가꾸어야 합니다.

그래서 농사철에는 사람만 살이 쏙 빠지는 게 아닙니다. 개도, 소도, 닭도 모두 살이 빠져 홀쭉합니다. 농사철이면 해 질 때까지 쉬지 않고 일을 하기 때문이지요. 사람도 제때 밥을 챙겨 먹기 어려우니 때맞추어 집짐승들을 챙겨 먹이기가 쉽지 않은 것입니다. 주인이 논밭에서 지쳐 돌아오면 집짐승들은 반갑다고 울어 댑니다. 얼마나 반갑겠습니까. 사람이나 짐승이나 먹어야 사니까 말입니다.

이 바쁜 농사철에 아내와 함께 지리산 골짝에 '매실 따기' 일손을 도우려고 아침 일찍 서둘러 갔습니다. 깊은 인연으로 알게 된 매실 농장 주인은 올해 일흔여덟이고 그이의 아내는 일흔일곱입니다. 그냥 집에서 쉬면서 편안하게 보내야 하는 나이지요. 그런데도 해보다 먼저 일어나 논밭에 나가, 해보다 더 늦게 집으로 돌아옵니다. 마치 농사일에 한이 맺힌 사람처럼 부지런히 일을 합니다. 나쁜 생각을 가지고 싶어도 일에 지쳐 누우면 잠부터 쏟아지니 나쁜 생각을 할 겨를조차 없다고 하십니다.

매실은 며칠만 늦게 따도 노랗게 익기 때문에 제때에 따지 않으면 상품 가치가 떨어져 똥값이 되고 맙니다. 그래서 여기저기 일손을 구하느라 전화통 앞에 앉아 밤늦도록 전화를 걸지만, 돈을 준다는데도 일손을 구하지 못해 애가 타셨답니다. 하루 임금을 이삼십만 원 준다 하면 서로 일하겠다고 몰려들 테지만, 그렇게 주고 나면 매실을 따서 팔아도 몇 배의 적자가 날 것이 뻔합니다. 그러니 이러지도 못 하고 저러지도 못 하고 애가 타셨던 것이지요.

여기저기서 겨우 구한 일꾼들은 모두 다섯 사람입니다. 일꾼 가운데 가장 젊은(?) 사람이 일흔이 지난 이웃 할아버지였습니다. 땅에 떨어진 매실을 주워 포대에 넣는 일을 하는 일꾼들도 칠팔십 남짓 된 할머니들입니다. 아내는 쉰 살도 안 되었으니 아직 새파란 새댁이지요. 나는 할머니들과 함께 점심을 먹고 잠시 쉬는 틈에 이렇

게 물었습니다.

"할머니, 십 년 뒤 우리 농촌은 어떻게 될 거 같습니까?"

"농사지을 사람이 오데 있노. 우리 노인들 다 죽고 나면 끝나는 거제."

"끝나다니요? 끝나면 어떻게 되는데요?"

"수입해서 처먹고 살것지. 내 아들놈들도 아무도 농사 안 지으려고 해. 며느리고 손자고 땀 흘리며 일하는 것을 다 싫어한다 카이. 손자 놈은 일하다가 이마에 땀이 흐르모 더럽다고 한다 카이. 놀면서 땀 흘리는 건 괜찮고……. 오늘 아침에 아들 녀석한테 매실 따러 올 수 있느냐고 물었드만 그 까짓 거 돈도 안 되는데 내버려 두라 카고 전화를 탁 끊어."

"언젠가 식량을 수입하고 싶어도 못 하게 되면 어쩌려고요?"

"그때 되면 나 죽고 없어질 텐데 무에 걱정이고."

하루 일을 마치고 집으로 돌아와 잠자리에 누웠는데 낮에 할머니가 하셨던 말씀이 자꾸 생각났습니다.

"그때 되면 나 죽고 없어질 텐데 무에 걱정이고."

어른들은 죽고 나면 그만이지만, 자라나는 아이들은 어쩌란 말인지요. 농사지을 사람이 없어지면 무얼 먹고 살겠다는 것인지요. 아무도 농사지으려고 하지 않으니 말입니다.

쉬는 날이면 승용차를 몰고 다니며 공기 좋고 물 좋다는 골짝을 찾아다니며 쓰레기를 버리고 달아나는 도시 사람들은 늘어나고 있지만, 농사지으려는 사람은 갈수록 줄어들고 있습니다. 아무리 소중한 일도 돈이 안 되면 가치 없는 일이라 여기는 사람들이, 땀 흘려 일하는 것을 죽기보다 싫어하는 사람들이, 때론 땀을 더럽다고 여기는 아이들과 함께, 성당이고 예배당이고 절 따위에 모여 기도를 드립니다. 우리를 불쌍히 여겨 달라고, 우리에게 자비를 베풀어 달라고.

지나가는 개가 웃을 일입니다. 어찌 웃지 않고 지나칠 수 있겠습니까. 입으로나마 저렇게 열심히 하느님 부처님을 찾아야만 마음의 위로를 얻을 수 있다고 여기는 사람들의 모습을 보고 어찌 웃음이 나오지 않겠습니까. 그 마음조차 끌어안아 주어야 하는 게 종교라 말한다면, 어리석은 그 마음을 이용하여 돈을 끌어모으는 게 종교가 하는 일이라면, 그 돈으로 편히 먹고살고 자꾸 세력만 불리는 종교가 판을 친다면, 그래서 자라나는 아이들에게 깨끗한 흙 한 줌 남겨 줄 수 없는 종교라면, 이미 병든 종교입니다.

천주교회에서는 자녀 가운데 누가 신부나 수녀가 되면 축복을 받는다고 합니다. 신자들도 돈을 많이 벌거나 출세를 하면 하느님께 영광을 돌린다며 예물(돈)을 갖다 바칩니다. 그러나 자녀 가운데 누가 농부가 되면 축복도, 영광도 아니고 불행이라 여길 만큼 싫어합니다. 이런 생각을 가진 사람들이 교회에 모여 하느님께 기도를 드립니다. 도시 교회는 이런 사람들을 자꾸 끌어모아 먹고삽니다. 먹고사는 일이 이러니 어찌 아이들에게 아름다운 세상을 물려 줄 수 있겠습니까.

이제는 모두 떨쳐 일어나야 할 때입니다. 아닌 것은 아니라고 해

야 합니다. 도시는 사람이 살 만한 곳이 못 된다는 것을 누구나 잘 알고 있습니다. 특별한 대안이 없어서, 태어나 살아온 곳이 도시라서, 농사지으며 산다는 것이 힘들고 두려워서, 여러 가지 까닭으로 망설이는 사람들을 하느님이 만든 자연의 품으로 돌려보내야 합니다. 슬기롭고 용기 있는 사람들을 자연으로 돌려보내어, 제 손으로 농사지어 먹고살 수 있도록 길을 열어 주고 지원을 해야 합니다. 그래야만 아이들에게 희망을 안겨 줄 수 있지 않겠습니까. 어른들이 만든 어리석고 무서운 세상 속에서 오직 살아남기 위해 공부에 목을 매달고 살아가는 아이들에게 희망을 안겨 주는 것, 이게 바로 이 시대 종교가 해야 할 소명입니다.

가끔 학교나 시민사회 단체에 강연을 하거나 볼일이 있어 도시에 나갈 때가 있습니다. 경제 위기니 뭐니, 언론에서 어찌나 떠들어 대는지 도시가 조용할 줄 알았습니다. 승용차도 거의 없고, 식당과 술집 따위도 거의 문을 닫은 줄 알았습니다. 그런데 찻길마다 자동차는 넘쳐나고, 골목마다 먹고 마시느라 바빴습니다. 가진 사람들은 경제 위기니 뭐니 하는 소리에 아무 상관없이 더 발광하는 듯이 보였습니다. 이때를 노려 돈 자랑을 해 보자는 듯이 말입니다. 결국 경제 위기라고 떠들어 대는 통에도 가난한 사람은 더욱 가난해지고 부자는 더욱 부자가 되는 것입니다.

이 세상에서 돈만 된다면 무슨 일이든 하지 않을 사람이 어디 있겠습니까? 성당이고 예배당이고 절이고, 지어서 돈이 안 된다면 누가 짓겠습니까? 의사고 한의사고 약사고 교사고 교수고 박사고

변호사고 할 것 없이 돈이 안 된다면 누가 그 일을 하겠다고 '머리 터지도록' 돈을 들여 공부를 하겠습니까?

우리는 모두 돈에 미쳐 버렸는지도 모릅니다. 돈만 된다면 아무리 힘든 농사일이라도 서로 할 테니까 말입니다. 어쩌면 우리는 입으로만 하느님을 믿고 있는지 모릅니다. 그렇지 않다면 어찌 하느님이 손수 만든 농촌 공동체가 이리도 처참하게 무너질 수 있단 말입니까. 더 늦기 전에 우리는 돌아가야 합니다. 어머니가 살던 곳으로, 어머니의 어머니가 살던 그곳으로…….

가난한 사람은 죄를 짓지 않는다

산골 마을에 봄이 오고 있습니다. 따뜻하고 낮은 언덕에서부터 천천히 오고 있습니다. 마을 이장님이 벌써 강원도에서 온 감자 종자를 가져가라고 방송을 합니다. 나는 감자 심을 산밭을 둘러보고 지난해 봄부터 준비한 쌀겨 거름을 살펴보았습니다. 봄이 오면 괭이와 호미를 들고 산밭으로 가서 다시 흙을 만질 생각을 하니 벌써부터 마음이 설렙니다. 내가 아직 죽지 않고 살아서, 살아 있는 흙을 만날 수 있다는 것이 행복할 따름입니다.

흙을 만나는 것은 신을 만나는 일이며, 그리운 이를 만나는 일입니다. 날마다 신을 만나고 그리운 이를 만날 수 있는 봄날이 오고 있으니 어찌 마음이 설레지 않겠습니까.

그러나 마음이 설레는 만큼 걱정도 많습니다. 괭이와 호미를 들고 기쁜 마음으로 들녘으로 나갈 수 있도록 힘과 용기를 북돋아 줄 사람이 없기 때문입니다. 농부들의 자녀들조차 농사짓는 부모를 함부로 여깁니다. 팔 수 있는 논밭이라도 가진 부모는 그나마 자녀들에게 '사람대접'을 받지만, 논밭조차 제대로 없는 부모는 자녀들에게 그저 '무거운 짐'입니다. 부모한테 물려받을 유산이 없으니 명절 때에도 고향에 찾아오지 않습니다. 남보기 부끄러워 어쩔 수 없이 찾아왔다가도, 얼굴만 내밀고 쏜살같이 떠나기 바쁩니다.

오늘 낮에 민주노총 사무실에서 일하는 후배한테서 전화가 왔습니다.

"선배님, 요즘 어찌 지냅니까? 아이들은 자꾸 자라고 밥은 먹고 살아야겠는데 뭐든지 쉬운 게 없네요. 그래서 마누라랑 쌀장사나 한번 해 볼까 하는데 괜찮을까요?"

"이 사람아, 먹고사는 게 얼마나 큰일인데……. 젊은 사람이 쌀장사가 아니라 쌀농사를 지어야지. 늙은 농부들이 언제까지 살아서 농사를 지어 줄 것 같은가."

먹고사는 게 큰일인 줄 알면서 아무도 농사는 짓지 않으려고 합니다. 늙고 병든 농부들이 지어 놓은 곡식을 팔아서 남긴 이익으로 먹고살려고 합니다. 이제 몇 안 남은 농부들이 세상 뜨고 나면 어찌 살려고 그러는지 가슴이 답답합니다.

답답한 마음을 달래려고 저녁밥을 일찍 먹고 이웃 마을에 사시는 단성 할아버지 댁에 놀러갔습니다. 못난 자식들 걱정에 하루도 마음 편할 날 없이 살아오신 쓸쓸한 할아버지의 넋두리를 들어 드리는 것도 '덕'을 쌓는 일이라 생각하고 기쁜 마음으로 갔습니다. 바쁜 농사철이 되면 이런 '덕'도 쌓을 틈이 없으니까요.

"팔십 넘도록 마누라, 비행기 한 번 못 태워 줬어. 아니 옷 한 벌 못 사 주고 하늘과 땅만 보고 농사지었어. 자식새끼들 뒷바라지하느라 허리 한 번 제대로 펼 날이 있었겠나. 서 주사, 자네도 알다시피 농사지어서 아들 셋 딸 셋을 대학 보내기가 보통 어려운 일인가. 어렵게 대학만 나오면 뭐 하는가. 대학 나와 봤자 들어갈 자리도 없잖은가.

남부끄러워 말하기도 싫네 그려. 큰아들놈은 시도 때도 없이 나타나 사업 자금 필요하다고 논을 팔아 달라, 밭을 팔아 달라 떼를 쓰지. 도시에서 노래 주점인가 뭔가 하다가 망한 작은 아들놈의 생활비를 아직 대 주고 있지. 이혼한 딸년이 옷 장사 한다고 전세금을 대 줬지. 가만 생각해 보니, 내가 미쳤어 미쳤지. 귀하게 키운 자식새끼들 도시로 다 떠나고 한 놈도 농사짓지 않으려고 하니 내가 헛고생만 한 거야. 내가 누굴 위해, 아니 무얼 위해, 여태 뼈 빠지게 살았는지…….

여보시게, 서 주사. 할망구랑 일군 저 논밭들, 이제 다 팔아 치울 거라네. 팔아서 훨훨 새처럼 바람처럼 돌아다니고 싶네. 마땅히 살 사람이 있는지 알아봐 주게나."

오늘 하루는 이래저래 마음이 아픕니다. 들녘에 봄은 오는데 사람들의 마음은 아직도 바람 찬 겨울입니다. 한국농촌경제연구원이

최근 펴낸 '식품 수급표'에 따르면 2006년 식품 자급률(국내에서 소비되는 식품 가운데 국산 식품이 차지하는 비율) 가운데 곡류는 27.8퍼센트, 옥수수는 0.8퍼센트, 밀은 0.2퍼센트밖에 안 된다고 합니다. 그런데 우리나라 논밭은 날이 갈수록 줄어들고 있습니다. 우리나라 어디를 가도 논밭을 없애고 자동차 다니는 길을 넓힌다고 야단법석인 꼴을 쉽게 볼 수 있습니다. 수천 년 동안 우리 겨레를 먹여 살려 온 논밭이 아스팔트로 뒤덮이고 있는 것입니다. 그 꼴을 보고 있던 마을 어르신들이 모두 한마디씩 합니다.

"귀한 논밭을 자꾸자꾸 찻길로 만들고 나모, 앞으로 무에 묵고 살라꼬 저라노."

"옛날처럼 곡식이 귀해야 정신을 차릴라 카나. 나라마다 흉년이 들어 수입도 안 되고 묵고살 게 없으모 큰일 아이가. 아스팔트 뜯어내고 다시 논밭 만들라 카모 쉬운 일이 아닐 낀데."

"우리 죽고 나모 그만이지. 그것까지 생각하모 골치 아파서 우찌 사노."

"그래도 그렇지, 우리 손자손녀 새끼들도 묵고 살아야 할 거 아이가. 저리 자꾸 논밭 없애다가 천벌을 받을 날이 틀림없이 오고 말지. 틀림없이 오고 말어."

사람은 누구나 자연과 어우러져 건강하고 행복한 삶을 누려야 합니다. 그런데 건강과 행복보다는 돈과 편리함을 더 소중하게 여기는 듯합니다. 그렇지 않고서야 어찌 우리 아이들의 미래인 논밭을 없애고 찻길을 자꾸 넓힐 수 있단 말입니까.

먹는 것과 사는 일은 둘이 아니라 하나입니다. 먹어야 살 수 있다는 말이고, 사는 것은 곧 먹는 것에 달려 있다는 말입니다. '먹고살다, 먹고살 수 있다. 먹고사는 데 어려움은 없다. 먹고살 만하다. 먹고살기 여간 어려운 게 아니다. 먹고살 길이 막막하다.' 이와 같이 먹고사는 말에는 띄어쓰기도 하지 않습니다.

아무리 똑똑하고 재산이 많다 해도 먹지 않고 살 수 있는 사람은 아무도 없습니다. 언제까지 황금보다 귀한 우리 논밭을 없애고, 농약과 방부제 범벅인 싸구려 수입 농산물로 우리 목숨을 이어 갈 것인지…….

오늘따라 하릴없이 밤하늘을 쳐다보니 문득 가난했던 어린 시절이 떠오릅니다. 그때는 추운 겨울에도 소매가 다 떨어진 옷을 입고 구멍 난 고무신을 신고 다녔지만, 남과 견주지 않고 당당하게 살았습니다. 학교 수업을 마치고 나면 먹을 게 없어 논에서 미꾸라지와 메뚜기를 잡던 일, 들에서 나물을 캐거나 찔레 새순을 따 먹던 일, 산에서 진달래 꽃잎을 따 먹고 소나무 껍질을 벗겨 먹던 일, 바다에서 조개와 고둥을 잡던 일, 이 모든 일이 먹고사는 일이었고, 공부였으며 놀이였지요. 지금 아이들한테는 억지로 '숙제'나 '체험'이라는 이름으로 하는 노동이지만 말입니다.

하느님께서는 "가난하기 때문에 죄를 짓지 않는다."(집회서 20장 21절)고 했습니다. 그 말씀, 지금 생각하니 딱 맞는 말씀이구나 싶습니다. 가난했기 때문에 함부로 먹고 마시고 버리지 않았으며, 가난했기 때문에 사람을 깔보거나 억누르지 않고 살았으니 말입니다.

먹는 것과 사는 일은 둘이 아니라 하나입니다.
먹어야 살 수 있다는 말이고, 사는 것은 곧 먹는 것에
달려 있다는 말입니다. '먹고살다, 먹고살 수 있다.
먹고사는 데 어려움은 없다. 먹고살 길이 막막하다.'
이와 같이 먹고사는 말에는 띄어쓰기도 하지 않습니다.

막걸리 한잔 드시지요

오늘은 이웃 마을에 환갑을 얼마 앞둔 선배와 장마철에 제멋대로 자란 논두렁의 풀을 베다가 새참으로 가져온 막걸리를 함께 마셨습니다. 농사일이 힘들 때는 가끔 '술 힘'으로 할 때가 있습니다. 그러다가 골병든 사람이 많다는 건 아는 사람은 다 압니다.

우리 농촌이 이나마 버텨 온 것은 '막걸리의 힘'이라 해도 지나친 말이 아닐 거라는 생각이 듭니다. 지금은 막걸리 파는 가게가 드물어서 그런지 맥주나 소주를 드시는 농부들이 더 많습니다. 그러나 누가 뭐래도 농사일을 할 때는 막걸리만큼 좋은 술이 없습니다. 논두렁에 퍼질러 앉아 막걸리를 두세 잔 마시던 선배가 넋두리처럼 말했습니다.

"서 시인, 우리 농사꾼들이 모두 힘을 모아 '총파업'을 하면 어떨까? 딱 한 해만 다 같이 농사를 짓지 않는 거지. 사람들이 안 먹고 살 수는 없으니까, 우리 먹을 곡식 농사만 조금 짓고 시장에 내다 팔지 않으면 어떤 일이 벌어질까?"

"부지런하기로 소문난 선배님이 어쩌다가 그런 생각을 다 하십니까? 아침에 무얼 잘못 드신 거라도……."

"아니, 날마다 생각하는 건 아니고 가끔 이런 생각이 들어. 그러면 세상 사람들이 농사꾼 귀한 걸 조금이라도 깨닫게 될까? 깨닫지 않으면 어떻겠나. 어차피 누가 알아 달라고 농사짓는 것도 아니고, 누구한테 잘 보이려고 살아온 것도 아니니까. 그래도 그렇지. 한평생 딴 생각 안 하고 농사짓고 살았으면, 공무원처럼 수억 되는 퇴직금이나 연금은 없더라도 희망은 있어야 사람이 살지. 에프티에이니 어쩌니 하면서 날이 갈수록 마지막 남은 농사꾼들의 작은 희망마저 짓밟아 버리니 무슨 재미로 살겠나."

"선배님, 농사꾼들이 총파업을 하면 나라에서 가만있을까요? 도시에서처럼 공권력을 투입하지 않을까요?"

"하하하하! 서 시인, 아무리 농사꾼이 힘이 없다 하지만 농사짓고 안 짓고는 농사꾼 스스로가 선택하는 거지. 나라에서 하는 건 아니잖나."

"선배님, 막걸리 한잔 드시지요. 이렇게 속이 탈 때는 막걸리가 보약입니다. 도시 사람들은 하루하루 살기 바빠서 농사꾼이 어떻게 살든 큰 관심이 없어요. 관심 없는 게 차라리 더 나을지 몰라요. 관심 있는 척하면서 제 잇속을 차리는 놈들이 더 많은 세상이니까 말이지요."

"그렇지, 우리 같은 농사꾼들 다 죽고 나면 농촌에 있는 농협이고 파출소고 우체국이고 면사무소고 다 없어지겠지. 다방이고 식당이고 노래 주점이고 다 없어지겠지. 농업을 연구하는 교수니 학자니 연구소니 그리고 농민 운동이니 따위가 무슨 소용이 있겠나. 이대로 십 년만 지나면 늙은 농민들 거의 다 돌아가시고 없을 텐데. 늙은 농민들이라도 아직 다 안 돌아가시고 살아 있으니 그나마 밥을 얻어먹고 살지.

참, 저번에 자네가 준 월간《작은책》잘 읽었네. 우리나라 전체

가구의 십칠 퍼센트가 육십 퍼센트의 집을 갖고 있다지. 그리고 팔십이만 가구는 두 채 이상 가지고 있대. 땀 흘려 일은 하지 않고 투기로 돈을 번 놈들이, 엇비슷한 놈들과 짜고 집값을 자꾸 올려 어질고 가난한 사람들을 못살게 굴고 세상을 쥐락펴락하고 있으니, 누가 농사를 지으려 하겠나."

"선배님, 참새나 까치도 집이 한 채밖에 없는데 생각을 가진 인간이 어찌 집을 몇 채씩이나 가지는지 모르겠어요. 집이 있는 사람이나 없는 사람이나 금세 늙고 병들어 죽을 텐데, 욕심들이 머리끝까지 찼으니 도시고 농촌이고 날이 갈수록 썩은 내가 진동을 합니다. 다 그런 것은 아니지만 농촌 지역에서 공무원 생활을 하는 사람들도 도시에서 출퇴근을 한대요. 자식들을 도시 학교에 보내서 농사꾼 안 만들고 출세시키려고 그런 거지요. 돈을 벌어야 남한테 떵떵거리고 살 수 있으니까요. 그러면서 농촌을 살려야 한다는 둥 어쩐다는 둥 껍데기 같은 소리나 해 대니, 어찌 우리 농촌이 살아남겠어요."

"서 시인, 오랜만에 시원스러운 소리를 하는구먼. 그렇지, 농민을 등쳐 먹고사는 사람들이 한둘이 아니지. 한 해 내내 밭에 풀 한 포기 뽑지 않으면서 농민을 위한다는 소리는 입에 달고 다니는 사람이 어디 한둘인가."

"선배님, 기분도 그저 그렇고 하니 오랜만에 시 한 편 읽어 드릴까요? 강원도 홍천군 내면 율전리에 사는 김장일 농부가 쓴 시입니다. 신문 한쪽 모퉁이에 실려 있어 오려 둔 것입니다. 제목은 〈미친놈처럼〉인데 마치 우리 살림살이 얘기하는 것 같아 가슴이 찡하던 데요.

미친놈처럼
미친놈처럼
울고 싶은 밤이 있다
농사철도 끝나
서리도 내리고
사방 첫눈에 얼음 얼어 오면
미친놈처럼
갚아야 할 농자금에
차곡차곡 쌓인 공과금하며
그동안 밀린 교육비하며

미친놈처럼
벽에 기대 울고 싶은 밤이 있다
방문 걸어 잠그고
사대강 삽질에 수십조 원을 쏟아붓든
뭉턱뭉턱 부자들 세금 깎아 주든
세종시가 뒤집어지든
미디어법이 통과됐다 안 됐다
결코 넘겨다보지 말자고

벌레도 싫어하는 수입 농산물을 마구 사들이고,
사람이 먹어서는 안 될 불량 식품을 만들어
아이들을 병들게 하는 어른들을 생각하면 나도 가끔
'농사꾼 총파업'에 앞장서고 싶습니다.

벌건 대낮에 사람이 죽든지 말든지
더는 신문 잡지 뒤적거리지 말자고

미친놈처럼
미친놈처럼
내 몸부터 챙기고
내 가족만 우선 생각하자고
가슴 쥐어뜯으며 울고 싶은 밤이 있다

"선배님, 어떻습니까? 시 한 편 듣고 나니 '동지'가 있구나 싶어 위로가 되십니까? 저는 이 시를 읽다가 부끄러운 마음이 들었습니다. '내 몸부터 챙기고 내 가족만 우선 생각'하며 살아온 나 자신이 초라하게 보였습니다. 그래서 가슴을 쥐어뜯으며 울고 싶었습니다. 언젠가 이분을 만나면 논두렁에 퍼질러 앉아 막걸리 한잔, 정성스럽게 따라 드리고 싶었습니다."

"서 시인, 오랜만에 살아 있는 시 한 편 잘 들었네. 울적한 얘기 그만하고 이제 술이나 한잔 하게."

선배는 나를 늘 '서 시인'이라 부릅니다. 아는 사람 가운데 농사짓는 시인이 있다는 걸 자랑으로 여기는 선배는 시를 쓰지 않아도 진짜 시인입니다. 자연 속에서 한평생 흙과 함께 살아온 선배야말로 진짜 시인의 마음을 지녔기 때문입니다.

대통령이나 국회의원, 장관 따위가 없어도, 교사나 교수, 시인이나 예술가 따위가 없어도, 농사꾼은 있어야 밥을 먹고 살아갈 수 있습니다. 한평생 농사꾼으로 살아온 어질고 착한 선배 말씀처럼 벌레도 싫어하는 수입 농산물을 마구 사들이고, 사람이 먹어서는 안 될 불량 식품을 만들어 아이들을 병들게 하는 어른들을 생각하면 나도 가끔 '농사꾼 총파업'에 앞장서고 싶습니다. 아토피, 천식, 알레르기, 온갖 성인병 따위에 걸려 잠을 이루지 못하는 불쌍한 아이들이 눈에 밟혀 내일이라도 당장 막걸리 한잔 시원스럽게 마시고 총파업에 앞장서고 싶습니다. 단 한 번, 잠시 살다가는 인생인데 두려울 게 무에 있겠습니까.

당신 없는 세상은 의미가 없어요

며칠 전, 잘 알고 지내는 이웃 농부들과 볼일을 보러 가는 길에 마산을 지나게 되었습니다. 우리는 수정을 지나 바다를 끼고 천천히 달렸습니다. 바다 위에는 벌써 반달이 보기 좋게 떠 있었습니다. 잘 어우러진 산과 바다와 마을을 어린아이처럼 바라보던 농부들이 말했습니다.

"저어기 산꼭대기에 무슨 건물이기에 저리 멋있노?"

"한번 가 볼까?"

"어차피 지나가는 길이고 시간도 있다 아이가. 가 보자."

"좋다! 사는 게 별 거 있나. 밥도 목으로 넘어갈 때 먹어야 하고,

좋은 구경도 걸을 수 있을 때 해야지. 늙고 병들모 아무리 맛난 음식도, 좋은 구경거리도 있으모 뭐 하겠노. 죽고 나면 다 그만인데."

우리는 산을 깎아 만든 꾸불꾸불한 오르막길을 올라갔습니다.

"이런 깊은 산속에 길을 만든다고 얼마나 고생했겠노."

"요즘은 돈만 있으모 금방 한다 아이가. 큰 굴삭기가 들어와서 며칠만 콩닥콩닥거리모 산 하나 깎는 거는 장난이다 카이."

"그 말이야 맞는 말이지만 죄도 없는 산을 자꾸 잘라 묵으면 되겄나. 그라고 뒷산이 없어지면 저 아랫동네는 앞으로 먹는 물 걱정해야지, 비오면 홍수 걱정해야지, 걱정거리가 한두 가지가 아닐 낀데."

오랜만에 농부들과 이런저런 이야기를 나누며 다다른 곳은 거의 산꼭대기였습니다. 주차장에는 고급 승용차들이 많았습니다. 우리는 한쪽 구석에 짐차를 세웠습니다. 모두들 차에서 내리자마자 입을 다물지 못했습니다. 높은 곳에서 바라보는 마산 앞바다는 여름 밤하늘에 떠 있는 반달이 비쳐 참 아름다웠습니다.

'얼마만인가? 이게 내 고향 마산이란 말인가?' 집 나간 자식이 오랜만에 고향으로 돌아온 것처럼 마음이 푸근했습니다. 자연의 힘은 이 세상 그 어떤 교육의 힘보다 위대하다더니 오늘 같은 날을 두고 하는 말 같았습니다. 우리는 천천히 걸어서 건물을 한 바퀴 돌았습니다. 밤에 보아도 참 튼튼하고 훌륭한 건물이었습니다. 돈으로 따질 수 없는 그 어떤 힘이 깃들어 있는 것 같았습니다.

"올 여름 휴가는 먼 데 가지 말고 이쪽으로 오면 어떻겠노? 확

트인 바다도 있고, 높아서 바람도 시원하고 좋다 아이가."

"아무한테나 이 건물을 빌려 준다 카더나."

"여기 아는 사람 없나? 교육관이라 붙여 놓았으니 교육한다 하고 빌려 달라 해 봐라. 그라모 빌려 줄지도 모른다. 농사꾼들 교육이 따로 있나. 모여서 막걸리 한잔 나누며 주고받는 얘기가 진짜 교육이제."

별 생각 없이 주절거리며 얘기를 나누는데 건물 이 층에서 흥겨운 반주 음악과 함께 유행가 소리가 들려왔습니다.

"당신 없는 이 세상은 아무런 의미가 없어요."

건물 들머리에 대학 교수들이 1박 2일 연수를 한다는 현수막이 보입니다. 날이 갈수록 메마른 도시에서, 그리고 메마른 사람들 속에서, 하루하루 살아가기 어렵고 힘들지 않는 사람이 어디 있으랴마는 남을 가르쳐서 밥을 먹는 일이란 더 힘들고 어렵다는 생각이 문득 들었습니다. 입으로 온갖 좋은 말을 다 늘어놓으면서도 스스로 내뱉은 말의 백분의 일도 실천하지 못하는 사람이 어디 한둘이겠습니까. 그러니 가끔 자연의 너른 품 안에 안겨서, 스스로 내뱉은 말만큼 온몸으로 실천하고 살았는지 뒤돌아보아야겠지요. 그래야 작은 희망이라도 함께 만들어 갈 수 있을 테니까요.

그렇게 종교 단체에서 지은 교육관을 둘러보고 산길을 내려오는데 뱀 한 마리가 기어가는 게 보였습니다. 운전하던 순철이 형이 잠시 짐차를 세웠습니다. 농부들은 창문을 열고 다 한마디씩 했습니다.

"야, 진짜 뱀이다! 달빛이 비쳐 다행이네. 그냥 지나갔으모 깔려 죽었을 끼다."

"그래, 이 산에 찻길을 만들기 전에는 뱀이나 다람쥐 들이 주인이었을 텐데 말이다. 사람이 주인을 쫓아낸 기지. 산을 자꾸 깎아 길을 만들고 건물을 짓는 바람에 산에 사는 목숨붙이들이 길을 잃고 헤매는 거 아니겠나."

"앞으로 산길을 달릴 때는 천천히 잘 살펴보고 달려야겠다. 뱀이 들쥐를 잡아먹지 않으모 농사를 우찌 짓노. 뱀이 없으모 들쥐들이 판을 칠 테니 말이제."

농사꾼들은 어디로 가나, 돌아서면 농사 이야기입니다. 하기야 농사꾼이 농사 이야기를 하지 않으면 누가 하겠습니까. 한참 이런저런 이야기를 주고받다가 앞자리에 앉은 정수 형이 라디오를 틀었습니다. 다른 뉴스는 귀에 들어오지 않는데 논밭에서 일하던 늙은 농부가 더위를 먹어 돌아가셨다는 뉴스만 귀에 들립니다. 뉴스를 들으며 문득, 수십 년 전에 권태응 시인이 쓴 〈더위 먹겠네〉라는 시가 생각났습니다.

타는 듯 나려 쬐는 저 들판에
일하는 사람들 더위 먹겠네.

구름들아 햇볕 좀
가려라 가려라.

죽도록 일해도 고생 많은
땀 철철 농군들 더위 먹겠네.

바람들아 자꾸 좀
불어라 불어라.

조금 전, 산꼭대기 교육관 마당에서 들었던 '당신 없는 이 세상은 아무런 의미가 없어요'라는 노랫소리가 희미하게 다시 들립니다. 그들이 부르는 '당신'이 하느님인지 부인인지 알 수 없지만 '당신'이 가끔은, 정말 가끔이라도, 농부였으면 좋겠습니다. 그리고 여러 사람의 땀과 정성으로 잘 지은 그 교육관이 가난하고 버림받은 사람들에게도, 더구나 물과 같고 공기와 같이 없어서는 안 될 소중한 농부들에게도, 희망을 안겨 주는 곳이 되었으면 좋겠습니다. 정말 그랬으면 좋겠습니다.

천하에 몹쓸 놈들

사람마다 처지가 다르고 생각이 다릅니다. 어떤 이는 그저 자연이 좋아서, 어떤 이는 별빛 쏟아지는 들녘에서 남 눈치 보지 않고 오줌 한 번 누고 싶어서, 어떤 이는 일터에서 정년퇴직을 하고 아이들한테 고향(자연)을 물려주고 싶어서, 어떤 이는 '전원생활'을 꿈꾸

입으로 온갖 좋은 말을 다 늘어놓으면서도
스스로 내뱉은 말의 백분의 일도 실천하지 못하는 사람이
어디 한둘이겠습니까. 그러니 가끔 자연의 너른 품 안에
안겨서, 스스로 내뱉은 말만큼 온몸으로 실천하고 살았는지
뒤돌아보아야겠지요.

며 농촌으로 돌아옵니다. 이런 이들은 크게 걱정하지 않아도 됩니다. 어느 정도 여유가 있기 때문이지요.

자라나는 아이들의 미래를 걱정하는 사람, 무너져 가는 우리 농촌을 살리고 싶은 사람, 농약에 병든 땅을 살리고 싶은 사람, 건강한 먹을거리를 생산하여 사람들의 건강을 지켜 주고 싶은 사람, 이런 깊은 생각을 지니고 스스로 농부의 길을 선택한 사람들은 거의 가난한 젊은이들입니다. 스스로 가난하고 불편한 삶을 사는 길이 자연과 모든 사람한테 이로움을 준다고 생각하는 아름다운 젊은이들이지요. 이런 젊은이들은 거의 경제적인 여유가 없기 때문에 그나마 땅값이 싼 산골 마을로 귀농을 합니다. 그런데 날이 갈수록 산골 마을 땅값도 들썩거리고 있습니다. 농사지을 생각은 꿈에도 하지 않는 못된 도시 사람들이 투기 목적으로 땅을 자꾸 사들이기 때문입니다.

현재 우리나라 땅은 도시든 농촌이든 가리지 않고 가난한 사람들이 좋은 뜻을 품고 사기에는 값이 너무 올랐습니다. 지금도 오르고 있습니다. 생명이 깃든 소중한 땅을, 땅으로 보지 않고 투기 대상으로 여기는 몹쓸 사람들이 휘젓고 다니기 때문입니다.

하루는 이런 일이 있었습니다. 가까운 마을에 논 이천 평을 판다는 말을 아침에 들었는데, 그 다음 날 바로 팔렸답니다. 누가 샀는지 알아봤더니 서울에서 사는 어느 부자가 샀답니다. 자기가 살 땅에 한 번 와 보지도 않고, 아는 사람한테 전화를 걸어 바로 계약을 하게 했답니다. 그 소식을 들은 마을 어르신이 화난 얼굴로 한 말씀 하셨습니다.

"이런 천하에 몹쓸 놈들, 아무리 돈이 많아도 그렇지. 낯짝 한 번 내밀지 않고 땅을 사는 놈이 어디 있어. 이런 썩을 놈들은 다 붙잡아서 무인도에 가두어 종신형을 내려야 혀!"

그 말씀을 듣고 잠시나마 속이 시원했습니다만, 어찌 이런 일이 사람 사는 세상에서 일어날 수 있단 말입니까?

오늘 낮에는 칠 년 전에 함양으로 귀농한 도현이한테서 전화가 왔습니다.

"형님, 잘 지냅니까?"

"어쩐 일인가?"

"그냥 형님도 보고 싶고 해서요."

"자네가 그냥 전화할 사람이 아니지. 무슨 일인가?"

"하도 속이 답답해서 전화를 드렸습니다. 형님도 잘 알다시피 여태 땅을 살리니 어쩌니 하며 농사짓고 산 지 벌써 칠 년이나 됐습니다. 이 세상에서 가장 죄 적게 지으며 사는 일이 농사짓는 일이라 생각하며 살았습니다. 그래서 아무리 어렵고 힘든 일이 있어도 잘 참고 지냈지요."

"그런데 무슨 일이 있는가?"

"아주 슬픈 일입니다. 지난해부터 우리 지역에 관광지 개발이다 뭐다 해서 땅값이 오르기 시작했어요. 칠 년 전에 제가 이만 원 주고 산 논이 갑자기 십만 원으로 올랐어요. 아랫마을 덕만이 형이 도시 사람한테 십만 원에 논을 팔고부터 우리 마을 논값이 저절로 십만 원이 되었지요. 가만히 생각해 보니 칠 년 동안 농사지어 번 돈은 한 푼도 없는데 갑자기 땅값이 올라 내가 부자가 된 것 같아요."

"이 사람아, 그게 왜 슬픈 일인가. 땅값이 몇 배로 올랐으니 땡잡았네, 자네."

"그래서 고민이에요. '이걸 팔아서 나도 농사짓지 말고 다른 짓이나 해 볼까.' 이런 생각까지 드는 내 모습이 갑자기 무섭다는 생각이 들어 형님한테 전화를 걸었어요."

"한 평에 팔만 원 올랐으니, 이천 평이니 일억육천만 원이나 벌었네. 언제 농사지어 그런 돈을 만져 볼 텐가."

"비꼬지 마십시오, 형님. 농촌 실정을 잘 아시는 형님이 그런 말씀을 하다니 어울리지 않습니다. 어쨌든 땅이 모두 투기 대상이 되었습니다. 이래서야 어찌 후배들한테 농사지으러 오라고 말할 수 있겠습니까?"

한평생 자연 속에서 농사지으며 건강한 먹을거리를 생산하여 건강한 세상을 만들어 보겠다는 도현이가 솔직한 고민을 내게 쏟아 냈습니다. 칠 년 전, 도현이는 도시에 있는 작은 공장에 다니며 애써 모은 돈으로 귀농하면서 논 이천 평을 사천만 원에 샀습니다. 그런데 사천만 원짜리 땅이 칠 년 만에 이억짜리 땅이 되었습니다. 좋은 뜻을 지니고 귀농을 한 도현이마저 이렇게 돈 앞에서 마음이 흔들리는데, 보통 사람들이 어찌 농사지을 맛이 나겠습니까.

땅값이 갑자기 오르면 사회가 혼란스러워지겠다는 생각이 문득 들었습니다. 언론에서 땅값이 어쩌고저쩌고 해도 함부로 듣고 흘려 버렸는데, 가까이에서 이런 어처구니없는 일이 일어나고 보니 보통 일이 아니라는 생각이 듭니다.

어찌 도현이가 사는 마을만 그렇겠습니까? 이 나라 곳곳에서 '미친 돈바람'이 불고 있습니다. 땀 흘려 일하기보다는 돈이 돈을 번다는 자본의 논리가 사람들의 마음을 사로잡고 있는 것이지요. 이게 사람 사는 세상이란 말입니까? 수천 년 동안 우리 백성들의 목숨을 이어 온 논밭이 투기꾼들의 손에 놀아나면 결국 그 피해는 가난한 사람에게 돌아갈 것입니다. 가진 자들이야 우리 농촌이 무너지고 환경이 오염되어도 큰 걱정이 없습니다. 휘발윳값보다 몇 배나 비싼 물을 사 먹고, 중국산 유기농 쌀을 먹으며, 칠레산 포도주를 마실 수도 있으니까요. 그러나 가난한 사람들은, 그 자녀들은 어쩌란 말입니까?

나는 합천 황매산 자락에 이백 평쯤 되는 빈 집터를 일천만 원을 주고 사서 어렵게, 어렵게 작은 흙집 한 채를 지었습니다. 여러 사람의 정성과 땀을 모아 터를 사고 지은 집이라 내 집이 아닙니다. 덧없는 세상에 잠시 왔다 갈 것인데 땅이고 집이고 돈이고 '내 것'이 어디 있겠습니까. 살았을 때에 필요한 만큼 잠시 쓰고, 죽으면 되는 것이지요.

어느 누구에게도 따지고 보면 '내 것'이란 없는 것입니다. '내 것'이라고 우기는 사람들을 가만히 살펴보면 대부분 사기꾼들이 많습니다. 사기 치느라 얼마나 힘들었으면 모든 사람들의 것을 '내 것'이

라 말하겠습니까. 땀 흘려 일하고 정직하게 살아가는 사람들은 설령 '내 것'이라 해도 결코 '내 것'이라 말하지 않습니다. 왜냐하면 사람이 영원히 살지 못한다는 것을 잘 알고 있기 때문입니다.

내가 이 마을에 흙집을 지을 때, 마을 어르신들이 나를 찾아와 이렇게 말했습니다.

"서 선생, 저 위에 우리 밭이 조금 있는데 팔아 주지 않겠나?"

"서 주사, 바로 앞에 논이 삼천 평 있는데 도시에 누구 아는 사람 있으면 좀 팔아 주게나."

몇 십 년 만에 처음으로 도시 사람이 들어와서 흙집을 짓고 있으니, 이제 우리 마을 땅값도 오를 거라는 생각을 하며, 마음을 떠보는 것이지요. 우리 마을뿐만 아니라 이웃 마을 사람들까지 가끔 찾아와서 땅을 팔아 달라고 합니다.

그런데 그 땅값이 문제입니다. 오랫동안 이삼만 원에 팔리던 땅인데 갑자기 사오만 원이나 달라고 합니다. 수십 년 동안 사람이 줄어들던 마을에 젊은 사람(?)이 들어왔으니 마을 사람들의 마음이 술렁거리고 있는 것이지요. 어쩌면 돈 안 되고 힘든 농사일은 그만두고 땅을 팔아서 이제 쉬고 싶은지도 모릅니다. 아니, 그러면 얼마나 좋으랴마는 애써 지켜 온 소중한 땅을 판 돈도, 알고 보면 모두 도시에 사는 자식들한테 빼앗기고 맙니다.

장날에 가면 농사짓는 이야기보다는 누구는 땅을 얼마에 팔고 누구는 얼마에 팔고 이런 이야기를 더 자주 듣습니다. 이제 농부들조차 생명의 터전을 돈으로 따지고 있으니 어찌 이 나라의 앞날이 밟을 수 있겠습니까? 인간의 탈을 쓰고 어찌 사람을 살리는 땅을 이용하여 돈을 벌려고 한단 말입니까?

날이 갈수록 어른이라는 게 부끄럽습니다. 어른이면 어른다운 삶과 철학이 있어야 하지 않겠습니까? '철'도 모르고 쏟아지는 수입 농산물을 먹어서 그런지 날이 갈수록 '철'없는 어른들이 늘어나고 있습니다. 내가 이 세상에 살았기 때문에, 세상이 조금 더 나아졌다는 말을 들을 수 있도록 땀 흘려 일하고 정직하게 살려는 사람이 그립습니다. 그래서 여럿이 어울려 산밭에서 괭이질을 하다가도, 여럿이 어울려 저녁밥을 먹다가도, 사람이 그리울 때가 있습니다.

농부, 이 시대의 성직

십 년 남짓 농촌과 도시를 다니며 사람들을 만났습니다. 사람을 만나야 무슨 일이든 이룰 수 있으니, 사람을 만나는 일보다 더 소중한 일이 없으니까요. 그러나 이렇게 소중한 사람들이 환경을 오염시키고 우리 농업을 무너뜨렸습니다. 너도나도 편하게 살겠다고 농촌을 버리고 도시로 몰려나왔기 때문입니다.

그 길이 '사람의 길'인지 '짐승의 길'인지 생각할 겨를도 없이 정부 정책에 떠밀려, 수천 년 우리 겨레를 살려 온 농촌을 버렸습니다. 우리가 농촌을 버린 것은 양심을 버린 것입니다. 양심을 버린 것은 곧 하느님 부처님을 버린 것입니다.

신부나 수녀가 되고 싶은 사람도 있고, 목사나 승려가 되고 싶은 사람도 많습니다. 교사, 박사, 의사, 약사, 변호사, 판검사 따위가 되고 싶은 사람은 더 많습니다. 그러나 사람과 자연을 살리는 농부가 되고 싶은 사람은 거의 없습니다. 농사를 지으면 한 달에 일천만 원씩 준다고 하면 서로 농사지으려고 하지 않겠습니까? 일천만 원이 아니라 오백만 원만 주어도, 아니 삼백만 원만 주어도 농사지을 사람은 많을 것입니다.

왜 농부가 되지 않으려고 합니까? '돈이 안 되기' 때문입니다. 돈만 된다면 물불을 가리지 않고 달려들 것입니다. 돈만 된다면 절이고 예배당이고 성당이고 돈을 좇아서 똥파리처럼 달려들 것입니다. 이게 바로 우리 현실입니다.

인간이란 존재가 똥파리보다 나을 게 없다는 것을 깨달아야만 우리 농업과 농촌을 살릴 수 있습니다. 흙이 없으면 단 한순간도 살 수 없는 인간이 농촌을 버린다는 것은 곧 죽음을 선택하는 것입니다. 돈만 있으면 못 할 짓이 없는 도시에서 마음껏 누리다가 함께 죽자는 것입니다. 이게 바로 우리들의 비뚤어진 양심입니다.

한 해가 기울어 가고 찬바람이 옷깃을 스칩니다. 이런 철이면 밤새 이야기를 나누어도 지겹지 않는 가슴이 따뜻한 사람을 만나고 싶습니다. 절망보다 희망을 이야기하는 사람을 만나고 싶습니다. 만나고 돌아서면 금세 그리워지는 사람을 만나 '사람의 길'을 찾고 싶습니다. 그래서 나는 오늘도 사람을 만났습니다. 그 사람은 내게 이런 말을 했습니다.

"요즘 우리 농산물도 비싸고 거기다 친환경 농산물은 더 비싸니 어찌 사 먹겠소. 부자들이나 사 먹지. 값이 비싸 가격 경쟁이 안 되니 수입 농산물이 판을 치지요."

나는 그 사람이 정말 집도 없고 자가용도 없고 먹고살기도 어려운 사람이었다면 미안한 마음으로 가만히 듣고 있었을 것입니다. 그러나 그 사람은 정규 노동자이고 안정된 직장에서 어려움 없이 살아가는 사람입니다. 배울 만큼 배운 사람이, 나이도 들 만큼 든 사람이, 그리고 학교에서 아이들을 가르치는 교사라고 제 입으로 떠들고 다니는 사람이, 이 따위 소리를 하니 억장이 무너지는 것 같아 한마디 했습니다.

"우리 농산물은 비싼 게 아니라 정당한 값이라는 생각을 해 본 적은 없습니까? 우리 농산물이 우리 목숨을 살려 주는데, 하늘처럼 귀한 농산물을 두고 비싸니 싸니 하는 말은 사람이 해서는 안 될 말입니다. 그리고 땅덩어리가 넓고 조건이 좋은 외국과 가격 경쟁이 안 되면, 논이고 밭이고 모두 버리고 농약과 방부제 범벅인 수입 농산물을 먹고 살아야 합니까? 우리 아이들한테 언제까지 남의 나라 곡식을 얻어 먹여야 합니까?"

잘 배우고 똑똑한 도시 사람들은 아직도 농업을 '경쟁 대상'으로 바라보는 사람이 많습니다. '죽어 봐야 저승을 안다.'는 말이 있듯이 정말 식량이 모자라 굶어 죽는 백성이 늘어나야 정신을 차릴 것인지 가슴이 답답합니다.

가끔 황금덩이보다 강아지똥이 더 귀하다는 것을 깨닫고, 산골 마을에서 자연처럼 살다 가신 권정생 선생님이 보고 싶을 때가 있습니다. 보고 싶은 사람이 있다는 것은 참 행복한 일이라는 것을 나이 마흔이 넘어서야 깨달았습니다. 그분이 어디 살아 있다는 것만으로도 아니, 살아 있었다는 것만으로도 희망을 품게 되니까요.

누가 아무리 돈을 많이 벌고 좋은 말을 해서 남을 감동시켰다 해도, 그 사람의 삶과 철학이 없을 때는 금세 그 빛을 잃고 말 것입니다. 내가 행복해야 남에게 행복을 줄 수 있듯이, 내가 변해야 남을 변화시킬 수 있습니다. 그런데 요즘 세상 사람들은 자기는 변하지 않으면서 남이 변하기를 바랍니다. 남이 나 대신 '그 무엇을' 해주기를 바랍니다. 그런 사람들을 만나면 정이 뚝뚝 떨어집니다. 아무리 돈과 권력을 가졌고 타고난 재주로 좋은 일을 한다 해도, 그 사람에게 따뜻한 정이 없으면 짐승과 다를 게 없습니다.

오늘 아침, 산밭으로 가다가 문득 이런 생각이 들었습니다. 하느님이 이 땅에 내려오신다면 어디에서 설교를 하실까? 틀림없이 수십억 수백억 들여 콘크리트로 지은 성당이나 예배당은 아닐 것입니다. 아마도 하느님이 손수 지어 내신 흙을 밟을 수 있는 농촌 들녘이겠지요. 모두 떠나고 없는 우리 농촌 들녘에 서서 눈물을 펑펑 흘리며 설교를 하시겠지요. 농약과 화학 비료를 집어 던지고 똥지게를 지고 똥짐을 나르다가 지치면 쉬었다가 한마디 하시겠지요.

"이놈들아! 새 한 마리, 지렁이 한 마리, 나비 한 마리, 벌 한 마리 없으면 네 놈들도 살아남지 못해. 어찌 인간들끼리만 서로 편하게 잘 먹고 잘 살려고 하느냐. 다른 생명들 마구 죽여 가면서도 네 놈들이 언제까지 살기를 바라느냐? 이런 썩을 놈들, 늙은 농부들이 죽지 못해서 힘겹게 지은 곡식으로 목숨을 부지하는 것들아!"

날이 갈수록 예수님을 따르고 싶은 사람은 없고, 그저 입만 살아서 예수님이 벗어 놓은 옷을 서로 가지려고 제비 뽑는 망나니만 득실거립니다. 그들은 모두 자기를 위해 기도합니다. 집을 마련하게 해 주셔서 감사하고, 자동차를 사게 해 주셔서 감사하고, 사업 잘되게 해 주셔서 감사하고, 아들이 대학에 붙게 해 주셔서 감사하고, 좋은 직장에 취직하거나 승진했다고 감사하고, 돈 많은 사람 만나게 해 주셔서 감사하고…….

가만히 살펴보면 이 모두가 자기 자신과 식구들을 위한 기도입니다. 그들은 집을 마련하고도 집을 마련하지 못한 사람들을 위해 기도하지 않습니다. 승용차를 사고도 그 승용차가 내뿜는 매연을 마시고 사는 가난한 사람들을 위해 기도하지 않습니다. 사업이 잘되지 않아서 파산 위기에 몰린 사람들을 위해 기도하지 않습니다. 내 아들이 대학에 붙었으면 대학에 붙지 못한 아들이 있는 줄 뻔히 알면서도 그들을 위해 기도하지 않습니다. 좋은 직장에 취직을 하거나 승진을 하면 나 때문에 취직도 못 하고 승진도 못 한 사람이 있는데도 그들을 위해 기도하지 않습니다.

교회는 날이 갈수록 늘어가고, 성직자 수도자도 함께 늘어나고 있습니다. 교회는 성공했는데 가난하고 뒷줄 없는 사람들은 날이 갈수록 버림받으며 스스로 괴로워하거나 목숨을 끊고 있습니다. 사람이 태어난 흙(자연)을 떠나 돈을 좇아 살아가는 교회가 무슨 희

망을 말할 수 있겠습니까?

누가 무슨 말을 하거나 어떤 일이 일어나도, 농사꾼이야말로 마지막까지 남을 것입니다. 종교 지도자를 성직자라고 부르지만 농부야말로 성직 중의 성직입니다. 인간이 살아갈 생명의 힘을 생산해 내는 것이니 그 이상의 거룩한 직업이 또 어디 있단 말입니까.

이제부터라도 슬기를 모으고 용기를 가져 자연 속에서, 자연과 더불어, 농사지으며 소박하게 살아갈 '인생의 그림'을 함께 그려 보지 않으시렵니까? 사람과 자연이, 농촌과 도시가, 조화롭게 살 수 있는 길은 천 번 만 번 생각해도 이 길밖에 없습니다. 농촌 들녘은 오늘도 여러분들을 기다리고 있습니다.

이놈들아, 너희들 살리자고

새벽 네 시에 일어나 '전국농민대회'에 참석할 채비를 했습니다. 새벽 여섯 시에 경남도청 앞에서 모이기로 했으니 아직 시간이 많이 남았습니다. 밤새 잠이 오지 않아 거의 뜬눈으로 지새웠습니다. 어린 시절, 설날을 기다리는 아이처럼 마음이 설레는 까닭은 '전국농민대회'가 가난하고 힘없는 농민들한테 '작은 희망'이 되리라 생각했기 때문입니다.

쿠바의 카스트로는 의지와 신념만 있으면 행운이 무조건 따라오게 되어 있다고 믿으며, 힘들고 어려운 길을 헤쳐 나왔다고 합니다. 우리 농민들도 어떠한 처지에서도 희망을 버리지 않고 땅을 지키며 살아왔습니다. 그 희망을 뜨거운 가슴에 끌어안고 살아온 농민들이 한데 모여, 깃발을 들고 거리로 나설 생각을 하니 어찌 잠이 오겠습니까.

아침밥 대신 농민들에게 나누어 줄 거라고, 어제 밤늦도록 '우리밀 빵마을' 동지들이 애써 만든 우리 밀빵 삼백 개를 짐차에 싣고 경남도청 앞으로 갔습니다.

이른 새벽부터 가을비가 추적추적 내리고 있습니다. 전세 버스는 미리 우리를 기다리고 있었습니다. 경남 지역 곳곳에서 모인 농민들은 서로 손을 움켜잡고 인사를 나누느라 바쁩니다. 그런데 버스 기사가 무슨 정보를 들었는지 빨리 출발하자고 합니다.

"자, 출발하겠십니더. 얼릉 얼릉 타이소."

"아무리 바빠도 조금만 기다려 주소. 피우던 담배는 끄고 가야지예. 그라고 지금 지역마다 경찰들이 농민대회 참석 못하도록 막고 있다 캅니더. 그래서 아직 도착하지 못한 농민들도 많습니더."

"오늘 도로 사정이 우찌 될지 모릅니더. 다 오도록 기다렸다간 꼼짝 못할 수도 있습니더. 그라니 빨리 출발해야 합니더."

출발 시간이 되자마자 전세 버스는 때가 됐다는 듯이 행사장인 서울 여의도 한강 둔치로 힘차게 달렸습니다. 바쁜 농사철에, 바쁜 일손을 놓고 서울로 갈 수밖에 없는 농민들의 마음은 찢어질 듯이 아플 것입니다. 봄부터 애써 키운 작물들을 거두어들여야 하는데, 거두어 봤자 나락이고 배추고 인건비조차 나오지 않는 현실이니,

어쩔 수 없이 똑똑하고 높은 사람들이 모여 사는 서울로 '아스팔트 농사'를 지으러 가는 것입니다.

현실은 안타깝고 서글프지만, 왠지 마음은 뿌듯했습니다. 이 나라 곳곳에서 들풀처럼 흙과 더불어 살아온 농민들이 한데 모인다는 생각만 해도 마음이 설레었습니다. 성직 가운데 가장 훌륭한 성직이 농사꾼인데, 성직을 함부로 여기는 높은 사람들의 콧대를 부러뜨리기 위해 가는 길이니 저절로 신바람이 났습니다.

거의 여덟 시간 남짓 달려서 행사장에 닿았습니다. 도로마다 농민대회에 참석하려는 농민들을 경찰들이 막는 바람에 겨우 농민대회 시간에 닿았습니다.

"이대로 죽을 수 없다. 우리 농업 지켜 내자."

"농민이 봉이냐? 대책 없는 농산물 수입 즉각 중단하라."

"논 갈아도 소용없다! 밭 갈아도 소용없다! 어쩌란 말이냐!"

"농촌 총각 다 늙어 간다. 늦기 전에 장가 한번 가 보자."

여기저기 걸린 현수막은 손님 맞느라 바람에 펄럭거리고, 어느새 한강 둔치를 전국 각지에서 온 농민들이 가득 메웠습니다.

"아버지의 아버지가 지켜 온 땅! 어머니의 어머니가 지켜 온 땅! 그 생명의 땅이 더블유티오에 짓눌려 처참하게 죽어 갑니다."라는 묵념 말씀으로 행사가 시작되었습니다. 그 묵념 말씀은 늦가을 하늘을 울리고도 남았습니다.

"한 해에 백 명이 넘는 농민들이 농가 부채로 자살을 합니다. 우리 농촌은 지금 거대한 양로원으로 변해 가고 있습니다. 아무도 거들떠보지 않는 이 농업을 누가 이어받겠습니까? 누가 자라나는 우리 아이들에게 건강한 밥상을 차려 줄 수 있겠습니까? 대통령입니까? 아니면 장관이나 국회의원들입니까? 아닙니다. 결코 아닙니다. 여기 모인 여러 농민들만이 이 거룩한 일을 해낼 수 있습니다……."

농민회 의장님의 말씀은 그 자리에 모인 농민들의 가슴을 적시고 때론 두 주먹을 불끈 쥐게 했습니다.

'안심하고 지어 먹을 농사가 없으니 누가 우리 농업을 지켜 내겠는가?'라고 생각하니 나는 속이 탔습니다. 속이 타서 죽어야만 살 수 있는 이 땅이 슬펐습니다. 옛날이나 지금이나, 가난한 백성들은 한 줌도 안 되는 몇몇 가진 놈들의 노리개가 되어 늘 이용만 당하고 산다고 생각하니 더욱 화가 났습니다. 이 짐승보다 못한 세상을 갈아엎지 못하는 보잘것없는 내 모습에 화가 났고, 하루하루 철저하게 싸우지 못하고 살아온 내 어리석음에 화가 났습니다.

일 부와 이 부 행사가 끝나고, 드디어 기다리고 기다리던 거리 행진 시간이 왔습니다. 고된 농사일에 지쳐 온몸 구석구석까지 골병이 든 늙은 농민들은 도시 사람들 보란 듯이 거리에 나와 고함을 질렀습니다. 이 바쁜 농사철에 무엇 때문에, 누구를 먹여 살리자고, 육칠십 대 늙은 농민들이 서울까지 왔겠습니까. 도시에서 살아가는 사람들 때문입니다. 그 사람들은 처음부터, 그리고 지금도 모두 농민의 자식들입니다. 그래서 이 귀한 자식들을 살리기 위해, 그 먼 길을 숨 가쁘게 달려온 것입니다.

"이눔들아, 너거들 살리자고 이 늙은 할배 할매가 서울까지 왔다 아이가."

늙은 농민들의 지친 목소리가 서울 하늘에 울려 퍼졌습니다. 우리는 저녁밥도 먹지 못하고 국회 앞에서 '마무리 집회'를 마치고 밤 열 시가 되어서야 집으로 돌아갈 버스에 올랐습니다. 경남도청에 닿으니 새벽 세 시가 넘었습니다. 가을비가 추적추적 내리고, 하늘은 어둡기만 했습니다. 문득 이 어둠이 영원히 걷히지 않을 수도 있다는 생각이 들었습니다.

아직도 낯선 서울 하늘 아래, 시멘트 바닥에 퍼질러 앉아 우리 농업을 살리기 위해 애쓰고 있는 농민들을 생각하니 괜스레 마음이 찡합니다. 가을비는 농민들의 머리를 적시고 가슴을 적시고 온몸을 적실 것입니다. 메마른 이 땅을 가을비가 적시듯, 사람들의 마음도 가을비에 푹 젖어 하나가 되었으면 얼마나 좋겠습니까. 일하는 사람이 사람답게 살 수 있는 그날이 오면, 이런 말은 두 번 다시 듣지 않아도 될 테니까요.

"이눔들아, 너거들 살리자고 이 늙은 할배 할매가 서울까지 왔다 아이가."

그대를 보내지 않았습니다

이웃집 감자밭엔 벌써 감자꽃이 다 지고 캘 때가 되었는데, 어인 일인지 우리 집 감자밭엔 아직도 하얀 감자꽃이 피고 또 지고,

지고 또 핍니다. 지나가던 이웃집 할머니가 감자밭 앞에서 한 말씀 하십니다.

"이 집에 우얀 일이고! 감자꽃이 여태 피는 걸 보이 감자알이 숱하게 달렸겄네."

봄비가 내리지 않아 올해 감자 농사는 모두 흉년이라는데 우리 집만 풍년이면 무얼 하겠습니까. 기쁨도 함께 나눌 사람이 있어야 배로 늘어나는 것이지요. 그러나 감자밭에 비닐도 쓰지 않고 화학비료 한 줌 뿌리지 않았는데, 빈말이라도 감자알이 많이 달렸을 거라는 이웃 할머니 말씀은 결코 듣기 싫은 소리는 아닙니다. 그런데도 어쩐지 가슴이 아픕니다. 왜냐하면 감자꽃 같은 그대가 문득 떠올랐기 때문입니다.

늘 불가능한 꿈을 꾸던 그대, 불가능한 꿈을 이루어야만 '사람 사는 세상'이 온다고 믿던 그대, 권력과 폭력과 증오가 판치는 세상에서 온몸이 만신창이가 돼서도 꿈을 버리지 못한 그대, 모든 탐욕 따위 다 버리고 스스로 고향으로 돌아와 농부가 된 그대, 권력과 폭력과 증오가 농촌 마을까지 따라와 못살게 굴던 그날도 못 다 한 꿈을 이루려고 온몸을 던진 그대, 나는 그대와 막걸리 한잔을 나누고 싶었습니다. 대통령 노무현이 아닌, 농부 노무현 님과 하얀 감자꽃이 흐드러지게 핀 산밭에 앉아 세상 걱정 내려놓고 밤늦도록 막걸리 한잔 나누고 싶었습니다. 그러나 그대는 떠나고 없습니다. 하얀 감자꽃 같은 그대는 우리가 알게 모르게 지은 모든 죄까지 다 짊어지고 바람처럼 떠났습니다.

모두들 잠든 깊은 밤에 홀로 술상을 차렸습니다. 촌놈의 술상이라 해 봐야 막걸리에 김치뿐이지요. 술잔에 서럽도록 막걸리를 가득 따르고 그대를 생각하며 시를 썼습니다.

하얀 감자꽃 같은 그대

하얀 감자꽃이
산밭을 물들였습니다.

오월이 가고
유월이 왔는데도
하얀 감자꽃은
피고 또 지고
지고 또 피고…….

하얀 감자꽃이
온 산을 물들였습니다.

어느새 유월도 며칠 남지 않았습니다. 하얀 감자꽃 같은 그대는 떠났는데, 아무도 그대를 보내지 않았습니다. 하얀 감자꽃이 산밭을 물들이고, 온 산을 물들이고, 드디어 온 겨레를 물들였습니다. 오백만 명이 넘는 조문 인파가 전국 곳곳의 분향소를 지켰습니다.

어쩌면 그보다 몇 배 더 많은 사람들이 그대를 지켜 드리지 못해 눈물로 밤을 지새웠을 것입니다.

그대는 정녕 떠난 것입니까? 아닙니다. 아무도 그대를 보내지 않았으니, 그대는 늘 그 자리에 그대로 있는 것입니다. 삶과 죽음이 하나인 것처럼 그대와 우리는 언제까지나 하나입니다.

조계종 스님들은 서울 견지동 조계사 대웅전 앞에서 '이명박 정부의 참회와 민주주의의 발전을 염원하는 대한 불교 조계종 승려 일천사백사십칠 인 시국선언' 대회를 열었답니다. "이명박 대통령과 집권 여당은 노무현 전 대통령에 대한 정치 수사를 사과하고, 검찰 등 사정 기관의 공정성 확보와 중립화를 위한 제도 개혁에 나서라."고 촉구했답니다. 그리고 전체의 삼분의 일에 해당하는 일천백여 명의 가톨릭 사제가 시국선언을 했답니다. 며칠 뒤엔 개신교 쪽에서 목회자 일천 인 선언이 뒤따를 것이라 합니다. 숫자만으로 보면 유월항쟁 때의 두 배에 가깝다고 합니다.

농부, 노동자, 교수, 한의사. 학생, 원로 재야인사, 성직자, 뜻있는 모든 종교와 단체에서 일만 명이 넘는 사람들이 이명박 정부의 국정 쇄신을 촉구하는 시국선언에 참여했답니다. 그리고 다가오는 21일 서울 연세대 노천극장에서 추모 공연이 열린답니다. 그대를 좋아하는 가수들이 한자리에 모여 새로운 희망을 만들어 보겠답니다. 기억나시지요? 노래를 찾는 사람들, 안치환과 자유, 넥스트, 이상은, 전인권, 윤도현 밴드…….

그대는 오래전부터 농부였습니다. 논밭을 갈아 씨를 뿌리고 결

실을 기다리는 농부 한 사람은, 넥타이를 매고 거드럭거리는 수천 명보다 소중하다는 걸 그대는 알고 있었습니다. 농부가 깨끗한 마음으로 바른 농사를 짓지 않으면, 세상 사람들이 모두 비참하게 죽게 되리란 것을 그대는 알고 있었습니다. 그래서 남은 삶을 사람과 자연을 살리는 바른 농사를 지으며 살고 싶었겠지요. 이런 작고 소박한 꿈마저 짓밟아 버린 저들을 용서하시겠습니까? 벌써 용서하셨겠지요. 하얀 감자꽃 같은 그대여!

그대가 대통령이던 시절에도, 그대가 모르는 가슴 아픈 사연들이 얼마나 많았겠습니까. 그러나 모두 지난 일이 되었습니다. 그대도 사람이라 많은 실수와 잘못을 저지르며 살아왔을 것입니다. 때론 민주주의의 껍질을 앞세워 자본의 편에 섰을 때도 있었겠지요. 훗날 역사가 그대를 판단할 것입니다. 그러나 그대에게는 변하지 않는 마음이 있었습니다. 세상을 떠나기 전까지 온몸으로 써 내려갔던《진보의 미래》가 바로 그것입니다.

> "진보의 가치는 뭐냐? 연대, 함께 살자. 그런 거 아니겠어요? 그러니까 자유 평등 평화 박애 행복 이게 고스란히 진보의 가치 속에 있는 것이거든요. 버스에 사람이 아무리 많아도 '재들도 태워 줘라.' 이거 아닙니까? '나도 좀 타고 가자.' 이거죠. 진보는 그거고, 보수는 '야, 비좁다, 태우지 마라. 늦는다, 태우지 마라.' 이거죠. '오늘 어렵더라도 같이 타고 가야지.' 이렇게 말해 주는 손님이 진보주의자예요."

많은 이들이 그대를 잊지 못하는 까닭은 '오늘 어렵더라도 함께 타고 가야 한다.'는 그 마음 때문입니다. 그대가 바라는 '사람 사는 세상'이 올 수 있도록 한 발 한 발 앞으로 나아가겠습니다. 부디 고이 잠드소서.

세상에서 가장 소중한 것은

며칠 전에 어느 여성 단체 초청으로 '조화로운 삶, 아름다운 삶'이란 주제로 강의를 하게 되었습니다. 그때 참석한 분들한테 여러 가지 질문을 했습니다.

"돈이 소중합니까? 자녀가 소중합니까?"

모두들 돈보다 자녀가 소중하다고 했습니다.

"부모 재산이 소중합니까? 부모가 소중합니까?"

"남편 직업이 소중합니까? 남편이 소중합니까?"

이번에는 모두들 쉽게 대답을 하지 못합니다.

"다시 묻겠습니다. 여러분의 자녀를 우리나라 은행에 있는 모든 돈과 바꾸자고 한다면 어쩌시겠습니까?"

모두들 입을 모아 바꿀 수 없다고 합니다.

"또 묻겠습니다. 여러분의 부모를 우리나라 은행에 있는 모든 돈과 바꾸자고 한다면 어쩌시겠습니까?"

또다시 모두들 쉽게 답을 하지 못합니다.

"그럼 다시 묻겠습니다. 여러분의 남편을 우리나라 은행에 있는 모든 돈과 바꾸자고 한다면 어쩌시겠습니까?"

그제서야 여기저기서 웃는 소리가 들립니다. 그리고 어떤 분이 이렇게 대답했습니다.

"자식이야 아무리 말을 안 들어도 돈과 바꿀 수 없지만 남편이야 바꿀 수 있습니다."

그 말을 듣고 거의 모든 사람이 소리 내어 웃었습니다. 그 웃음소리를 들으면서 나는 웃지 못했습니다. 왜냐하면 많은 사람들이 날이 갈수록 사람보다 돈을 더 좋아한다는 현실이 서글펐기 때문입니다. 어쩌면 많은 이들이 착하고 어진 남자보다는 돈 잘 버는 직업을 가진 남자를 선택했을 것이고, 부모보다는 부모 재산을 더 소중하게 여기며 사는지도 모릅니다.

"끝으로 묻겠습니다. 여러분이 만일 혼인을 앞둔 아가씨라면, 가진 것은 없어도 마음 착하고 성실한 농촌 총각한테 시집을 갈 수 있겠습니까? '그래, 사람이 마음 착하고 성실하면 되지. 그 무엇을 바라랴.' 이렇게 생각하고 결혼할 수 있는 사람은 손 들어 보시겠습니까?"

삼백 명 넘는 어머니들 가운데 아무도 손을 드는 사람이 없었습니다. 단 한 사람이라도 손을 들었더라면 작은 희망이라도 가졌을 텐데 말입니다. 시민사회 운동을 하면서 세상을 조금 더 아름답게 바꾸어 보려고 애쓰는 어머니들이 모였는데 어찌 이럴 수가 있단 말입니까. 하기야 여기 모인 어머니들만 그렇겠습니까. 학생이든 청년이든 어른이든 남녀 가리지 않고 지나가는 사람 붙잡고 다 물어 봐도 농촌에서 농사짓고 살고 싶다는 사람을 찾기란 쉽지 않을 것입니다.

농민회 정기총회 때, 부모를 따라 온 아이들에게 "어린이 여러분, 먹는 게 소중합니까? 입는 게 소중합니까?" 하고 물었더니 초등학교 오 학년쯤 되는 여학생이 큰 소리로 "입는 게 더 소중합니다."라고 말했습니다. 정기총회를 마치고 음식을 나눠 먹으면서 그 아이한테 다가가서, 왜 입는 게 더 소중하다고 생각하느냐고 물었습니다. 그 아이가 당당하게 말했습니다.

"선생님, 먹는 거는 냉장고 문만 열면 다 있잖아요. 그리고 말 안 해도 엄마가 먹는 거는 잘 챙겨 주거든요. 그런데 입는 거는 엄마한테 잘 보여야 해요. 유명 상표가 붙은 옷을 사 입으려면 성적도 좋아야 하고요. 그러니까 입는 게 더 소중하지요."

아이들조차 제 목숨을 살려 주는 음식보다 옷이 더 소중하다고 하니 어찌 이 나라 앞날이 밝을 수 있겠습니까.

이 글을 읽는 분들은 오늘, 남편이나 아내에게 물어보시기 바랍니다. 당신은 나를 선택할 때 재산이나 직업을 보았는지, 아니면 주변 배경을 먼저 보았는지. 그것도 아니면 착하고 성실한 마음을 보았는지. 그리고 아이들한테도 물어보시기 바랍니다. 부모가 좋은지 돈이 좋은지. 먹는 게 소중한지 입는 게 소중한지. 그리고 자신한테도 물어보십시오. 나는 무엇을 쫓아서 여태 살아왔는지.

결국 돈을 쫓아서 살아온 것은 아닌지요? 돈만이 모든 것을 해

결할 수 있다고 찰떡같이 믿으며 살아온 것은 아닌지요? 겨레의 '생명 창고'인 우리 농촌이 무너지는 걸 두 눈으로 보면서도, 우리가 함부로 먹고 마시고 버린 죗값으로 환경이 오염되어 아이들이 병들어 가는 줄 알면서도, 모른 척하고 살아온 것은 아닌지요?

> 성적표가 나왔다. 살짝 보니 점수가 엉망이었다. 들고 가려다가 학교에 두고 집에 갔다. 엄마는 나를 보고 "시험 성적표 어디 있어?"라고 말씀하셨다. 뜨끔해서 학교에 실수로 두고 왔다고 말했더니 "이 자식이 정신을 어디다 두고 다녀? 얼른 가서 가져와!"라며 소리 지르셨다.
>
> 짜증이 나서 집에서 뛰쳐나왔다. 자전거를 타고 달리면서 이런 저런 생각을 했다. '성적표를 잃어버렸다고 할까? 아니, 교실 문이 잠겨 있었다고 할까?' 수만 가지 생각이 왔다 갔다 했다. 그러다가 정신을 차리고 보니 사고가 날 뻔했다. 나는 놀라며 잠깐 죽었으면 좋겠다고 생각을 하였다. 그러나 곧 그 생각을 뿌리쳤다. 오면서 '난 왜 태어났을까? 왜 살까?' 이런 생각을 해 보았다. 그러나 만족스러운 답을 찾지 못했다."

이 글은 내가 사는 곳과 가까운 합천 중학교에 다니는 학생이 〈성적표〉라는 제목으로 쓴 글 가운데 앞부분입니다. 나는 이 글을 읽으면서 한없이 부끄러웠습니다. 그리고 놀랐습니다. 성적표 때문에 야단을 맞고 집을 뛰쳐나와 자전거를 타고 가다가 사고가 날 뻔했다니, 그리고 죽었으면 좋겠다는 생각을 했다니……. 어머니가 함부로 내뱉은 말 한마디로 이 학생은 세상 어디에도 마음 둘 데가 없는 가엾은 신세가 된 것입니다. '난 왜 태어났을까? 왜 살까?' 혼자 이런저런 생각을 하면서 얼마나 괴로웠을까요.

화를 낸 어머니라고 해서 어찌 마음이 편하겠습니까. 이 모든 게 자식이 잘되라고 하신 말씀이겠지요. 그러나 결국 성적표라는 것 때문에 이 학생은 사고가 나서 죽을 뻔했고, 죽었으면 좋겠다는 생각을 했습니다. 성적표 하나 때문에 부모와 자식이 영영 만날 수 없게 될 뻔했지요.

성적표란 곧 출세를 말하는 것입니다. 출세란 무엇입니까? 사회에 나와 유명해지거나 높은 지위에 오르는 것입니다. 유명해지거나 높은 지위에 올라야 돈을 잘 벌 수 있으니까요. 스스로 가난하게 살려고, 아니면 가난한 이웃을 섬기며 살려고 출세하려는 사람이 어디 있겠습니까? 결국 돈 때문입니다. 돈을 위해서라면 못 할 짓이 없는 세상이니까요.

날이 갈수록 우리 농업과 농촌이 무너지는 까닭은 사람들이 진리가 아니라 편리함과 돈을 좇아서 살기 때문입니다. 그래서 아무리 소중하다 해도 돈이 안 되는 것은 다 무너져 내리고 있습니다.

주위를 가만히 살펴보면 이 세상에서 가장 소중한 것은 모두 돈으로 살 수 있는 게 아니라는 것을 금세 알 수 있습니다. 하늘, 땅, 공기, 물, 바람, 구름, 비, 안개, 소나무, 참나무, 민들레, 질경이, 미꾸라지, 잠자리, 제비, 나비, 벌……. 이 가운데 어느 한 가지라도 소중하지 않은 게 없습니다.

그런데 우리는 이렇게 소중한 것을 잊어버리고 살아갑니다. 그래서 몸과 마음에 깊은 병이 들어 아무리 재산을 늘리고 명예를 가졌다 해도 불안한 것입니다. 우리 마음속에, 우리도 모르게 자리 잡은 욕심을 버려야 우리 모두 평화를 찾을 수 있다는 걸 누구나 잘 알고 있습니다. 그러나 알고만 있지 실천하는 사람이 드뭅니다. 세상에서 가장 소중한 것은 돈이 아닌데도 말입니다.

산골 마을에서 보낸 초대장 _ 안명옥 주교님께

우리나라 농업과 농촌 문제로 몇 번 만나 뵙고 이야기를 나눈 천주교 마산교구 안명옥 주교님께 편지를 썼습니다. 농업과 농촌 문제는 농민들만의 문제가 아니기 때문입니다. 더구나 자라나는 우리 아이들의 건강한 미래가 농촌에 달려 있다고 믿기 때문입니다. 그러나 그렇게 마음먹기까지는 많은 생각과 고민을 해야 했습니다. '나 같은 농사꾼이 쓴 편지를 읽어 주기나 할까? 버르장머리 없다고 나무라지는 않을까?' 온갖 생각을 하다가 용기를 내어 편지를 썼습니다.

주교님, 틈이 나시면 가난한 농부의 집에 하룻밤 묵고 가지 않으시렵니까? 그냥 아무렇지도 않게, 소문도 내지 마시고……. 잘 배우지 못하고 가진 게 없어서, 칠팔십 평생 흙을 버리지 못하고 살아가는 가난한 산골 사람들에게 오셔서 하룻밤 묵고 가지 않으시렵니까?

여름 달빛이 훤히 비추는 마을 정자나무 아래, 늙고 병든 농부들과 마주 앉아 "그동안 사시느라 얼마나 고생이 많으셨습니까? 젊은 자녀들 다 도시에 보내고 외로움에 지쳐 어찌 하루하루를 보내고 계십니까?" 하고 물어도 보면서 하룻밤 묵고 가지 않으시렵니까? 하늘에 달님과 별님도, 온갖 풀벌레들도 주교님을 반갑게 맞이할 것입니다.

한평생을 나라에서 시키면 시키는 대로, 죽어라 하면 죽는 시늉까지 하며 버텨 온 농부들입니다. 농약을 뿌려라 하면 농약을 뿌리고, 화학 비료를 뿌려라 하면 화학 비료를 뿌리고, 통일벼 심어라 하면 통일벼 심고, 쌀보리 심어라 하면 쌀보리 심고, 아무 말 없이 고개 숙이며 살아온 농부들입니다. 이제 늙고 병들어 더 이상 나라에서 시키는 대로 할 수도 없게 되었습니다. 그저 무너져 가는 우리 농촌을 지켜보면서 마지막 삶을 외롭게 보내고 있습니다. 그 외로움의 깊이를 누가 다 헤아릴 수 있겠습니까?

바쁘시더라도 저희 마을 정자나무에서, 아니면 산청이나 의령 산골 마을도 좋습니다. 따뜻한 밥 한 그릇에, 얼큰한 물김치에, 감자라도 몇 알 팍팍하게 삶아서 한 상 차려 놓으면 또 얼마나 넉넉한 밥상이 되겠습니까. 그리고 우리 쌀로 만든 막걸리라도 한잔 나누다 보면 밤새 이야기꽃을 피울 수 있으리라 믿습니다.

저는 꿈을 꾸고 있습니다. 하느님이 이 땅에 다시 내려오신다면 틀림없이 가난한 산골 마을에 먼저 오실 거라고. 어느 누가 알아주지 않아도, 들풀처럼 아무 말 없이 제자리를 지키며, 백성들의 목숨을 이어 준 늙고 병든 농부들 곁에서 하룻밤 주무시고 갈 거라고. 그 믿음으로 저는 오늘도 괭이를 들고 들녘으로 나갑니다.

주교님, 열 번째 맞이하는 농민주일 아침에 이렇게 철없이 푸념을 늘어놓습니다. 언제까지 자본의 논리에 이끌려 도시에 성당을 지어야 합니까? 농촌은 날이 갈수록 무너져 내리는데 언제까지 콘크리트와 아스팔트 위에 성당을 지어야 합니까? 언제까지 그 성당에 사람을 불러 모아 '도시의 성'을 쌓아야 합니까? 아무리 '거룩한 말씀'을 듣고 또 들어도 돌아서면 물거품이 되어 사라지는 곳이 도시입니다. 그래서 이 도시는 날이 갈수록 죄가 들끓고 있습니다.

"나의 아버지는 농부이시다."(요한복음 15장 1절)라는 성서 말씀을 읽으면서 '주교님은 농부이시다. 신부님은 농부이시다. 수녀님은 농부이시다. 평신도는 농부이시다. 사람은 모두 농부이시다.' 이런 세상이 오면 참 좋겠구나 싶은 생각이 들었습니다. 그래서 안타까운 마음으로 이 글을 씁니다.

주교님, 자기 땀의 대가 가운데 십일조를 바치듯이, 수천 년 동안 우리 목숨을 지켜 온 우리 농업과 농촌, 농어민을 위해 온 교회가 십일조를 바친다면(교회 예산, 사목 방향, 성직자와 수도자 파견, 일손 나누기……) 세상이 조금 더 밝아지지 않을까요? 주교님, 어두운 시대를 밝히기 위해서는 되돌아가야 할 때는 되돌아가는 것이 '사람의 길'이라고 한 말씀만 해 주시기 바랍니다. 그 말씀 따라 우리가 살아갈 수 있도록, 그 길이 매우 가난과 불편함을 요구한다 해도 걸어가는 사람이 많아지면 그 길이 '사람의 길'이 되리라 믿습니다.

제가 너무 무리한 부탁을 드렸는지 모릅니다. '아직 철이 없어 그렇구나.' 여겨 주시기 바랍니다. 그럼 늘 하느님 품 안에서 건강하시고 행복한 삶을 누리시길 빕니다.

천주교 마산교구 신자들이 주마다 읽는 〈마산주보〉에 이 편지가 실리고 난 뒤, 주교님은 〈마산주보〉를 통해 친절하게 답장을 해 주셨습니다.

그동안 무탈하시고 안녕하신지요? 마산주보를 통해 보내 주신 초대장 잘 받아 읽었습니다. 형제님의 초대장은 많은 것을 생각하게 하였습니다. 틈내어 가난한 농가에 하룻밤 머물다 갔으면 하는 초대장은 더 이상 우리에게 익숙한 초대장은 아니었습니다. 묵묵히 땅에 기대어 살아가는 농부의 고단함이 배어 있었고, 행간을 놓치지 않고 새겨 읽어야만 그 뜻을 제대로 헤아릴 수 있는 암호였습니다. 초대장을 받고서 많이 부끄러웠습니다. 암호를 해독할 만한 능력이 저에게는 턱없이 부족했기 때문입니다. 암호를 잘못 해독하면 자칫 이적 행위가 될 수도 있겠다 싶었습니다. 눈을 들면 주변에 고달프게 살아가는 이웃들이 너무나도 많다는 사실을 미처 헤아리지 못했습니다. 고달픈 삶을 이어 가는 이웃들이 어디 농부뿐이겠습니까?

자신이 하느님의 거룩한 모습에 따라 지음을 받은 소중한 존재라는 사실조차 제대로 의식하지 못하고 살아가는 우리 모두에게 이른바 우리가 지금까지 선포해 온 복음은 무엇인가를 다시금 성찰해 봅니다.

우리 각자가 나름대로 누리고 있는 조그마한 행복마저도 결국은 누군가의 희생의 대가임을 미처 헤아리지 못했습니다. 당연히 나만이 누려야만 하는 특권으로 생각하며 살아온 잘못도 헤아리게 됩니다. 그 행복을 이웃과 나누지 않으며 살았던 인색함도 반성합니다. 부단하게 자기 확

장과 방종을 추구하는 교만 속에서도 그것은 교만이 아니라 자기 계발이고 자아실현이라는 구실로 살아왔습니다. 여기저기에 아픔이고 신음입니다.

사도 바오로도 모든 피조물이 신음하고 진통을 겪고 있다고 하십니다.(로마서 8장 22절) 그 아픔과 신음이 어디에서 연유하는 것인지 그 까닭을 묻고 싶습니다. 인간이 하느님으로부터 지음 받았을 때의 그 아름다운 모습을 잃어버렸기 때문일 것입니다.

탐욕과 교만이 인간 본래의 아름다운 모습을 망가트리는 원인으로 작용하는 듯합니다. 끝없는 탐욕과 교만이 서로를 경쟁자로 몰아가고, 지치게 만들고 있습니다. 원래는 의지하고 신뢰하고 사랑을 나누고, 생명을 나누며 함께 더불어 살아가도록 공존재共存在로 지음 받았음에도 불구하고 지음의 이유를 망각하고 살아감으로써 인간 스스로 아픔과 신음의 굴레를 선택했습니다. 구원을 선물로 받았으나, 이제는 그 구원을 상실한 실낙원의 처지로 추락했습니다. 그 결과 우리 모두는 본래의 자리를 이탈하여 고단한 삶을 이어 가고, 집행 유예의 불안한 삶을 이어 가고 있습니다. 눈물로 씨를 뿌리는 기약 없는 삶을 살고 있습니다. 뿌릴 씨를 가지고 울며 가는 좌절의 삶을 살고 있습니다. 희망을 가지고 씨를 뿌렸으나 소출을 거두지 못하는 불임의 삶의 살고 있습니다.

그러나 하느님께서는 우리에게도 기쁜 마음으로 곡식을 거두고, 곡식단 들고서 춤추며 고향으로 돌아갈 날을 허락하실 것이라는 꿈을 꿉니다. 왜냐하면 우리의 아버지 하느님께서는 우리를 버리지도, 떠나지도 않을 것이며, 결코 우리를 실망시키지 않으실 넉넉한 분이시기 때문입니다.

서정홍 형제님, 잔소리가 길었습니다. 나이를 먹으면서 새로 얻게 된 병이기도 합니다. 널리 이해해 주시고, 시심詩心을 잘 가꾸시어 고달픈 농심農心을 위로하시길 바랍니다. 저도 머지않은 시간 안에 움직여 보도록 하겠습니다. 늘 건안하시고 하느님에 대한 사랑으로 행복하시기를 빕니다.

주교님과 주고받은 편지가 많은 이들에게 공개되어 괜스레 부끄러워지기도 했지만, 마음이 설레었습니다. 주교는 지역 교회(교구)를 맡아 다스리고 사목하는 책임자입니다. 늘 해야 할 일이 산더미처럼 쌓이신 분이지요. 그렇게 바쁘신 분이 산골 마을에서 하룻밤을 묵고 가신다는 것은 결코 쉬운 일은 아닐 것입니다. 그러나 편지로나마 약속을 해 주셔서 많은 농부들이 함께 기뻐하고 관심을 가졌습니다.

얼마 뒤 주교님은 약속하신 대로 작은 온돌방에서 하룻밤 묵고 가셨습니다. 오랜 나날, 여러 사람의 정성과 땀으로 지은 나무실 마을의 작은 흙집에 찾아와 농부들과 막걸리 한잔 주고받으며 밤늦도록 이야기꽃을 피우시다, 다음 날 아침에 떠났습니다.

주교님 한 분이 산골 마을에서 하룻밤 묵고 가신다고 무너진 농촌이 벌떡 살아날 것이라고 믿는 사람은 아무도 없을 것입니다. 그러나 내일 아니면 모레쯤 또 누군가 무너진 우리 농촌이 걱정스러워 산골 마을을 찾아오리라 생각합니다. 그분들의 관심과 사랑이 무너져 가는 우리 농업과 농촌 마을에 그리고 자라나는 아이들에게 희망을 안겨 줄 것입니다.

봄은 낮은 데서부터
여기, 희망이 가득한 곳에서
천생연분
작은 빛이 골짜기를
사람답게 살고 싶은 사람은
첫눈 내리는 아침에
어른들 닮지 말고
농부는 '불쌍한 사람'이 아니란다
미친 돈바람에서 벗어나야만
아름다운 청년, 상아 씨
아무도 그들을 잊지 못합니다
오늘도 기다립니다

봄은 낮은 데서부터

농부만큼 자유롭고 행복한 직업은 없습니다.
하루하루 모든 일을 스스로 결정하여 스스로 살아갈 수 있으니까요.
어느 누구한테 잘 보이기 위해 애써 구두를 닦거나 비싼 옷을 입고
굽실거리지 않아도 되고, 마음에도 없는 말이나 행동을 하지 않아도 됩니다.
다만 농부는 하늘만 믿고 살기 때문에 하늘한테만 잘 보이면 되는 것입니다.

봄은 낮은 데서부터

오늘은 다른 날보다 조금 일찍 일어나 겨울바람에 몸을 풀고, 여기저기 호박 심을 구덩이를 깊게 팠습니다. 구덩이에는 지난해 '생태 뒷간'에서 나온 똥을 한 삽씩 퍼서 넣었지요. 내가 눈 똥이 다시 흙으로 돌아가 거름이 된다니 절로 신바람이 납니다.

크고 작은 호박이 주렁주렁 열리면 호박나물, 호박국, 호박부침개, 호박죽, 호박떡을 해 먹을 생각을 하니 벌써부터 입맛이 다셔집니다. 아궁이에 불을 지피고 호박을 한 솥 끓여서, 동무들과 둘러앉아 나눠 먹어 본 사람은 사는 게 무엇인지, 행복은 어디서 오는 것인지 깨달을 수 있으리라 생각합니다.

사람은 누구나 행복하게 살고 싶어 합니다. 불행하게 살고 싶은 사람은 아무도 없으니까요. 태어나서 공부를 하고, 땀 흘려 일하고, 혼인을 하고, 자식을 낳아 함께 살면서 늙어 가는 모든 과정이 행복하게 살다가 행복하게 돌아가기 위한 작은 연습이겠지요.

행복이란 '삶에 만족하여 더없이 기쁘고 즐거운 상태'라 합니다. 이런 행복은 누구나 누릴 수 있으며, 누구나 누려야만 합니다. 그런데 세상 사람들은 행복이 무엇인지 생각할 겨를도 없이 하루하루 바쁘게 살아가고 있습니다. 참 불행한 일이고 안타깝고 슬픈 일입니다. 더구나 행복이란 혼자서는 느낄 수 없으며, 혼자서 누릴 수 있는 것도 아닙니다. 누가 혼자서 행복을 누리거나 차지했다 하더라도 결국 그 행복은 오래가지 못할 것이며, 어느 누구한테도 도움을 주지 못할 것입니다. 그래서 행복은 모든 사람들과 함께 누려야 하는 것입니다.

서로 나누고 섬기는 행복한 세상을 만들어 가려면 틈만 나면 좋은 책을 읽거나 좋은 사람을 만나야 합니다. 이게 바로 진짜 공부가 아니겠습니까. 사람은 태어나서부터 죽을 때까지 이런 공부를 꾸준히 해야겠지요. 사람은 자기가 가진 것 말고는 아무것도 다른 사람한테 나눠 줄 수 없는 존재니까요. 그러니 행복이 무엇인지 아는 사람만이 다른 사람한테 행복을 나눠 줄 수 있습니다.

내가 도시에서 살다가 산골 마을에 들어와 농사짓고 사는 까닭은 행복하게 살다가 행복하게 죽고 싶기 때문입니다. 나는 여태껏 참 행복이 무엇인지 한 번도 깊이 생각하지 않았습니다. 도시에서 다람쥐 쳇바퀴 돌듯 쉬지 않고 부지런히 살았는데도 작고 허름한 집 한 채 가지지 못하고 떠돌아 다녔습니다. 사람답게 살려고 할수록 사람대접을 받지 못한 것이지요.

도시는 날이 갈수록 희망보다는 절망을, 행복보다는 불행을 안겨 주었습니다. 사람과 사람이 서로 나누고 섬기는 세상이 아니라, 사람과 사람이 서로 헐뜯고 속이며 서로 견주고 살지 않으면 버텨 나갈 수 없는 세상으로 변해 갔습니다. 그래서 생각하고 다짐했습니다. 남의 논밭을 빌려서라도 농사짓고 살아야만 잃어버린 나를 다시 찾을 수 있을 거라고. 이 길이 아무리 불편하고 버거울지라도 잃어버린 나를 찾을 수 있다면 포기하지 않을 거라고.

생각과 처지는 조금씩 다르지만, 대부분 자유롭고 행복한 삶을 누리고 싶어서 귀농을 했습니다. 메마른 도시에서 받은 깊은 상처를 씻고 자연을 닮아 가는 사람들의 모습을 보면 저절로 신바람이 납니다.

이웃 마을에도 여러 가지 사연으로 도시 삶을 정리하고 귀농한 사람들이 있습니다. 생각과 처지는 조금씩 다르지만, 대부분 자유롭고 행복한 삶을 누리고 싶어서 귀농을 했습니다. 메마른 도시에서 받은 깊은 상처를 씻고 자연을 닮아 가는 사람들의 모습을 보면 저절로 신바람이 납니다. 그들과 함께 농사지으며 마을 공동체를 꾸려 가는 일이나 더구나 생명 농업(친환경 농업 또는 유기 농업이라고도 함)을 실천하는 일은 결코 쉬운 일이 아닙니다. 그러나 쉽지 않기 때문에 할 만한 가치가 있겠지요. 누구나 쉽게 할 수 있는 일이라면 무슨 재미로 하겠습니까.

벌써 개울가에는 버들강아지가 피었습니다. 봄은 기다리지 않아도 이미 우리 곁에 왔습니다. 봄. 말만 들어도 가슴이 설렙니다. 지게를 지고 산밭으로 가는 발걸음이 한결 가벼워졌습니다. 며칠 지나면 햇살이 잘 드는 언덕배기에 쑥이 쑥쑥 돋아나겠지요. 그날이 오면 동무 몇몇을 불러 쑥국을 진하게 끓여 나누어 먹고 싶습니다. 이른 봄날, 쑥국 세 그릇만 먹으면 한 해 내내 병 없이 지낼 수 있다고 합니다. 겨울을 이기고 돋아난 쑥국을 먹고 나면 없던 힘도 저절로 생긴다고 하니, 그 힘으로 올 한 해도 거뜬히 헤쳐 나갈 것입니다.

비록 도시 사람들이 입다가 갖다 준 헌 옷을 입고, 닳아 구멍이 나고 짝이 맞지 않는 양말을 신고 일을 해도 신바람이 납니다. 마당에 텃밭에 있으니 반찬 걱정이 없지요. 깊은 골짜기에서 물이 내려와서 물을 사 먹지 않아도 되지요. 물이 좋으니 얼굴에 화장품 따위를 바르지 않아도 되지요. 몇 발만 내려가면 개울이 있어 몸과 마음을 씻기 좋지요. 갑자기 벗들이 찾아와도 소나무 그늘 아래서 막걸리 한잔을 나누면 되지요. 이런 '귀한 행복'을 어찌 돈이 많다고 살 수 있겠습니까.

여기, 희망이 가득한 곳에서

경남 산청군 생비량에 박종숙, 김성환 씨 부부와 딸 지윤이가 소박하고 아름답게 살고 있습니다. 김성환 씨는 영남대 농학과를 다닐 때부터 방학이 되면 농촌 공동체인 충북 괴산 풀무원 공동체, 경기도 남양만 두레 마을, 강원도 아바 마을과 예수원 들을 두루 다니며 농부의 꿈을 키워 나갔습니다.

사람 보는 눈이 없는 내가 보기에도 그이는 농부의 꿈을 키우기 전부터, 어쩌면 태어나기 전부터 이미 농부였다는 생각이 듭니다. 언덕배기에 풀 한 포기 돋아나는 것도 사연이 있다고 하는데, 하물며 남들이 서로 가지 않으려는 힘들고 어려운 농부의 길을 젊은 시절부터 꿈꾸고 살았으니 어찌 놀라운 일이 아니겠습니까? 농부는 '하늘이 내려 준 사람'이라더니 그 말이 딱 맞구나 싶습니다.

사람들은 대부분 이웃과 사회를 위해 헌신하기보다는 내 한 몸 편안하게 살기 위해 공부하고, 공부를 잘해서 좋은 직장을 얻어, 조건에 맞는 사람을 만나 남부럽지 않게 사는 꿈을 꿉니다. 더구나 하느님 부처님을 믿고 따른다는 사람들까지도 자기 자녀가 가끔 봉사 활동을 하는 것은 좋은데, 덜컥 남을 위해 한평생 살겠다고 말할까 봐 걱정이라고 합니다.

이런 세상 사람들 속에서 김성환 씨는 '사람 사는 게 이게 아니다!'라고 생각했습니다. 농학과 졸업 동기생들은 농약 회사나 농기계 회사에 들어가기도 했지만, 그이는 대학 졸업하고 일 년 동안 풀무원 공동체에서 유기 농업을 배웠습니다. 동기생 가운데 두 사람만 농업을 선택했다고 하니 그때나 지금이나 농업은 버림받은 직업입니다.

그이가 처음 농촌에 뿌리내린 곳은 경남 산청군 신안면 간디학교 바로 아랫마을이었습니다. 할머니 혼자 사시는 집에 방 한 칸 빌려서 함께 살았지요. 할머니는 젊었을 때, 소뿔에 허리를 받히고 난 뒤로 날마다 진통제를 몇 알씩 먹어야만 하루를 무사히 보낸답니다. 지팡이를 짚어야만 겨우 마당에 나오셨던 할머니를 생각하면 가슴이 아프다는 그이의 말을 듣고 나도 가슴이 아팠습니다. 그이는 여태 살아오면서 그 할머니와 함께 보냈던 시절이 가장 오래도록 가슴에 남는답니다. 할머니와 밥도 같이 먹고 군불을 피우고 장작불에 고구마를 구워 먹던 그때를 생각하면 기분이 저절로 좋아진답니다.

그이는 1999년 1월, 들꽃보다 아름다운 박종숙 씨를 만나 혼인을 했습니다. 아내인 박종숙 씨는 혼인 전부터 류마티스 관절염을 심하게 앓고 있었습니다. 그 사실을 어느 누구보다 잘 알면서 사랑하고 혼인을 할 수 있다니, 보통 사내로서는 결코 쉽지 않은 일입니다. 남들처럼 잘 걸을 수가 없어 신혼여행 때도 틈틈이 업고 다녔다고 합니다. 좋다는 온갖 약을 다 써 보아도 잘 낫지 않아, 지금도 오래 서 있거나 컴퓨터 자판을 칠 수 없을 만큼 모든 관절이 좋지 않습니다. 다행스럽게 지난해 오른쪽 무릎 관절 수술을 하고부터 집안일을 조금씩 할 수 있다고 합니다.

그이가 처음 정착한 마을은 워낙 깊은 산골 마을이라 논농사보다는 밤나무, 감나무, 자두나무를 심고, 작은 남새밭을 가꾸며 살았습니다. 농촌에서 살면 거의 돈이 필요 없다고 하지만 그래도 어느 정도 돈이 필요합니다. 그래서 생활비에 보탬이 될 거라 믿고 정성 들여 머루와 오미자를 심어 사 년 남짓 자식처럼 돌보았습니다.

그런데 태풍 '올가'가 모조리 짓밟아 놓고 갔답니다. 첫 수확의 기쁨을 누리기도 전에 모든 게, 한순간에, 무너져 내린 것이지요. 그렇다고 그냥 주저앉아 있을 수가 없어서 송화차를 만들게 되었다고 합니다. 그이와 내가 인연을 맺은 것은 정성스럽게 만든 이 송화차 때문입니다. 가톨릭농민회에서 운영하는 '우리농 생협'에서 송화차를 판매하고부터 자주 만나 정이 들었습니다.

송화차가 무어냐고요? 깊은 골짝에서 자라는 소나무 새순과 꽃을 따서 황설탕과 아카시아 꿀을 조금 넣고 항아리에서 발효를 시키면 송화차가 됩니다. 그이는 오랫동안 온갖 고생을 다하며 개발한 송화차 만드는 '비법'을 가난한 젊은 귀농인들한테 물려주라며 내게 가르쳐 주었습니다. 아무나 할 수 있는 일이 아니지요. 송화차

만으로도 살림살이에 보탬이 될 텐데 아무런 조건 없이 모든 것을 다 물려주었습니다.

지금은 장류 제조업인 '콩살림'이란 공장을 차려 일백 퍼센트 국산콩과 농산물로 정성껏 장류(된장, 간장, 찌개 청국장, 재래 메주, 고추장, 막장, 미숫가루, 쑥미숫가루, 검은 콩가루 청국장, 알 메주)를 만들고 있습니다. 콩살림은 우리 몸에 좋은 유익한 균이 콩에 자라서 새로운 맛의 된장과 청국장으로 다시 살아난다고 해서 붙여진 이름입니다.

오늘 여기서부터

묵은 산밭에도
비탈진 논둑에도
나지막한 언덕배기에도
농부들이 기쁜 마음으로
콩을 심으면 좋겠네.

정성껏 심고
아들딸처럼 가꾼 콩으로
된장을 만들고 청국장을 만들고
미숫가루도 만들면 좋겠네.

오늘, 여기서부터
우리 콩이 살아나면 좋겠네.
그래서 아토피, 천식, 암 따위와 같은
온갖 병을 다 앓고 있는
이 땅, 대한민국의
아이들이, 청소년들이, 어른들이
다시 건강을 되찾으면 좋겠네.

사람들이, 숱한 사람들이
'콩살림' 이곳을 찾아오면 좋겠네.
찾아와서 함께 배우고, 함께 깨달아
무너져 내린 우리 농업과 농촌을
다시 살렸으면 좋겠네.

'콩살림' 이곳에서
이 작은 마을에서
여기 모인 우리 힘으로
한 발 한 발 앞으로 나아가
그까짓 에프티에이 확 쓸어버리면 좋겠네.

콩 삶는 소리
콩 볶는 소리

고두밥 찌는 소리
그 소리, 소리들이 한데 어울려
땀 흘려 일하고 정직하게 살아가는
모든 이들의 가슴속으로
희망의 물결 넘쳤으면 좋겠네.

이 글은 2007년 4월 '콩살림'이 문을 여는 날, 마을 사람들과 여러 손님들이 한데 어울려 막걸리 한잔 나누면서 쓴 글입니다. '콩살림'은 참 자랑할 게 많습니다. 물 좋고 공기 맑기로 소문난 산청에서 일백구십 미터 지하 암반수와 국내산 소금을 사용하여 메주를 만든답니다. 게다가 특수 제작된 이중 압력솥에 콩을 삶아 영양 손실이 거의 없답니다. 그리고 '콩살림'이 자랑하는 발효실(콩 살리는 곳)은 황토로 만들었으며 자동 온도 조절 장치와 습도 조절 장치, 공기 정화 장치를 설치하여 메주균과 청국장균이 살기 좋은 환경을 만들어 준답니다.

그러나 무엇보다도 자랑할 만한 점은 이곳의 주인장이 행복한 마음으로 된장을 만들고 있다는 것입니다. '콩살림' 제품을 드시는 사람들도 행복이 넘쳐 나기를 바라는 마음으로 일하고 있는 것이지요. 여행길에 찾아가셔도 좋고, 포털 사이트 통합 검색창에 '콩살림'이라고 치면 자세하게 나온답니다.

엊그제 그이가 '콩살림'을 아껴 주신 분들을 생각하며 시를 한 편 썼다며 내게 보여 주었습니다.

새해엔

밥을 짓듯
복을 지어
지나가는 객들과
나누고

집을 짓듯
복을 지어
고운 벗들과
나누고

농사를 짓듯
복을 지어
새와 산짐승들과
나누고

옷을 짓듯
복을 지어
외로운 이들과
나누고

그이가 쓴 시처럼 새해는 서로 나누고 섬기는 해가 되었으면 좋겠습니다. 된장 맛이 깊어지듯 사람들의 정도 깊어져, 그 깊은 정으로 온갖 불신과 미움과 질투와 증오가 사라졌으면 좋겠습니다.

아, 구수한 된장 냄새가 지리산을 타고 내려와 우리 집 안방까지 흘러듭니다. 그 냄새에 취해 나는 지금 이 글을 씁니다. "희망이 없는 곳을 농촌이라 말하지만 앞으로 가장 희망이 있는 곳이 농촌"이라고 말하는 그이와 헤어지면서 우리는 곧 다시 만날 것을 약속했습니다. 오래된 나무 그늘 아래에서, 아니면 물이 흐르는 작은 개울가에서, 언제 어디서 만나든 우리는 좋은 벗이 될 것이고 술을 마시지 않아도 취할 것입니다.

천생연분

내가 정상평 씨를 처음 만난 것이 삼십 대였는데 어느새 오십 대가 되었습니다. 문득 사람은 이 세상에 사는 것이 아니라, 이 세상을 잠시 지나가고 있구나 싶은 생각이 듭니다. 그만큼 세월은 쉬지 않고 흘렀습니다. 세월은 얻기 어렵고 잃기는 쉽다더니 그 말이 딱 맞습니다.

1996년, 내가 농민회 일꾼이 되어 첫발을 내딛고, 처음 농민회 여름 연수를 했던 곳이 바로 그이가 살고 있는 황매산 자락 깊은 소나무 숲속이었습니다. 길가에 자동차를 세워 두고 황톳길 가파른 오르막을 삼십 분 남짓 걸어가야만 하는 곳에, 사람의 그림자조차 찾아보기 드문 외딴곳에, 그이는 빈집을 고쳐 혼자 살고 있었습니다.

나보고 그런 골짜기에 혼자 살라고 하면 살 수 없을 것입니다. 여태껏 도시에서 사람들과 부대끼며 바쁘게 살아온 탓으로 참 쓸쓸할 것이라는 생각이 먼저 들었고, 여태 아스팔트와 시멘트만 밟고 살아왔기에 흙이 무엇인지, 자연이 무엇인지, 깊이 알지 못해 두려웠기 때문입니다.

그런 내 눈에는 이제 갓 서른 넘은 젊은이가 산속에서 혼자 농사짓고 살아가는 모습이 신기하게만 보였습니다. 무슨 깊은 뜻이 있으리라 생각했습니다. 그래서 나는 틈이 나는 대로 상평 씨를 만나 이야기를 나누었습니다. 때론 밤을 새우기도 했습니다. 그이를 만나면 내가 여태 모르고 살았던, 어쩌면 알면서도 모른 척하고 살았거나 바쁘다는 핑계로 관심조차 가지지 않았던 자연과 숲과 사람이 걸어가야 할 길에 대한 이야기를 들을 수 있었습니다. 자주 만나지는 못했지만 만날 때마다 나는 거의 듣고만 있었지요. 나는 옛날이나 지금이나 말하는 것보다 듣는 걸 좋아합니다. 어떤 자리에서는 내가 말을 많이 하기도 하지만, 내가 스스로 배우고 깨칠 게 있다고 여기는 자리에서는 정말 듣는 것을 좋아합니다.

생각과 삶도 다르고 꿈도 다르지만, 나는 늘 그이를 마음속에 두었습니다. 먹고 마시는 만남의 자리에는 돈만 있으면 널려 있는 게 친구입니다. 그러나 참사람의 길을 열어 주는 친구는 돈으로 살 수 없는 것이지요. 나이가 같거나 비슷하다고 친구가 되는 것도 아니며, 같은 생각과 뜻을 지녔다고 친구가 되는 것도 아닙니다. 옳은 일에 주리고, 옳은 뜻을 세워 함께 실천하며 살아가야 진짜 친구가 되는 것이라 생각합니다. 사람과 사람을 갈라놓는 메마른 세상에서 좋은 친구 한 사람이 곁에 있으면 얼마나 큰 힘이 되겠습니까. 이 시대의 원수가 누구겠습니까. 내가 잘못 살아가고 있는데도 나무라지 않는 사람이 원수가 아니겠습니까.

그이는 옳은 것을 따르려고 애쓰는 사람입니다. 옳지 않은 것은 옳지 않다고 말하는 사람입니다. 그래서 가끔 이래도 좋고 저래도 좋다고 넘어가는 나와 부딪히기도 합니다. 생각이 달라 가끔 부딪힐 수 있는 사람이 가까이 있다는 건 얼마나 바람직한 일입니까. 그 속에서 사람다운 길이 보이고 깊은 정이 들겠지요.

그이를 만나면서 나는 친구란 무엇인지 깊이 생각해 보았습니다. 어떤 일을 겪더라도 함께 기뻐하고 함께 슬퍼할 수 있는 사람이 진정한 친구라는 생각이 들었습니다. 그래서 내가 그이의 중신아비가 되기로 마음먹었습니다. 그이는 혼인을 하면 정말 잘 살 수 있을 것 같았고, 아이도 훌륭하게 잘 키울 것 같았기 때문입니다.

1999년 늦가을, 그때 나는 젊은이들과 어울려 함양 덕유산 자락 우전 마을에서 농사를 짓고 살았습니다. 2000년 월간《작은책》 8월 호에 농사지으며 살아가는 이야기를 쓰면서 끝부분에 작은 글자로 이렇게 썼지요.

"생각이 깊고 성실한 농촌 총각들이 장가를 못 가고 있습니다. 자연과 더불어 농촌에서 살고 싶은 아가씨는 언제든지 알려 주시기 바랍니다."

이 작은 글자를 찾아서 읽고 내게 전화를 건 서울 아가씨가 있었습니다. '도대체 어떤 아가씨이기에 농촌 총각한테 시집을 오겠다는 것일까?' 어찌나 고맙고 궁금한지 연락을 받자마자 바쁜 농사일을 제쳐 두고 서울로 올라갔습니다. 그렇게 해서 만난 아가씨가 바로 최영란 씨입니다. 최영란 씨는 '가난해서 집도 없고 논밭 한 뙈기 없어도 좋지만 착하고 성실한 농부'라면 혼인할 수 있다고 말했습니다. 내가 총각이었으면 아무한테도 빼앗기고 싶지 않을 만큼 마음이 고왔습니다.

나는 마음먹은 대로 중신아비가 되었습니다. 가난한 농부와 결혼시키고 싶지 않은 신부 집안의 반대를 무릅쓰고 두 사람은 2002년 4월 7일, 대전 엑스포 공원에서 전통 혼례를 올렸습니다. 혼인식 때 축하 말씀을 해 달라는 부탁을 받고 나는 먼저 신랑 정상평 씨에 대해 이렇게 말했습니다. '헤어지면 금세 그리워지는 사람'이라고. 그리고 신부 최영란 씨를 보고 말했습니다. '백만 명 가운데 한두 사람 나올까 말까 한 소중한 사람'이라고. 부모 형제의 반대를 무릅쓰고 '고생길'이 훤히 열린 농부와 결혼하겠다고 할 사람은 많지 않습니다. 그러니 얼마나 소중한 사람입니까.

두 사람 사이에서 아들 구륜이가 태어났습니다. 이 집 식구들은

모두 머리를 깎거나 화장을 하지 않습니다. 그래서 일곱 살 구륜이도 머리를 길게 기르고 있습니다. 처음 보는 사람마다 '여자아이'라고 말하지만, 그런 말은 워낙 많이 들어 예사로 여기고 맙니다.

구륜이네 가족은 쥐가 들락거리는 낡고 오래된 집에서 살다가, 지난해 늦가을에 손수 황토 벽돌을 찍어 흙집을 새로 지었습니다. 새 집이라지만 문짝도 기둥도 남들이 거의 쓰지 못한다고 버린 것을 줍거나 얻어서 부부가 같이 지었습니다. 이렇게 훌륭한(?) 집을 나는 아직 본 적이 없습니다.

작은 빛이 골짜기를

정상평 씨는 동시 쓰는 사람들 '세달' 모임에서 몇 년째 공부를 하고 있습니다. 며칠 전에 아들에게 아버지의 마음을 전하고 싶어 쓴 시라며 내게 보여 주었습니다. 이것도 동시가 되느냐며, 부끄러운 손으로 내민 시 세 편입니다. 아직 어느 곳에도 발표하지 않은 시라 그이에게 허락을 받아서 이 자리에 싣습니다.

뉘를 가리며

우리 식구 셋이서
밤이 기울도록

쌀에 뉘를 가린다.

눈이 가물가물하도록
뉘 가린 걸
작은어머니는 알까?

천장에 매달린
거미랑
부엌에서 뽀스락거리는
생쥐는
알겠구나.

두더지

땅속에 두더지
완두콩 밭을 들었다 놨다
제 맘대로다.

땅속에 두더지
마늘 밭도 들었다 놨다
제 맘대로다.

우리 아버지
두더지 잡을까 말까
삽을 잡았다 놨다.

두더지는
아버지 마음도 들었다 놨다
제 맘대로다.

흙 마당

이슬비 내리면
촉촉해지고요.
처마 밑 돌 틈 사이에
주인 눈치 보며
부랴부랴 풀도 키워 내고요.
개미와 지렁이도
품어 안아 주고요.

멧비둘기 날아와 똥을 눠도
'괜찮다, 괜찮아!'
하며

허허 웃고요.

누가 농부는 모두 시인이라더니 딱 맞는 말씀이구나 싶습니다. 〈뉘를 가리며〉를 읽으면 가슴이 찡합니다. 뉘란 '쌀 속에 섞여 있는 껍질이 벗겨지지 않은 벼의 낟알'을 이르는 말입니다. 식구들이 밤이 기울도록 뉘를 가리는 모습이 눈에 훤합니다.

도시에 사는 작은어머니가 쌀을 주문했나 봅니다. 그런데 가정용 도정기(낟알을 찧어서 껍질을 벗기는 기계)는 성능이 떨어져 뉘가 섞여 나올 때가 많습니다. 도정을 하여 자루에 담아 택배로 보내야 하는데 여기저기 뉘가 눈에 보였겠지요. 그래서 이대로 보낼 수가 없다고 여겨, 농사일에 지친 식구들이 저녁밥을 먹고 불빛 아래 모여 뉘를 가렸겠지요.

눈이 가물가물하도록 뉘를 가리면서도 어느 누구한테 대가를 바라지 않고, 어느 누가 알아주기를 바라는 마음조차 없습니다. 다만 이 집에서 함께 사는 거미랑 개미는 이 마음을 알지 않을까 하고 생각하는 것이지요. 그래서 피곤하지만 기쁜 마음으로 뉘를 가리는 것이지요.

〈두더지〉는 농약을 안 친 땅에서 삽니다. 왜냐하면 독한 농약을 친 땅에는 먹을 게 없기 때문입니다. 완두콩밭이든 마늘밭이든 온통 굴을 파고 들어가서 사는 두더지는, 농부 대신 땅을 파서 딱딱한 땅을 부드럽게 해 주고 기름지게 해 줍니다. 그러나 그 숫자가 늘어나면 밭을 엉망으로 만들어 버립니다. 두더지를 잡아야 하나

그이도 사람인지라 가끔 사람들과 부대끼며
힘들어할 때도 있지만, 큰 뜻은 흔들리지 않습니다.
큰 뜻이란 그냥 자연 속에서 농사지으며 살다가
말없이 흙으로 돌아가는 것입니다.

말아야 하나, 고민하는 농부의 심정을 감칠맛 나게 잘 나타내어 저절로 웃음이 나옵니다.

〈흙 마당〉을 읽으면 누구나 고향 생각이 날 것입니다. 농촌에서도 흙 마당인 집을 보기가 쉽지 않습니다. 왜냐하면 죄다 시멘트로 발라 버렸기 때문입니다. 풀도 나지 않으니 뽑을 일이 없고, 짐승이나 새가 똥을 누어도 치우기 쉬울 뿐 아니라, 콩이나 깨를 널거나 털기도 좋습니다. 그러나 조금 편리한 만큼 들꽃 한 송이 피울 수 없고, 개미와 지렁이 한 마리 살 수 없는 죽은 땅으로 변합니다. 그래서 흙 마당은 편리함보다는 생명을 품고 안아 주는 아주 소중한 마당입니다.

그이의 마음은 늘 생명이 살아 있는 곳에서 머뭅니다. 그래서 농부가 아니면 쓸 수 없는 살아 있는 시를 쓸 수 있는 것입니다. 〈흙 마당〉이란 시처럼 이 집 마당에는 사철 밤낮 가리지 않고 산짐승과 새들과 곤충들이 놀러 오고 손님들이 틈틈이 찾아옵니다. 종교를 가리지 않고, 남녀노소 가리지 않고, 부자와 가난한 사람 가리지 않고, 마음 둘 데 없이 헤매는 사람들까지 이곳에 오면 알 수 없는 평화를 가득 안고 떠납니다.

이렇게 아름다운 부부가 우리 마을 가까이 산다는 게 나는 자랑스럽습니다. 그이도 사람인지라 가끔 사람들과 부대끼며 힘들어할 때도 있지만, 큰 뜻은 흔들리지 않습니다. 큰 뜻이란 그냥 자연 속에서 농사지으며 살다가 말없이 흙으로 돌아가는 것입니다.

십 년이 넘도록 혼자 살던 이 깊은 산골짝에 세 집이 더 '귀농'

을 하여 식구가 어느새 열두 명이 되었습니다. 그들과 함께 아들 구륜이도 쑥쑥 자랄 것입니다. 작은 빛이 골짜기를 환히 비추고 있으니까요.

사람답게 살고 싶은 사람은

자고 일어나면 일이고, 자고 일어나면 일이라더니 농사일은 끝이 없습니다. 손발이 움직이는 날까지는 끝이 없는 것이 농사일입니다. 가을걷이가 끝나고 양파와 마늘을 심고 나면 한 해 농사일은 끝이 납니다. 농사일은 끝이 나지만 나무하러 가야지, 감나무 밭에 거름 넣고 가지치고 벌레들이 얼어 죽게 껍질도 벗겨야지, 다음 해 쓸 거름도 띄워야지, 틈틈이 산에 가서 칡을 캐서 차를 만들거나 즙을 내야지, 그동안 농사일에 지친 몸과 마음도 다스려야지, 고마운 분들이나 보고 싶은 벗들을 만나 막걸리라도 한잔 나누어야지, 알고 보면 쉴 틈이 없습니다.

그러나 농부만큼 자유롭고 행복한 직업은 없습니다. 하루하루 모든 일을 스스로 결정하여 스스로 살아갈 수 있으니까요. 어느 누구한테 잘 보이기 위해 애써 구두를 닦거나 비싼 옷을 입고 굽실거리지 않아도 되고, 마음에도 없는 말이나 행동을 하지 않아도 됩니다. 다만 농부는 하늘만 믿고 살기 때문에 하늘한테만 잘 보이면 되는 것입니다. 농사지으며 사는 행복은 아무나 누리는 것이 아닙니다. 스스로 농부가 되어, 스스로 불편하고 가난한 삶을 선택한 사람만이 누릴 수 있는 것입니다. 제 가까이에 이렇게 행복을 누리며 사는 젊은 농부들이 많습니다.

엊저녁에 젊은 농부 가운데 이진홍 씨를 찾아가서 이런 부탁을 했습니다.

"잡지사에서 원고 청탁이 들어왔는데 제목이 '내가 만난 예수' 입니다. 산이 아버지 이야기를 쓰고 싶은데 괜찮겠습니까?"

"아이고, 아닙니다요. 저 같은 사람이 어찌 그럴 만한 가치가 있다고 그러십니까."

"잡지사에서 바라는 것은 특별하게 사는 사람 이야기가 아닙니다. 평범한 사람들 이야기지요. 우리같이 농사지으며 사는 삶이 평범한 것이지요. 사람으로 태어나 흙을 밟으며 자연 속에서 살지 못하고, 시멘트와 아스팔트 속에 갇혀 사는 도시 사람들이 특별한 것이지요. 그러니 걱정하지 않아도 됩니다."

"그래도 그렇지요. 저는 아무래도……."

아무리 사정을 해도 내 부탁을 들어주지 않던 그이가 다음 날 아침에 찾아왔습니다.

"서정홍 선생님, 밤새 고민하다가 찾아왔습니다. 아내한테 어제 밤새 혼났습니다. 선생님께서 처음 부탁하신 건데, 그렇게 거절하고 나면 마음이 편하냐고. 그리고 우리 사는 게 무에 특별한 것도 아니라고. 그래서 용기를 내어 찾아왔습니다. 물어보실 게 있으면 물어보시기 바랍니다. 작은 도움이라도 될 수 있으면, 있는 그대로 말씀드리겠습니다."

이진홍 씨는 올해 서른일곱 살입니다. 충북대학교 영어교육학과 같은 동기였던 사랑스러운 아내와 아이들과 함께 흙집에서 농사지으며 소박하게 살고 있습니다. 이웃들과 어울려 스스로 지은 흙집이지요. 그이는 지난해 교직을 그만두고 농사짓기 시작했으니 농사 나이는 이제 겨우 한 살입니다. 아직 스스로 걸어 다닐 나이도 아니지만 정말이지, 누구 못지않게 부지런히 농사일을 합니다. 그이는 농부가 되기 전에 십 년 남짓 대구 심인중학교와 심인고등학교에서 영어를 가르치던 교사였습니다. 교사를 '철밥통'이라고 말하는 이도 있더군요. 부부 교사를 두고는 '움직이는 중소기업'이라는 말까지 들립니다. 그만큼 모든 삶이, 아니 노후까지 보장된 직업이라는 말이겠지요. 그런데 왜 이진홍 씨는 철밥통을 스스로 내던지고 농부가 되었을까요? 그것도 젊은 나이에 말입니다.

그이는 농부가 되기 전에 교사로 지내면서도 늘 가난한 아이들에게 관심을 보였습니다. 키가 작다는 까닭으로, 공부를 못한다는 까닭으로, 가난하다는 까닭으로 따돌림당하고 힘들어하는 학생들을 자주 만나 분식점도 가고, 갖가지 놀이도 하면서 보냈습니다. 그이가 일하던 학교에는 가난한 학생들이 많았기 때문에 자연스럽게 관심이 쏠렸던 게지요. 학생들은 식구들과 외식을 해도 늘 재래시장 분식점에서 했습니다. 가난해서 고급스러운 식당에 갈 처지가 못 되니까요.

그이는 그저 월급 받을 때마다 부끄러웠답니다.
아이들 앞에 서는 것도 부끄러운데,
꼬박꼬박 월급까지 받아 챙긴다는 게 하도 부끄러워,
아니 하도 죄스러워, 밥상 앞에 앉는 것조차 힘들었답니다.

그 모습을 보면서 교사인 자신이 가진 게 너무 많다는 생각이 들어, 그 아이들 앞에 서면 늘 부끄러웠답니다. 아이들과 함께 틈을 내어 '한살림 체험 농장'인 창녕에 있는 〈공생농두레농장〉에도 몇 번 찾아가서 자연 속에서 농사일도 하며 땀의 소중함을 일깨워 주기도 했습니다.

그이는 메마른 세상을 정이 흘러넘치는 따뜻한 세상으로 바꾸려고 스스로 찾아다니며 일을 했습니다. 보기를 들면 우리 쌀을 지키기 위해 2004년 11월부터 동료들과 함께 대구백화점 앞에서 '우리쌀 지키기 서명운동'을 했습니다. 한두 달도 아니고 이백 일 동안이나 거의 빠짐없이 촛불을 들고 나섰습니다. 이백 일째 되던 마지막 날, 황매산 자락에서 농사지으며 살아가는 젊은 농부들을 초청하여 여러 사람들에게 소개해 주었습니다. 우리는 도시에서도 이렇게 농촌을 살리기 위해 애쓰는 사람이 있구나 싶어, 얼마나 기뻤는지 모릅니다.

나는 그때 그이를 만나면서 이런 생각이 들었습니다. '먼 길이지만 참 잘 왔구나! 농사는 농촌에서만 짓는 게 아니라 이렇게 도시에서도 지을 수 있구나! 이런 젊은이가 우리나라에 열두 사람만 있어도 희망이 있겠구나!' 싶었습니다.

그이는 머리를 길러 뒤로 묶고 늘 허름한 생활 한복에 고무신을 신고, 삼십 분 남짓 자전거를 타고 학교로 출퇴근했습니다. 2007년도에 온 나라가 광우병 때문에 난리 법석을 떨 때는 '우리 집은 광우병 수입소를 반대합니다.'라고 적힌 현수막을 몸에 두르고 다녔습니다. 불의를 보고 분노하고 싸우지 않으면 사람이 아니라고 생각한 것이지요.

그이는 머리로 싸운 게 아니라 늘 온몸으로 싸웠습니다. 말하기조차 부끄러운 촌지 문제도 스스로 학부모들에게 편지를 써서 '제가 살아 있는 한 절대 받지 않겠습니다.'라고 했습니다. 그 말을 들으니 스승의 그림자도 밟아서는 안 된다는 옛 어른들의 말씀이 문득 생각났습니다.

지금 현실은 어떻습니까? 참스승을 찾기도 쉽지 않지만 참스승이 있다 하더라도 스승이라 부르지 않습니다. 학생이나 학부모나 교사 보기를 그저 공부를 가르치는, 그래서 성적을 올려 주는 기계 따위로 바라보니 어찌 스승이라 부르겠습니까. 그리고 많은 사람들이 교사를 '돈 잘 버는 직업' 정도로 바라보고 있으니, 교사의 존재 가치조차 흔들리고 있는 게 현실입니다. 그러니 어찌 진정한 존경심이 우러나올 수 있겠습니까? 이런 현실을 잘 아는 동료 교사들조차 그이를 보고 이렇게 말했습니다.

"미쳤냐? 그게 무슨 꼴이냐. 교사 위신이 있지."

"제발 그런 짓 좀 하지 마라. 너 하나 때문에 교사 체면이 말이 아니다."

"너만 잘나고 너만 깨끗하냐?"

좁은 내 생각으로는 그이처럼 스스로 불의와 맞서고, 스스로 검소한 삶을 실천하고, 스스로 가난한 학생들과 어울려 사는 교사는 그리 많지 않으리라 생각합니다. 그래서 이런 생각을 가진 교사는 아이들이 많은 도시에서 사는 게 좋겠다 싶었습니다. 왜냐하면 아이들이 자유롭고 행복하게 살아야만 온 누리가 평화로울 수 있기 때문이지요. 아이들을 잘 가르쳐서 훌륭한 사회인으로 자라게 하는 것이 얼마나 큰 농사겠습니까? 그것을 잘 아는 그이가 왜 철밥통을 내던지고 농부가 되었을까요? 궁금하지 않습니까?

그이는 그저 월급 받을 때마다 부끄러웠답니다. 왜냐고요? 딱딱한 시멘트뿐인 감옥 같은 교실에, 아이들을 죄수처럼 가두어 놓고, 입시 위주 교육을 할 수밖에 없는 현실 속에 교사로서 할 게 없었답니다. 아이들 앞에 서는 것도 부끄러운데, 꼬박꼬박 월급까지 받아 챙긴다는 게 하도 부끄러워, 아니 하도 죄스러워, 밥상 앞에 앉는 것조차 힘들었답니다. 월급을 탈 때마다 '이게 아니다, 이게 아니다. 하루빨리 이 짓을 그만두어야 한다.' 싶었답니다. 그러다 용기를 내어 모든 것을 정리하고 농부가 되었습니다. 이런 결심을 하게 된 까닭은 어떤 학생이 던진 질문 때문이었다고 합니다.

하루는 이진홍 씨가 아이들 앞에 서서 이렇게 말했답니다.

"사람답게 살고 싶은 사람은 서로 가려고 난리 법석을 떠는, 돈 많이 벌고 편안한 길보다 서로 가지 않으려는 길을 스스로 찾아가야 합니다. 그 길 가운데 생명을 살리는 농부가 있습니다. 없어서는 안 될 아주 소중한 직업이지요. 그리고……."

말이 채 끝나기도 전에 한 학생이 물었습니다.

"선생님은 농부가 소중하다고 말하면서 왜 농사를 짓지 않으세요?"

그 말을 듣고 십 년 남짓 학생들 앞에서 입만 살아서 옳은 말만 해 온 자신을 되돌아보게 되었습니다. 며칠 내내 잠을 이루지 못하고 뉘우치고 또 뉘우쳤습니다. 그리고 결정했습니다. 우선 나부터, 생명을 살리는 농부가 되자고.

교사가 농부가 된다는 게 말처럼 쉬운 게 아닙니다. 여태 도시에서 영어니 수학이니 어쩌고저쩌고 떠들어 대며 배우고 가르쳐 온 모든 것이 아무짝에도 쓸모없는 것이 되고 마니까요. 농촌에서는 하나부터 열까지 다시 배워야 살 수 있다는 것을 스스로 인정해야 하는 것이지요. 황토 벽돌을 스스로 찍어 집을 짓고, 창고를 짓고, 닭장을 짓고, 낫질과 괭이질, 그리고 경운기를 배우고 익히며 살아야 하는 것입니다.

그이의 아버지도 평생 농사지으며 사신 분입니다. 중고등학교에서 '선생질' 하던 아들이 농사지으며 살겠다고 했을 때 처음에는 억장이 무너져 반대를 많이 하셨답니다. 그러나 세월이 지나면서 아버지도 아들의 삶을 인정하고 이렇게 말씀하셨다는군요.

"그래, 남한테 굽실거리지 않고 등 따시고 배부르면 되지. 농사짓고 사는 게 뱃속 편한 거여. 머지않아 식량이 무기가 될 날이 올 거여. 언제까지 큰 나라에서 우리 같은 작은 나라에 식량을 자꾸 대 주겠냐."

무엇보다 이 말씀이 큰 힘이 되었습니다. 그이의 아버지는 농약을 거의 안 치고 농사를 짓습니다. 어느 누구보다 마을 사람들이 그걸 잘 안답니다. 그래서 자기 집에서 먹거나 자식들한테 보낼 곡식

은 그이의 아버지 집에 와서 사 가기도 한답니다.

앞으로 꿈이 무엇이냐고 이진홍 씨에게 물었습니다. 그이는 서슴없이 이렇게 대답했습니다.

"좋은 말만 그럴듯하게 꾸며서 사는 이들이 너무 많은 세상이라, 남은 삶은 마을 속에서 아이들과 함께 소박하게 살고 싶습니다. 어르신들이 수천 년 동안 그렇게 살아왔지 않습니까? 우리 아이들도 자라 농부가 되면 정말 더 바랄 게 없습니다. '똑똑한 아이' 몇몇 키우느라 모든 아이들을 희생시켜야만 하는, 희생시킬 수밖에 없는 구조 속에서는 교사가 할 일이 거의 없습니다. 돈 많이 벌어 남보다 더 높은 자리에서, 남을 부리며 살아야 편하게 산다고 가르쳐야 하는 엉터리 교육 구조 속에서는 정말이지 할 일이 없습니다. 괜스레 죄 없는 아이들을 이용하여 내가 산다는 생각이 끊임없이 스스로를 괴롭힐 테니까요."

서른일곱, 내가 그 나이에 어떤 생각을 하고 살았을까요? 가만히 생각해 보면 그저 부끄러울 뿐입니다. 내 스승은 공자도 간디도 소크라테스도 아닙니다. 가까이에서 이름도 없는 들꽃처럼 살아가는 이런 젊은이들입니다. 살아 있는 '작은 예수'지요.

산이 아버지는 며칠 전에 우리 집에 와서 하루 내내 장작을 패주고 갔습니다. 나도 머지않아 산이 아버지 집에 가서 품앗이를 해야겠지요. 개미나 벌도 서로 도와가며 산다지요. 아침에 눈을 뜨면 서로 도와가며 살 수 있는 이웃이 있다는 것만으로도 마음이 설렙니다.

첫눈 내리는 아침에

엊저녁부터 황매산 자락에 눈발이 서더니 아침에 창문을 열고 밖을 보니 장독 위에도, 감나무 가지 위에도, 텃밭에 심어 둔 시든 상추 위에도, 아무도 없는 빈집 쓸쓸한 슬레이트 지붕 위에도, 돌아가신 인동 할머니 집 낡은 뒷간에도, 오래된 작은 우물가에도, 지난해 산밭에 심어 둔 마늘과 양파 새순에도, 모든 일을 다 마치고 편안하게 쉬고 있는 다랑논에도, 도토리묵을 만들었다고 가져오신 이웃 할머니의 머리 위에도 하얀 눈이 내렸습니다. 한 군데도 빠짐없이 고루고루 내렸습니다.

첫눈 내리는 아침에, 이웃 마을에 사는 구륜이한테서 전화가 왔습니다. 구륜이는 올해 여덟 살이고, 동무처럼 편하게 지내는 정상평 씨의 아들입니다. 구륜이는 여섯 살 때부터 산길을 한 시간 남짓 혼자 걸어서 우리 집에 놀러 온 아이입니다. 우리 집에 와서 두세 시간을 게으름도 피우지 않고 산밭에서 풀을 매던 아이입니다. 구륜이의 전화를 받고 시를 한 편 썼습니다. 억지로 쓴 게 아니라, 시가 몸과 마음속에서 저절로 나왔습니다.

첫눈

"시인 아저씨!
거기도 눈 와요?

여기는 눈 와요."

이웃 마을
여덟 살 구륜이한테 걸려 온
전화를 받고
아이처럼 마음이 설렙니다.

살아 있다는 게
눈처럼 아름다운 겨울 저녁에
구륜이와 나 사이에
하염없이 첫눈이 내립니다.

오늘 낮에 서울에 사는 순식 아우가 오랜만에 아내와 중학생인 아들 태영이와 함께 놀러 왔습니다. 사람이 귀한 산골 마을에서, 또래나 형과 아우도 하나 없이 나무처럼 심심하게 살아가는 구륜이는 태영이를 보자마자 "형!"이라 불렀습니다. 그 말을 듣자마자 태영이는 "어째서 형이냐?"고 따졌습니다.

태영이가 보기에는 머리를 길게 기른 구륜이가 여자아이로 보였던 것입니다. 갑자기 구륜이가 바지를 내려 꼬치(경상도에서 아이들의 자지를 이르는 말)를 보여 주었습니다. "형아, 꼬치 맞잖아!" 하면서 말입니다. 2009년도 1월 14일에 있었던 일입니다. 산골 마을에는 이런 아름다운 일이 가끔 일어납니다.

구륜이가 얼마 전에 시를 한 편 썼다고 내게 가져왔습니다. 태어나서 여태까지 동무 삼아 함께 지내던 진돗개 '마뉴'(많이 먹고 똥 많이 누라고 지은 이름)가 죽고 나서 슬픈 마음으로 쓴 시입니다.

마뉴는 어디로 갈을까?

마뉴는 어디로 갈을까?
산비탈로 갈을까?
산소로 갈을까?
아무도 모른다.

도시에서 살다가 귀농한 사람들 가운데는 자녀들을 어린이집이나 유치원에도 보내지 않는 이들이 더러 있습니다. 초등학교도 아이들이 가기 싫다고 하면 억지로 보내지 않습니다. 구륜이도 마찬가지입니다. 어린이집도 유치원도 며칠 다니다 그만두었습니다. 초등학교에 갈 나이지만 학교에 가지 않습니다. 아이들을 학교에 보내서 애써 공부시켜 놓으면 대부분 도시로 떠나 버립니다. '도시'라는 껍데기에 한번 빠져 버리면 부모고 고향이고 다 팽개쳐 버립니다. 살아남기 위해 남한테 아부하고, 남이 시키는 대로 사느라 늘 바쁘고 힘들기 때문입니다. 그리고 월급이라는 몹쓸 '괴물'한테 한 번 잡히면 사람 노릇하기가 여간 어려운 게 아닙니다. 그걸 잘 알고 있기 때문에 아이들을 억지로 학교에 보내려고 하지 않습니다.

"시인 아저씨!
거기도 눈 와요?
여기는 눈 와요."

이웃 마을 여덟 살 구륜이한테 걸려 온 전화를 받고
아이처럼 마음이 설렙니다.

아이들이 자라 '월급'이란 괴물한테 기대지 않고 자유롭게 살아갈 수 있도록 이끌어 주는 학교는 없을까요? 공부하고 싶은 아이는 공부를 하고, 동화책을 읽고 싶은 아이는 동화책을 읽고, 놀고 싶은 아이는 마음껏 뛰놀고, 쉬고 싶은 아이는 편안하게 쉬고, 산을 오르고 싶은 아이는 산을 오르고, 바다에 가고 싶은 아이는 바다에 가고, 그날그날 하고 싶은 일을 아이들 스스로 결정할 수 있는 학교는 없을까요? 아이들을 존중하는 학교, 저마다 하고 싶은 일을 배울 수 있는 학교, 하루에 두세 시간은 먹을거리를 제 손으로 심고 가꾸도록 하는 학교, 스스로 땀 흘려 일을 하면서 일하는 사람을 존중하는 마음이 저절로 싹트게 하는 학교는 진정 없을까요?

어른들 닮지 말고

지난 수요일, 내가 사는 작은 산골 마을에 중학교 이 학년인 한 녀석이 왔습니다. 방학도 아니고 토요일이나 일요일도 아닌데 왜 왔냐고요? 삼 학년 선배를 때려, 그것도 남학생이 여학생을 때려 학교 총회에서 정한 벌칙을 따르기 위해 왔습니다. 벌칙이 무엇인지 궁금하지요? 다름이 아니라 삼 주 동안 우리 집에서 농사일을 하는 것입니다. 이 시대에 알맞은 '훌륭한 벌칙'이지요.

열두 집밖에 안 되는 작은 산골 마을에, 아이 울음소리 듣지 못한 지 수십 년이 된 쓸쓸한 산골 마을에, 언제 돌아가실지 모르는 노인들이 더 많은 외로운 산골 마을에, 중학생이 왔으니 벌써부터 마음이 설렙니다. 아무리 잘못을 저지르고 왔다 해도 이제 중학생이니, 어른들보다 훨씬 더 맑은 영혼을 지니고 있지 않겠습니까.

담임 선생님이 아이를 내려놓고 돌아갔습니다. 아이의 집은 서울에 있습니다. 아버지가 사업가라 녀석의 꿈도 사업가입니다. 낯선 집에 들어온 아이는 문득, 책꽂이에 꽂혀 있는 내 시집을 훑어보면서 물었습니다.

"선생님, 시집 한 권이 팔리면 얼마나 벌어요?"

"그게 무에 그리 궁금하냐? 출판사에서 글쓴이에게 주는 돈을 인세라고 해. 인세를 십 퍼센트 받지. 그러니 시집 한 권이 육천 원이니까 인세는 육백 원이네."

"선생님, 제가 돈 벌어서 백만 권 사 드릴게요. 그러면 힘든 농사 안 지어도 되겠네요."

"이 녀석아, 돈을 벌기 위해 농사짓는 줄 아냐. 사람이 태어나서 꼭 해야 할 일이라 생각해서 하는 거지."

"돈만 있으면 뭐든지 다 할 수 있는데, 왜 이런 산골 마을에서 힘들게 농사지으며 살아요?"

"어린 녀석이 벌써부터 돈맛을 알아 가지고. 이 녀석아, 아무리 돈이 좋다고 해도, 사람이 돈을 씹어 먹고 살 수는 없잖아. 누군가 땅을 갈아 씨를 뿌리고 가꾸어야 굶어 죽지 않고 살지. 아무도 농사짓지 않으면 무얼 먹고 살아."

"돈만 있으면 수입해서 먹고 살 수 있잖아요."

"하하, 누가 그 따위 소리를 하더냐? 언제까지 다른 나라 농부들이 우리나라 사람들을 위해서 농사지어 줄 것 같으냐? 자연재해로 흉년이 들어 자기 나라 사람들 먹을 게 없으면, 아무리 돈을 많이 준다 해도 곡식을 팔겠냐? 너 같으면 팔겠냐? 안 팔지."

아이는 일반 학교 학생이 아니라 대안 학교 학생입니다. 대안 학교 가운데서도 아무나 쉽게 들어갈 수 없는 이름난 학교에 다닙니다. 학비도 가난한 사람들은 엄두도 못 낼 만큼 비싼 학교지요.(오늘은 '삐딱한 글쓰기'를 하려고 마음먹어서 그런지 글이 자꾸 삐딱하게 나갑니다.)

대안代案이란 낱말을 《보리 국어사전》에 찾아보았더니 "이미 세운 계획이나 방법을 대신할 만한 더 좋은 것"이라고 나와 있습니다. 그럼 대안 학교란 말 그대로 시멘트 건물 안에 아이들을 죄수처럼 억지로 가두어, 서로 경쟁하게 만드는 일반 학교보다 더 좋은 학교입니다.

도시에 있는 일반 학교를 숲속으로 옮겨 놓는다고 대안 학교가 되는 것은 아닙니다. 밤늦도록 공부에 시달려 '죽을상'인 아이들을, 사람이 아니라 공부벌레가 되어 버린 불쌍한 아이들을, 차마 그대로 두고 볼 수가 없어 뜻있는 사람들이 힘을 모아 만든 학교가 대안 학교입니다.

그렇다면 대안 학교에서 무엇을 가장 먼저 가르쳐야 할까요? 어디 가더라도 제 앞가림을 하고 살 수 있도록 노동을 가르쳐야겠지요. 사람은 사람과 어울려 땀 흘려 일을 하면서 참을성을 기르고,

사람을 이해하는 마음도 넓어지고, 노동의 소중함을 깨달으며 조금씩 성숙해지는 것입니다. 머리 싸매고 공부만 한다고 사람이 되는 게 아니니까요.

아이와 삼 주 동안 함께 지내면서 대안 학교가 이래서는 안 된다는 것을 깨달았습니다. 진석이 하나만 보고 이런 마음을 먹은 게 아닙니다. 몇 년 전부터 대안 중고등학교 학생들이 담배를 피우거나 남을 때렸을 때, 말도 없이 기숙사를 빠져나갔을 때, 이런저런 학교 규칙을 함부로 어겼을 때는 벌칙으로 우리 집에 와서 농사일을 했으니까요. 우리 집이 학교에서 정한 교육 장소이지요.

그러나 요즘 중고등학생들은 땀 흘려 일한 경험이 없어, 처음부터 끝까지 따라다니며 가르쳐야 합니다. 가르친다고 말을 듣는 것도 아닙니다. 대부분 학교 벌칙이니 어쩔 수 없이 시간을 때우는 것이지요.

아이는 첫날부터 마지막 날까지, 일은 하지 않고 집에 보내 달라, 학교에 보내 달라, 게임방에 가게 해 달라며 서너 살 먹은 아이처럼 보채기도 하고 때론 닭똥 같은 눈물을 뚝뚝 흘렸습니다. 그리고 아침에 아무리 깨워도 일어나지 않습니다. 오전 열 시나 열한 시까지 이불을 뒤집어쓰고 있을 때도 있습니다. 스스로 방을 닦거나 이불을 개는 일도 없습니다. 옷을 빠는 일도 없습니다. 가끔 기분이 조금 좋은 날은 함께 농사일을 합니다. 그러나 일이십 분만 하고 나면, 이렇게 힘든 농사일을 왜 하느냐면서 퍼질러 앉아 버립니다.

하루는 다른 집에서 일을 해 보는 것도 좋겠다 싶어, 잘 알고 지

내는 이웃 농가에 며칠 동안 보냈습니다. 그 집에서도 마찬가지였습니다. 휴대 전화를 빌려 주면 한두 시간 쓰는 것은 예사고, 조금 나무라면 입은 살아서 절대 지지 않고 대꾸를 한답니다. 어제는 밤이 늦었는데 아이가 보이지 않아 마을 사람들이 동네방네 찾아다녔답니다. 낯선 곳에 와서 사고를 당하거나 다친 것은 아닐까 싶어, 걱정이 태산 같았답니다.

그런데 연락도 없이 나간 녀석이, 마을 사람의 집에 들어가서 라면을 얻어먹고, 전화까지 빌려 썼답니다. 그 집에서도 얼마나 전화를 오래 썼는지, 주인이 "학생, 농촌 마을은 가난해서 전화를 그렇게 오래 쓰면 안 된다."고 했답니다. 뒤늦게 마을 사람 연락을 받고 아이를 찾았습니다. 갑자기 네가 보이지 않아 이래저래 찾아다니느라 얼마나 걱정했는지 모른다며 나무랐더니 미안해하는 기색이 하나도 없습니다. 오히려 재미있다는 듯이 빈정거립니다.

이웃 마을에 사는 구륜이는 여섯 살 때부터 혼자서 산길을 한 시간 남짓 걸어 우리 집에 왔습니다. 우리 집에 와서 두세 시간씩 산밭에 풀을 매거나 여러 가지 농사일을 거들어 줍니다. 구륜이는 남의 휴대 전화를 빌려 한두 시간씩 '겁도 없이' 쓰지 않습니다. 말도 하지 않고 집을 나가지 않습니다. 가만히 살펴보면 중학교 이 학년인 아이는 여덟 살 구륜이보다 나은 게 거의 없습니다. 머리와 입만 살았지, 사람이 가져야 할 기본 바탕조차 없습니다. 무엇보다 큰 문제는 남자도 아닌 여자 선배를 때려 놓고 뉘우치기는커녕 그게 무에 잘못이냐며 대듭니다.

아, 무엇이 이 아이를 이렇게 만든 것일까요? 땀 흘려 일하고 정직하게 사는 모습을 보여 주지 못한 어른들 탓이 아닐까요? 이 아이가 누굴 보고 배웠겠습니까? 어른들 하는 꼴을 보고 배웠겠지요. 바라는 것은 무엇이든지 다 가질 수 있는 가정에서 자랐으니 휴대전화 요금 일이십만 원을 우습게 여기는 것입니다.

아이를 돌려보내고 아무도 보이지 않는 들녘을 혼자 걸었습니다. 봄바람이 불고, 새들이 자유롭게 날아다녔습니다. 하늘을 보고 아이가 제발 못된 어른들을 닮지 말았으면 좋겠다고 빌었습니다. 그 아이는 어느 누구의 아들이 아니라, 우리 모두의 아들이니까요.

농부는 '불쌍한 사람'이 아니란다

며칠 전, 중고등학생 서른다섯 명이 '농촌 일손 돕기'를 하러 왔습니다. 참 고마운 일이긴 하지만 안타깝게도 대부분 봉사 활동 점수를 따기 위해서나 부모가 억지로 보내서 온 학생이 많았습니다. 그런 마음으로 농촌에 왔으니 어찌 티끌만 한 도움이라도 되겠습니까? 도움은커녕 뒤치다꺼리하느라 마을 농부들의 몸과 마음만 바빴습니다.

논에 잡초를 뽑으라고 알아듣게 설명을 했는데도 잡초는 뽑지 않고 다 자란 벼를 뽑는 학생이 있는가 하면, 무슨 일을 하자고 하면 실실 꽁무니를 빼고 아예 일할 마음이 없는 학생도 수두룩했습니다. 아름다운 들꽃을 보고도 아름답다는 말 한마디를 할 줄 모르는 아이들, 태어나서 한 번도 땀 흘리며 일해 본 적이 없는 아이들, 오직 좋은 대학에 들어가기 위해 책상에 앉아 공부만 하고 집과 학교에서 차려 주는 음식만 받아먹으며 자란 아이들이 어찌 벼와 잡초를 설명한다고 알아듣겠습니까? 알아들을 귀가 없는 것이지요.

그 가운데 어느 학생이 고추밭에서 고추를 따다가 "에이, 땀이 더럽게 흐르네."라고 말했습니다. "아니, 땀을 왜 더럽다고 하냐?"라고 물었더니 "더럽잖아요. 몸도 더러워지고."라고 답하더군요. 땀을 귀한 것으로 여기지 않고 더러운 것으로 여기는 아이를 보면서 어른인 내가 아무 말도 해 줄 수 없다는 게 안타까웠습니다. 말을 해 봐야 알아들을 것 같지 않았기 때문에 더 안타까웠는지 모릅니다.

더욱 안타까운 것은 그 학생의 아버지가 학교 교사라는 사실입니다. 아이들을 바른 길로 이끄는 교사의 아들이 이런 생각밖에 못하는데 어찌 다른 아버지의 아들딸이라고 제대로 사람다운 생각을 가지고 살아가겠습니까?(물론 내 자식 놈이라고 해서 별반 다르지 않을 것입니다.) 오직 공부만 열심히 해서 좋은 대학에 들어가고, 편안하고 돈 많이 주는 직업을 얻어 남 보란 듯이 잘사는 것이 꿈인 부모들 밑에서 자라는 아이들이니, 어찌 농사니 땀이니 정직이니 이따위가 가치 있다고 여기겠습니까.

강원도 화천의 '시골집'이란 교회에서 장애인과 노약자들과 함께 농사지으며 사는 임락경 선생님께서 이렇게 말씀하셨습니다.

"공부는 원래 농사를 짓고 물건을 만드는 이론을 가르쳐서 다시 농사짓고 물건을 만드는 일을 하게 하려는 것이고, 그래서 학교가 만들어진 것입니다. 그러나 지금은 학교 교육이 잘못되어 학교만 나오면 아이들이 일을 안 하려고 합니다. 어느 자녀든 부모가 유기농 농사짓는 것을 보고 배우며 자라면 나중에 같이 농사지으면 됩니다. 그것이 진짜 공부고, 훌륭한 부모요 훌륭한 자녀입니다."

그런데 날이 갈수록 훌륭한 부모와 훌륭한 자녀를 만나기가 쉽지 않습니다. 어떤 학생한테 "농부가 어떤 사람이라고 생각하니?" 하고 물었더니 생각할 가치도 없다는 듯이 "불쌍한 사람요."라고 답했습니다. 땡볕 아래서 땀 흘리며 일하는 게 불쌍하게 보였던 모양이지요. 아이들 눈엔 농부는 정말 불쌍한 사람입니다. 죽었으면 죽었지, 절대 선택해서는 안 될 몹쓸 직업인 것이지요.

사랑하다가 헤어져도 분위기 있는 고급 술집에서 양주 마시며 울고불고 요란스럽게 떠들어 대는 연속극을 보고 자라는 아이들한테, 이 세상에 있는 수만 가지 직업이 다 사라져도 사람은 살 수 있지만 농부가 없으면 어느 한 사람도 살 수 없다고 한들, 그래서 농부가 가장 소중한 직업이라고 한들 알아듣겠습니까?

우리는 새참으로 감자를 삶고, 가져온 옷을 황토 염색할 수 있도록 흙을 준비하고, 밤에 노래 부르며 신나게 놀 수 있도록 장작을 실어 나르고, 물놀이 할 수 있는 장소를 살펴보고, 이틀 내내 바쁜 농사일을 제쳐 두고 찾아온 손님들(아이들)한테 매달렸습니다.

도시 아이들의 마음이 날이 갈수록 못된 어른들을 닮아 간다 해도, 농부들의 마음은 한결같이 흐뭇하고 넉넉했습니다. 오랜만에 아이들의 웃음소리가 산골 마을에 울려 퍼지니, 그 소리만 들어도 힘이 절로 솟아났으니까요. 세상이 아무리 욕심으로 어지럽다 해도, 그나마 희망을 걸 수 있는 아이들이 곁에 있으니 얼마나 든든한지 모릅니다. 우리는 아이들이 있어 애써 고민하며 살아가는 것입니다.

미친 돈바람에서 벗어나야만

지난 1월 15일부터 19일까지, 귀농한 젊은이들과 함께 두세 달 전부터 큰 마음먹고 준비한 '산골자연학교'를 열었습니다. 하루하루가 어떻게 지나가는지 모를 만큼 바쁘게 지냈습니다. 가까운 인연으로 알게 된 부산에서 온 아이들 열 명과 놀면서 배우고, 배우면서 가르치느라 사는 맛이 절로 났지요.

"선생님, 내일은 무슨 놀이해요? 반찬은 뭐가 나와요?"

다음 날을 기다리는 재미로 잠을 자지 않는 아이도 있고, 동무들과 이야기하느라 새벽 두세 시에 겨우 잠든 아이도 있고, 내일도 잠자지 말자며 약속하는 아이들도 있었습니다. 이 아이들의 가슴에 무엇이 쌓였기에 저토록 잠 못 들고 있는 것일까요? 어쩌면 시멘트뿐인 도시에서 '경쟁'에 시달리며 살다가, 오랜만에 숲 속으로 돌아와 마음껏 자유를 누리고 싶었던 게 아닐까요?

'산골자연학교'에 온 학생은 초등학교 삼사 학년이 아홉 명이고 이 학년이 한 명이었는데, 아이들과 함께 지내다 보니 이 사회가 어떻게 돌아가는지 알 것 같았습니다. 컵라면을 달라는 아이, 돼지갈비와 과자가 먹고 싶다는 아이, 텔레비전 연속극을 보고 싶다고 떼를 쓰는 아이들은 끼니때 토란국이나 콩죽이 나오면 거의 '비명'에 가까운 소리를 질러 댑니다. 그러나 닭고기나 돼지고기가 나오면 두세 그릇은 뚝딱 먹습니다. 하루는 저녁 먹고 난 뒤에 유기농 귤을 주었더니 아이 하나가 이렇게 묻습니다.

"선생님, 이거 농약 안 친 거 맞지요? 우리 엄마가 농약 친 거 먹으면 아토피 걸린다고 절대 먹지 말래요."

"선생님! 우리 엄마는요, 바나나를 갈아서 우유와 섞어서 줘요. 여기서는 귤 말고 바나나는 안 줘요?"

이런 이야기를 듣다 보니 집에서 어떤 음식을 먹고 사는지 따로 물어보지 않아도 잘 알 수 있었습니다.

둘째 날에는 예절 교육을 했습니다. 설날이 가까워 절하는 법을 먼저 가르쳐 주면서 다른 사람이 말하고 있을 때 끼어들거나 방해하면 안 된다고 했더니, 남학생 하나가 이렇게 끼어듭니다.

"선생님, 그건 우리 아빠가 잘하는데요. 마음대로 고함지르고 끼어들고……."

양말을 벗어서 아무 데나 던지지 말고 빨래 광주리에 넣어 두어야 한다고 했더니, 다른 남학생 하나가 또 이렇게 말합니다.

"선생님, 양말 아무 데나 벗어 던지는 건 우리 아빠 특긴데요."

밥이 내 앞에 오기까지 정성을 쏟은 농부들과 자연한테 고마운 마음을 갖기 위해서는 밥을 먹으면서 텔레비전이나 신문을 보면 안 된다고 했더니, 여학생 하나가 불쑥 이렇게 말합니다.

"선생님, 우리 엄마 아빠는 날마다 텔레비전을 보면서 밥 먹는데요."

철없는 아이들의 몇 마디가 부모들의 삶을 훤히 보여 준 것이지요. 어떤 아이는 학원을 다섯 군데나 다닌다고 했고, 어떤 아이는 입만 열면 학교 성적에 대한 걱정을 쏟아 놓았습니다. 어떤 날은 저녁밥을 잘 먹고 갑자기 우는 여학생이 하나 생겼습니다. 왜 우느냐고 물었더니 엄마가 보고 싶어서 운답니다.

"엄마가 두 밤만 자고 오라고 했단 말이에요. 이제 두 밤 잤으니 집으로 보내 주세요. 제발요."

손을 싹싹 빌면서 우는 아이를 바라보고 있자니 어떻게 해야 할지 대책이 서지 않더군요. 간신히 달래서 재우긴 했지만 정신이 하나도 없었습니다.

생태 뒷간 살펴보기, 닭장에 들어가서 모이 주기, 진돗개와 친하게 지내는 방법 일러 주기, 밥 먹기 전에 눈 감고 기도하기, 콩나물시루에 물 주기, 썰매 타기, 소나무 숲에서 공동체 놀이하기, 자연이름 정하기, 유기농 채소 이파리 찾아서 씹어 먹기, 톱질하기, 장작 패기, 땔감 마련하여 불 피우기, 호박 부침개 부치기, 그네 타기, 삶을 가꾸는 글쓰기, 밤하늘 별 살펴보기, 연 만들어서 날리기, 생태 의자 만들기, 움막 짓기, 숲속 음악회, 밤 숲 걷기, 밤참으로 우리밀

호떡 만들어 먹기, 장날 체험, 바람흔적미술관 짚풀 공예 관람하기, 새끼 꼬아서 줄넘기 하기, 산밭에 부엽토 뿌리기, 경운기 타기, 떡 썰기, 찹쌀로 새알 만들기, 동요 배우기, 윷놀이하기, 나무 되어 보기, 눈 가리고 숲 걸어 보기, 움막 해체하기, 쥐불놀이, 아궁이에 고구마 구워 먹기, 부모님께 편지 쓰기…….

4박 5일 동안 이런저런 것들을 하다 보니 함께 지낸 나날이 결코 짧지 않았습니다. 그러나 지나고 나니 왠지 아쉽기만 합니다. 조금 더 아이들을 따뜻하게 안아 주고, 조금 더 아이들의 말을 많이 들어 주고, 조금 더 아이들의 손을 잡고 산과 들로 뛰어다닐 것을. 사람은 늘 지난 것을 그리워한다더니 못난 나를 두고 하는 말 같았습니다. 스스로 아이가 되어, 아이처럼 같이 지내지 못했다는 생각이 자꾸 들었기 때문입니다.

사람 농사도 논밭 농사만큼 소중하다는 생각으로 연 '산골자연학교'였습니다. 이제 헤어지고 나면 언제 다시 만나게 될지 모릅니다. 아이들과 마지막 인사를 나누면서 문득 이런 생각이 들었습니다. '농사꾼들이 이런 '산골자연학교'를 열지 않아도, 자라나는 우리 아이들이 산과 들을 뛰어다니며 자유롭게 살아갈 수 있는 세상이 하루빨리 와야 할 텐데, 그날이 오기는 올까?'

그러나 그런 세상은 쉽게 오지 않을 것입니다. 어른들은 지금 어떤 치료약으로도 고칠 수 없는 깊은 병이 들어 한 발짝도 일어서지 못하기 때문입니다. 그 병 이름이 '미친 돈바람'입니다. 이 병에 한 번 걸리면 쉽게 정신을 차리기 어렵지요. 더 무서운 것은 어른들은

어른들 스스로 이 '미친 돈바람'에서 벗어나야만
자신을 살리고 아이들을 살릴 수 있지 않겠습니까.
그래야만 마음 편하게 자연으로 돌아갈 수 있지 않겠습니까.
단 한 번 살다 가는 짧은 인생인데 어찌 그리도 복잡한 게
많은지…….

자기가 '미친 돈바람'에 정신을 빼앗겼는지조차 모르고 산다는 것입니다. 때론 알면서도 자신을 속이며 모른 척하고 살려고 합니다. 뭐니 뭐니 해도 돈이 있어야 남한테 큰소리치고 편하게 살 수 있다는 생각이 머리 깊은 곳까지 뿌리를 내렸기 때문입니다.

어른들 스스로 이 '미친 돈바람'에서 벗어나야만 자신을 살리고 아이들을 살릴 수 있지 않겠습니까. 그래야만 마음 편하게 자연으로 돌아갈 수 있지 않겠습니까. 단 한 번 살다 가는 짧은 인생인데 어찌 그리도 복잡한 게 많은지…….

아이들을 돌려보내고 나니 긴장되어 있던 몸과 마음이 스르르 풀리면서 깊은 잠 속으로 빠져들었습니다. 그 잠이 얼마나 달콤한지 다음 날 해가 뜨는 줄도 모르고 잤습니다. 늦게야 눈을 떠 보니 오전 열 시가 지났습니다. 벌써 아이들이 보고 싶습니다.

아름다운 청년, 상아 씨

2006년 무더운 여름날이었습니다. 황매산 자락, 작은 산골 마을에 들어와 농사짓고 산 지 겨우 한 해 남짓 되었을 때였지요. 그때 박상아 씨는 군을 제대하고, 대학도 졸업하고, 전북 '변산공동체'에서 몇 달 지내다가 정착할 곳을 찾는다며 나를 찾아왔습니다. 마침 이웃 마을의 산밭을 빌려 개간한 땅에 콩을 심었는데 어찌나 풀이 많이 나는지 엄두를 못 내고 있던 참이었습니다. 그래서 우리는 함께 콩밭에 가서 비지땀을 흘리며 이삼일 내내 풀을 맸습니다. 일을 마치고 나면 마주 앉아 해답도 없는 이야기를 밤늦도록 나누었습니다.

"농사지으며 살겠다고 하니 먼저 부모님 반응은 어떠시냐. 농촌에 정착하면 어떤 농사를 지어 먹고살 거냐. 제 땅이 없어도 남의 논밭을 빌려 농사지어 먹고살면 되지만, 언젠가는 작은 흙집 한 채는 지어야 하지 않을까. 흙집을 지으려면 우선 집터 할 만한 땅을 미리 알아보아야 해. 왜냐하면 쓸 만한 땅은 투기꾼들이 설치고 다니며 값을 다 올려놓기 때문이지. 상아 씨는 총각인데 장가부터 가야 하지 않을까. 산골 마을에서 혼자 농사짓고 사는 총각한테 누가 시집을 오겠는가. 아니지, 어쩌면 도시에 사는 것보다 농촌에서 농사지으며 살다 보면 참한 아가씨를 만나게 될지 누가 알겠나. 요즘은 가끔 혼자서 농사지으며 사는 아가씨도 있고, 농촌 총각과 결혼하고 싶어 하는 아가씨도 있대. 도시에서 일하며 여태 모은 돈은 얼마나 있지? 아무리 돈이 없어도 우선 한 해 먹고살 돈은 있어야 마음 편하게 농사지을 수 있지 않을까. 그냥 살면 되는 거지, 이런저런 생각만 하고 머리 굴리다 보면 아무것도 할 수가 없지. 그래, 시작이 반이라고 일단 일을 저질러 보는 거야. 사는 게 무에 별거라고. 이래도 한 세상 저래도 한 세상이니 하고 싶은 일을 기쁜 마음으로 하다가 하늘이 부르면 손 놓고 가면 되는 거지……."

3박 4일, 우리는 함께 밥을 먹고 함께 일하다가 헤어졌습니다. 인연이 닿으면 다시 만날 수 있을 거라며 아쉬운 듯 헤어졌습니다.

가을이 가고 겨울이 가고 다시 봄이 왔습니다. 2007년 따뜻한 어느 봄날, 상아 씨가 다시 찾아왔습니다.

"선생님, 변산공동체에서 일 년만 살기로 약속하고 들어갔는데, 벌써 일 년이 다 되었습니다. 그래서 자리를 옮길까 합니다. 지난해 제가 와서 묵었던 빈집이 아직도 비어 있습니까? 그 집을 빌려서 우선 이곳에 정착하고 싶습니다."

그때는 나도 혼자서 남의 논밭을 빌려서 농사짓고 있던 때라, 벗 삼아 함께 일하다 보면 서로 힘이 되리라 생각했습니다. 그래서 아무런 조건도 없이 우리는 함께 밥을 먹고 함께 일을 했습니다.

상아 씨는 어찌나 찬찬하게 일을 잘하는지, 게다가 남의 일도 자기 일처럼 해 주어서 마을 사람들에게 인기가 많았습니다. 마을 사람들이라고 해 봐야 모두 할머니와 할아버지뿐이지만 그 속에서 우리는 늘 기쁜 마음으로 농사일을 배우고 익히며 살았습니다. 마을에서 내가 가장 어렸는데 상아 씨가 오는 바람에 두 번째가 되고, 인기(?)도 두 번째로 밀려났습니다.

하루는 자고 일어났더니 밤새 함박눈이 내려 마을길조차 보이지 않았습니다. 오랜만에 내린 함박눈 '덕'으로 마을에서 가장 젊은 상아 씨와 나는 하루 내내 눈을 치웠습니다. 마을 사람들이 다니는 길이라 얼기 전에 치워야 할 것 같아 땀을 뻘뻘 흘리며 치웠습니다. 그런데 또 눈이 내렸습니다. 눈이 조금 쌓이면 다시 치우고, 또 쌓이면 다시 치우고, 눈만 치우다 하루를 다 보냈습니다. 만일 상아 씨가 없었다면 그 많은 눈을 어찌 다 치웠겠습니까.

우리는 농사일을 할 때는 밥을 같이 먹고, 농사일이 뜸할 때는 각자 자기 시간을 가지면서 밥도 따로 먹었습니다. 그런데 상아 씨는 냉장고도 쓰지 않고 가스레인지도 쓰지 않았습니다. 쌀을 전날 저녁에 불려 놓았다가 그냥 생쌀을 먹기도 하고, 반찬은 들녘이나 언덕에서 나물을 뜯어 와 먹었습니다. 아무리 더운 날이라도 냉장고에서 나온 찬물을 먹지 않았습니다.

허리가 아파 일어나는 것조차 힘들 때에도 다른 사람 손을 빌리지 않고 스스로 치료하겠다며 보름 내내 꼼짝도 않고 집에 누워 있기만 했습니다. 어떻게 그럴 수 있는지 나는 아직도 이해가 되지 않습니다. 나 같으면 한의원에 가서 침을 맞거나 아는 사람한테 부탁하여 쑥뜸을 하거나 그것도 아니면 병원에 가서 물리 치료라도 받았을 텐데. 상아 씨는 자기 몸에서 일어나는 모든 아픔을 고맙게 받아들이고 스스로 치료할 수 있도록 기다리고 있는 것 같아 보였습니다. 그러니 억지로 내 생각을 강요할 수는 없었습니다.

우리는 논농사는 같이 지었지만 밭농사는 따로 지었습니다. 나는 감자밭에 풀이 올라오면 호미나 괭이로 뿌리째 뽑았지만, 상아 씨는 앉아서 윗부분만 가위로 잘랐습니다. 마을 사람들이 그 모습을 보고 한마디씩 했습니다.

"아이구우, 저래 농사지어서 우찌 먹고살겠노. 풀을 확 뽑아 삐리야 작물이 자라지. 대가리만 자르모 금방 또 자랄 낀데 우짤라꼬 저라노."

마을 사람들은 이해할 수 없었던 것이지요. 풀 한 포기 한 포기

주홍빛 날개에 까만 점이 일곱 개 있는 칠성무당벌레는
농사에 이로움을 주고, 벼 줄기 속을 파먹고 자라는 멸구는
해로움을 준다는 것도 모두 사람의 눈으로 보기 때문에
생긴 말입니다.

를 농사를 망치는 몹쓸 '잡초'라 여기지 않고 작물과 함께 자라게 하여 땅의 힘을 기르고, 풀 속에 벌레를 살게 하여 작물을 보호하려고 했던 상아 씨의 속내를 말입니다. 실제로 풀이 있으면 아무리 큰비가 내려도 흙이 떠내려가지 않아 걱정하지 않아도 되지요. 풀은 자라서 그 땅에 가장 좋은 거름이 되기도 하고요. 우리는 이런 사실을 잘 알면서도 수확을 많이 하기 위해 풀을 뿌리째 뽑아 버리는 것이지요.

잡초라는 말은 어쩌면 사람의 눈으로 보기 때문에 생긴 말이겠지요. 우리가 먹는 농작물들의 이름도 사람이 붙인 이름이고, 따지고 보면 모두 풀입니다. 그리고 주홍빛 날개에 까만 점이 일곱 개 있는 칠성무당벌레는 농사에 이로움을 주고, 벼 줄기 속을 파먹고 자라는 멸구는 해로움을 준다는 것도 모두 사람의 눈으로 보기 때문에 생긴 말입니다.

자연의 일부분인 사람으로 태어나 자연을 괴롭히지 않으려는 상아 씨의 모습이 보통 사람들이 보기에는 참 어리석고 어처구니없어 보일 수도 있을 것입니다. 상아 씨도 마을 사람들이 자기를 그렇게 생각하고 있다는 것을 알았겠지요. 그래서인지 조금 더 깊은 산골로 들어가고 싶다고 내게 말했습니다.

귀농하는 사람마다 조금씩 다른 생각을 가지고 있습니다만 상아 씨는 조금 더 다른 것 같았습니다. 아무나 가까이 다가갈 수 없을 만큼 맑은 영혼을 지니고 있었지요. 물론 상아 씨도 살아가면서 편리함에 흔들리기도 하고, 그래서 생각대로 살지 못할 때도 있겠지만 말입니다. 이런 아름다운 청년을 만나 함께 일하며 살아갈 수 있었음을 큰 축복으로 여기며 나는 상아 씨를 기쁜 마음으로 떠나보냈습니다.

아무도 그들을 잊지 못합니다

2007년 여름, 당시 스물여덟 살이었던 정청라 씨와 손소전 씨가 나를 찾아왔습니다. 소전 씨는 이미 아는 사이였고, 청라 씨는 그때 처음 만났습니다. 이런저런 이야기를 나누다가 헤어지고 난 뒤, 저희 집에 몇 번 더 찾아왔습니다. 그러다가 두 사람은 조심스레 이곳에 정착하고 싶다는 뜻을 비쳤습니다. 마침 함께 농사짓던 상아 씨가 깊은 산골 마을에 집이 마련되어 이사 갈 준비를 하고 있었기 때문에, 상아 씨가 떠나고 나면 이 집(빈집인데 주인 허락을 얻어 내가 관리하고 있는 집)에서 살면 되겠구나 싶었습니다.

마침내 2008년 2월, 두 사람이 우리 마을로 이사를 왔습니다. 그날 두 사람의 귀농을 응원하는 친구들과 우리 마을 가까이에 사는 귀농한 젊은 농부들이 다 모였습니다. 싱크대 수리를 하고, 부서진 문도 고치고, 벽지와 장판지도 다시 바꾸고, 마당에 풀도 뽑고, 모두들 마치 제 일처럼 부지런히 일했습니다. 두 사람이 이사 오던 날 가장 좋아하는 사람들은 마을 아지매들(거의 육칠십 되는 할머니들)이었습니다. 말동무가 생겼으니 좋아하시는 건 당연한 일이지요.

나는 이렇게 참한 아가씨들이 우리 마을에서 같이 산다고 생각하니 설레기도 했지만 내심 걱정이 태산 같았습니다. 도시에서만 살아온 아가씨들이라 농사일을 할 수 있을까, 집이 워낙 낡고 방도 좁은데 불편해서 어찌 살까, 이런저런 생각을 하니 마음이 편할 리 없었지요.

내 걱정과는 달리 아가씨들은 마을에서 농사지으며 하루하루 잘 살아갔습니다. 내가 농사짓던 밭을 빌려 주었더니 콩도 심고 깨도 심고 온갖 남새들도 심고 가꾸며 행복한 나날을 보냈습니다. 무엇보다 마을 아주머니들이 틈만 나면 씨앗도 갖다 주고, 먹을거리도 갖다 주고, 농사일도 가르쳐 주며 아가씨들을 보살폈지요. 덕분에 마을 분위기도 살아났습니다.

한번은 산골 마을이 잠시 떠들썩해지기도 했습니다. 젊은 여자 두 사람이, 그것도 한 사람은 법대 출신이고 다른 사람은 초등학교 선생님을 하던 사람이라는 소문이 널리 퍼진 것이지요. 알고 보니 두 사람을 찾아왔던 손님 중 한 사람이 인터넷에 두 사람이 사는 이야기를 올리는 바람에 사연이 널리 퍼지게 된 것이었습니다. 그로부터 한 달 내내 신문사와 방송국마다 취재하러 오겠다고 난리법석이었지요.

두 사람이 취재에 응하지 않겠다고 하니까 방송국에서는 마을 이장님한테까지 전화를 걸어 왔다고 합니다. 여기저기 농촌 총각들이 이들에게 눈독을 들이는가 하면, 어떤 날은 이웃 마을 사람들이 내게 찾아와 부탁을 하기도 했습니다.

"서 선생, 아직 장가 못 간 아들이 하나 있는데 중신 좀 서 주소. 아가씨가 너무 참해서 딱 며느리 삼았으면 좋겠는데, 우찌 힘 한번 써 주소."

"서 선생, 잠깐 와 보소. 저 아가씨들 애인 없지요. 애인 없으모 우리 막내아들 한번 만나게 해 주모 안 되것소. 창원 공단에서 일하는데 돈은 잘 번다고 하요. 그라고 농사지으며 살고 싶다 카모 논밭도 넘겨 주모 안 되것소. 어차피 늙어서 인자 농사짓기도 힘들고 하니……."

어차피 사람 사는 세상에 함께 살다 보면 이런 일 저런 일이 다 생기는 법이라 생각하고, 어지간한 말들은 들어도 못 들은 척하며 우리는 잘 지냈습니다. 그렇게 한 해를 보내고 다음 해 봄, 청라 씨가 상아 씨랑 혼인할 거라는 소문이 돌기 시작했고, 소전 씨는 공부할 것이 있다며 서울로 올라갔습니다.

떠돌던 소문은 실제로 열매를 맺었습니다. 상아 씨는 자기가 가꾸던 논에 사랑 표시(♡)만 남겨 놓고 벼를 다 벤 뒤에, 그 앞에서 나락 다발을 들고 청혼을 했답니다. 그 옆에는 볏단으로 "나랑 같이 살자."라는 문구를 만들어 놓았다고 하지요. 생각만 해도 얼마나 아름다운 풍경입니까. 이런 방법으로 청혼을 했다는 이야기는 나는 아직 한 번도 들어 보지 못했습니다.

2009년 봄, 드디어 상아 씨와 청라 씨가 혼인할 날이 한 달 앞으로 다가왔습니다. 우리(귀농한 젊은이들의 모임인 '열매지기 공동체')는 바빠졌습니다. 먼저 '혼인준비위원회'를 만들어 모든 준비를 함께하기로 했습니다. 예식 진행은 전통 혼례 방식으로 하고, 장소는 우리 집 위에 있는 대기 초등학교(오래전에 문을 닫았으나 시설을 보완하여 임대 사업을 하고 있음.) 운동장로 정했습니다. 전통 혼례 물품과 풍물패와 천막은 산이 아버지(이진홍 씨)가 맡고 혼례 장소, 손님 접대, 식당, 걸상 따위는 나랑 구륜이 아버지(정상평 씨)가 맡기로 했습니다.

걸상은 면사무소에서 빌려 주기로 했고, 엠프는 농민회 윤행도 신부님이 알아봐 주셨고, 전통 혼례 물품과 천막은 대구에서 가져오기로 했습니다. 우리 마을 아주머니들이 메밀묵과 두부를 집에서 만들어 주기로 하고, 이백여 명분의 손님 음식은 대기 마을 아주머니들이 맡기로 했으며, 전통 혼례 진행은 산이 아버지가 하고, 전통 혼례 비디오를 구해서 연구하고 전체 진행을 책임지는 일은 은실 씨가 하기로 했습니다. 모두 자기가 혼인하는 것처럼 신나게 웃고 떠들며 준비를 했습니다.

기다리고 기다리던 전통 혼례 날이 되었습니다. 이른 아침부터 모두 마음이 설레었습니다. 태어나서 처음으로 우리 힘으로 '혼인준비위원회'를 만들어 젊은 부부의 앞날을 열어 준다 생각하니 어찌 기쁘지 않겠습니까.

우리 마을 아지매들은 혼례 음식으로 쓸 두부와 메밀묵을 만드시느라 혼례 전날부터 바빴습니다. 그리고 아침에 음식이 다 됐다며 가지러 오라고 연락이 왔습니다. 한 해 내내 청라 씨랑 한마을에서 같이 지낸 아지매들은 재료비도 받지 않겠답니다. 우리 막내딸

기다리고 기다리던 전통 혼례 날이 되었습니다.
이른 아침부터 모두 마음이 설레었습니다. 태어나서 처음으로 우리 힘으로 '혼인준비위원회'를 만들어 젊은 부부의 앞날을 열어 준다 생각하니 어찌 기쁘지 않겠습니까.

이라 생각하고 선물로 줄 거라며, 신부처럼 마음이 들떠 있습니다. 설매실 아주머니가 묵 맛을 보더니 이렇게 말씀하셨습니다.

"옛날부터 혼인 때 쓸 묵이 잘 쒀져야 신랑 신부가 잘 산다던데, 오늘 혼인할 신랑 신부는 잘 살것네. 묵이 아주 찰지고 맛있게 쒀졌어야."

'강아지똥 학교' 아이들은 신랑 신부에게 들꽃을 뿌렸고, 학부모들과 같이 미리 연습한 축가를 아주 잘 불렀습니다. 결혼식 사회는 산이 아버지가, 신부 수모(옆에서 보좌하는 사람)는 산이 어머니와 구륜이 어머니가, 신랑 수모는 미정 씨가, 고천문 낭독(예식 따위를 올릴 때, 하느님에게 아뢰는 글)은 구륜이 아버지가, 음식 담당은 아내와 미정 씨가, 비디오 담당은 부현도 씨가, 혼례장 안내는 청라 씨 동무들이, 혼례장 준비와 손님 접대는 장수 씨와 상병 씨가 맡아서, 참 많은 이들의 도움으로 전통 혼례식을 올렸습니다. '열매지기 공동체' 식구들이 쑥차를 만들어 판 돈을 혼례 준비 자금에 보탰으며, 혼인 선물로 둥글게 살라고 항아리를 사 주었습니다.

무엇보다 가장 큰 혼례 선물은 청라 씨 어머니가 사물놀이 장단에 맞춰 덩실덩실 춤을 춘 것입니다. 두 사람이 혼인한다고 했을 때 가장 놀란 사람은 청라 씨 어머니였습니다. 애써 키운 딸이 집도 없고 땅 한 뙈기도 없는 가난한 농촌 총각한테 시집을 간다고 하니 세상에 어느 어머니가 놀라지 않겠습니까.

혼인하기 전에 청라 씨 어머니가 산골 마을에 찾아와 울먹일 때마다 나는 어머니께 이런 말씀을 드렸습니다.

"어머니, 그만 우셔야 합니다. 어차피 서로 마음을 굳힌 일이지 않습니까? 그러니 이제는 함께 기뻐해 주셔야 합니다. 요즘은 세상이 달라져 청라 씨뿐만 아니라, 생각이 열려 있는 젊은이들이 하나 둘씩 농촌으로 들어오고 있습니다. 도시에서 살아남기 위해 온갖 죄를 저지르며 사는 것보다, 농촌에서 농사지으며 죄 안 짓고 소박하게 사는 것이 훨씬 더 낫지 않겠습니까? 처음엔 서운하실지 모르지만 언젠가는 '우리 딸, 참 훌륭하다!' 하고 칭찬하고 싶을 때가 반드시 있을 것입니다."

다행스럽게 청라 씨 어머니는 찾아오실 때마다 차츰 마음을 열어 주셔서 모두들 얼마나 고마워했는지 모릅니다.

제 땅 한 평 없고, 제 집도 없는 가난한 사위지만, 착하고 성실하기로 따지면 상아 씨 같은 사위가 이 세상에 어디 있겠습니까. 그래서 처음에는 그렇게 반대하시던 어머니가 마음을 열고 사위를 친아들처럼 기쁘게 받아들이신 것이지요. 혼례를 올리는 마당이 맺힌 마음을 푸는 자리가 되어, 사람과 사람을 한데 이어 주었습니다.

이날은 신랑 신부만의 날이 아니라 우리 모두의 날이 되었습니다. 혼례식에 참석한 사람들도 이백 명이 넘었습니다. 먼 곳에서 소문을 듣고 찾아온 사람들도 많았습니다. 모두 귀하고 아름다운 혼례식이었다고 입을 모았습니다. 어떤 손님은 언제 다시 이런 혼례식을 볼 수 있겠느냐며 안타까워하기도 했습니다.

혼례식이 끝나고 집으로 돌아와 자리에 누웠는데 자꾸 웃음이 나왔습니다. 혼례식 때 신랑을 태우고 갈 말이 없어, 거름 실어 나

二姓之合

르는 작은 손수레에 신랑을 태워 들어갔던 일을 떠올리니 저절로 웃음이 나왔습니다.

오늘도 기다립니다

2010년 1월 4일 '눈 폭탄'이 수도권을 중심으로 퍼붓던 날이었습니다. 서울은 기상 관측 이래 최고치인 25.8센티미터나 눈이 내려 도시 전체가 아수라장으로 변했다고 호들갑을 떨었습니다. 그날, 아내와 나는 마을 사람들과 눈을 치웠습니다. 함께 눈을 치우던 설매실 아주머니가 말씀하셨습니다.

"상아 총각이 우리 마을에 살 때 참 욕봤어.(수고했어.) 얼마나 맴(마음)이 착하고 어진지 몰라. 그런 총각은 세상에 찾기도 어렵지. 그때도 눈이 이래 많이 내렸는데 말이야, 상아 총각이 하루 종일 눈을 치운다고 얼매나 고생을 했는지 몰라. 그때 상이라도 하나 줬어야 하는데. 청라 그 새댁은 잘 있는가. 아플 때마다 쑥뜸을 떠 준다고 고생했는데."

어떤 사람은 떠나고 나면 그 자리가 빛이 난다고 합니다. 상아 씨와 청라 씨가 떠난 지 벌써 여러 해가 지났는데도 마을 사람들은 그들을 잊지 못합니다.

나는 그들이 떠난 빈집을 물끄러미 바라봅니다. 바라볼 때마다 괜스레 기분이 좋습니다. 못난 나를 찾아온 젊은이들을 저 빈집이

'중신아비'가 되어 짝을 이루게 하였습니다. 그들이 이웃 마을로 떠나고 나서도 그 빈집에 많은 이들이 머물다 갔습니다. 농사일을 배우러 온 젊은 신부도 다섯 달, 세상에 마음 둘 데 없어 찾아온 어느 아가씨도 한 달, 담배 피우다 들킨 대안 학교 학생들이 벌칙으로 삼 주, 공부에 시달린 도시 학생들이 1박 2일, 우리 집에 찾아온 손님들을 아무런 불평 한마디 없이 다 받아 주는 저 '빈집'을 가끔 바라봅니다. 외로운 나그네들의 쉼터인 저 빈집은 오늘도 누군가를 기다리고 있습니다.

기다림은 아름답고도 슬픈 것입니다. 어쩌면 우리 모두는 기다림 속에서 하루하루를 사는지도 모릅니다. 만약 기다림이 없다면 무슨 맛으로 험한 세상을 살아가겠습니까. 그래서 오늘도 기다리는 것입니다. 저 빈집이 다시 좋은 인연을 맺어 줄 때까지 기다리고 또 기다립니다. 가진 것은 없어도, 마음 넉넉한 사람들을…….

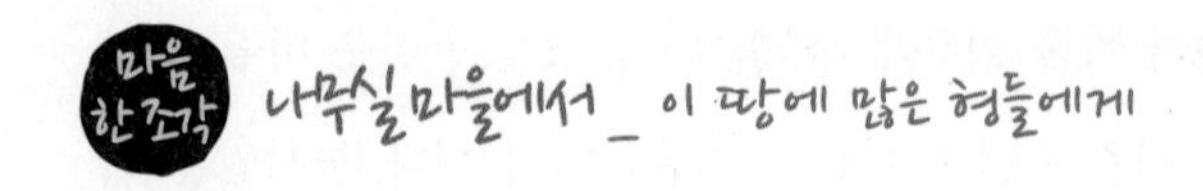

형, 오랜만에 편지를 씁니다. 며칠 전에 저를 다시 찾아와서 농사 지으며 살기로 마음먹었다며, 고쳐서 살 수 있는 빈집이나 집 지을 땅을 알아봐 달라고 하셨지요. 가끔 저를 찾아오는 분들 가운데 형과 비슷한 부탁을 하고 가는 분이 있답니다. 참 살맛나게 하는 '부탁'이지요. 모두 도시로, 도시로 떠나 버린 쓸쓸한 산골 마을에서 마음 나눌 동무 하나 없이 사는 저는, 그 말만 들어도 저절로 신바람이 납니다.

제가 살고 있는 나무실 마을은 열한 집밖에 안 되는 작은 산골 마을이지요. 농사철이 아니면 하루 내내 바람 소리와 새소리밖에 들리지 않습니다. 맨 아랫집에서 우는 닭 울음소리를 맨 윗집에서 들을 수 있는 작은 마을이 사람 살기에는 가장 좋다고 하더군요. 사람 살기에 좋다는 말은 함께 사는 이웃들이 남이 아니라 부모 형제 같다는 말이고, 죄를 짓고 싶어도 지을 수 없을 만큼 서로를 잘 안다는 말이겠지요.

오늘 아침에도 스피커에서 찌지직거리는 소음과 함께 마을 방송이 흘러나왔습니다.

"알립니다. 오늘 아침 일곱 시까지 우동댁으로 오이소. 아침밥 드시지 말고, 한 분도 빠지지 말고 오이소."

마을 사람 누구도 '왜 아침밥 드시지 말고 오라.'고 하는지 물어보지 않습니다. 어젯밤에 우동 아지매 시아버님 제사가 있었다는 것을 알고 있으니까요. 누구네 집에 제사가 언제 있는지 다 알고 있을 만큼 작은 마을이니까요. 아침에 제삿밥 나누어 먹었는데, 제사 나물이 남으면 점심 무렵에 또 방송을 합니다.

"아아, 알립니더. 오늘 열두 시까지 점심밥 드시지 말고 모두 우동댁으로 모여 주이소. 한 분도 빠지지 말고 오이소. 제사 나물이 남았으니 같이 비벼 먹읍시다."

그런데 밥을 나눠 먹을 때나 막걸리를 나눠 마실 때나, 마을 사람들은 기쁜 이야기보다는 슬프고 한숨 섞인 이야기를 많이 주고받습니다. 그 얘기를 가만히 듣고 있으면 세상이 어떻게 돌아가는지 훤히 알 수 있답니다.

이웃 마을에 사는 누구네 막내아들이 장사가 안 되어 문을 닫았다는 둥, 누구네 아들이 암에 걸려 얼마 살지 못한다는 둥, 누구네 손자가 공부 때문에 우울증에 걸려 아파트에서 뛰어내렸다는 둥, 누구네는 농가 빚에 시달려 논밭 다 팔아 치우고 도시로 떠났다는 둥, 누구네 할아버지가 밥맛이 없어 병원에 갔더니 간암 말기라 두세 달밖에 못 산다고 했다는 둥, 누구네 아버지가 경운기 사고로 팔다리가 다 부러져 구급차에 실려 갔다는 둥, 이런저런 이웃 마을 소식까지 다 들을 수 있답니다. 참말이지 기쁜 소식은 거의 없고 슬픈 소식뿐입니다. 그 슬픔을 잊는 가장 빠른 지름길이 땀 흘려 일하는 것입니다. 부지런히 일하다 보면 어지간한 슬픔 따위는 잊고 사는 것이지요.

형, 도시에 살면서 농촌이란 말을 떠올리면 어떤 게 먼저 떠오릅니까? 늙고 병든 할머니와 할아버지, 빈집, 빈집에 들락거리는 들고양이, 독한 농약과 화학 비료, 비가 오면 농약과 함께 흐르는 개울물, 개울물 속에 죽은 물고기들, 개울마다 도시 사람들이 함부로 버리고 간 쓰레기, 여기저기 을씨년스럽게 흩어져 있는 농약 병과 비닐 따위, 좁고 지저분한 방, 농가 빚, 땡볕, 고된 노동, 무식함, 업신여김, 주름살, 신경통, 시끄러운 경운기 소리, 외양간 똥냄새, 똥거름, 똥파리, 모기, 파리, 가난, 불편함, 외로움 따위가 먼저 떠오르겠지요.

농촌이란 말을 떠올리면 자연, 고향, 어머니, 그리움, 순수함, 인정, 장독, 된장, 간장, 사람 냄새, 흙냄새, 풀냄새, 꽃냄새, 나무, 들꽃, 맨드라미, 봉숭아, 채송화, 분꽃, 작은 개울, 미꾸라지, 메뚜기, 개똥벌레, 제비, 새소리, 바람 소리, 맑은 하늘, 밤하늘에 빛나는 별, 돌담에 소복이 쌓인 하얀 눈, 따끈따끈한 구들방, 장작, 지게, 군고구마, 옛이야기, 썰매 타기, 깡통 차기, 연날리기가 떠올라야 하는데 말입니다.

농촌이라 하면 부정적인 생각부터 드는 이런 현실을 잘 알고 있으면서, 농사지으며 소박하게 살고 싶다는 형을 생각하면 고맙기도 하지만 미안하기도 합니다. 왜냐하면 농촌으로 먼저 들어와 살고 있는 선배로서 '희망의 텃밭'을 한 평조차 일구지 못했기 때문입니다.

형이 농사지으러 들어오면 함께 '희망의 텃밭'을 일구어 가고 싶습니다. 그날을 애타게 기다립니다.